Veit Müller

MORDSWINTER

Ein Schwabenkrimi

Oertel+Spörer

Ich saß völlig durchnässt in meiner kahlen Wohnung und starrte vor mich hin. Ein Tisch, zwei Stühle, eine Couch, eine umgedrehte Kiste als Ablage, auf der eine Flasche Whisky samt Glas standen, ein Fernseher, um auf dem Laufenden zu bleiben. Ein Laptop für mein Homeoffice – mit Abstand der wertvollste Gegenstand in meiner Bruchbude. Alles war zweckmäßig, mehr brauchte es nicht. Besuch bekam ich selten. Und wenn, dann blieb sie meist nur über Nacht und machte sich am frühen Morgen wieder aus dem Staub. Die Wände in meiner Dreizimmerwohnung am Rande der Innenstadt waren schmucklos, nur an einer hing, mit Reißzwecken angepinnt, eine vergilbte Kopie meiner Zulassung als Privatdetektiv, sonst gab es nur gähnende Leere. Und diese Leere antwortete auf meine vorsichtig aufkeimende Frage, was hast du, Nick Winter, in deinem Leben bisher zustande gebracht, eindeutig mit: nicht viel. Die Zahl meiner Aufträge in den vergangenen Monaten war überschaubar gewesen. Meist war es um Eifersucht gegangen, wie bei Irina oder Olga oder wie auch immer ihr Name war. Eine kurze Episode, die auch mich ein paar Tage auf die Sonnenseite des Lebens oder besser in eine Prachtvilla mit Pool geführt hatte. Mein Gott, nie werde ich diese engen, kurzen Hotpants vergessen. Ach, Irina. Oder hieß sie doch Olga? Egal. Unser Glück hatte nur ein paar Tage gehalten, dann war sie auf ihren Iwan umgeschwenkt und ich war Vergangenheit. Sie war weg, weg, wie mein Geld, und ich war wieder allein, allein.

Aber wenigstens hatte ich danach auch die süßen Früchte der Rache ernten dürfen. Und die schmecken immer am besten. Iwan, der kasachische Steppenhengst, hatte seine Hufe in allzu schmutzige Geschäfte gesteckt. Er hatte sich ordentlich vergaloppiert, um im Bild zu bleiben, und ich hatte ihn erwischt und ihm das Hand- oder besser das Hufwerk gelegt. Jetzt ist er von der Weide, der Hengst, wieder zurück im vergitterten Stall, auf sehr lange Zeit, und nicht ich, sondern Olga oder Irina oder wie auch immer war allein, allein. Was bei mir kein großes Bedauern ausgelöst hatte. Nein, ganz und gar nicht.

Doch ich schweife ab. Wieder zurück zum Regen, durch den ich gerade gewatet war. Er hatte ganze Arbeit geleistet. Ich triefte aus allen Poren und sorgte für eine kleine Regenpfütze auf meinem abgewetzten Perser. Dabei war der Wetterbericht gestern, den mir die Wolkenschieber im Fernsehen geliefert hatten, gar nicht so schlecht gewesen. Auch als ich meinen Trip um die Häuser gestartet hatte, war die Sonne noch fest an ihrem Platz über den alten Fachwerkhäusern gestanden, in denen die Biederkeit ihr Zuhause hat, und hatte mich zärtlich angelächelt. Vielleicht hatte die gelbe Scheibe am Himmel mich auch ausgelacht, weil ich normalerweise erst losziehe, wenn es dunkel ist, denn nur so kann ich diese Stadt ertragen, denn dann muss ich nicht in die Gesichter all dieser Menschen schauen, die immer glauben, alles besser zu wissen.

Es war kalt und ich war nass. Keine gute Kombination. Ich fror. Wieso war meine Bude so kalt, fragte ich mich. Die einfache Antwort: Wahrscheinlich hatte ich mal wieder die Heizkostenrechnung nicht bezahlt. Womit auch? Die Heizkörper jedenfalls waren so kalt wie normalerweise das Eis in meinem Whisky und änderten ihren Zustand auch nicht, nachdem ich sie aufgedreht hatte. Soll sie doch der Teufel holen, mich gleich dazu, denn in der Hölle war es wenigstens warm.

In solchen kalten Momenten ziehe ich normalerweise los und suche meine Stammkneipe auf, um mich dort zusammen mit Johnnie aufzuwärmen. Doch diese Variante hatte ich ja gerade hinter mir. Also blieb mir jetzt nur noch: frieren.

Einen kleinen Rest Wärme besaß ich noch von den Kneipen, die ich auf meiner Tour durch die Stadt aufgesucht hatte. Übrigens, Helligkeit stellt dort auch kein Problem für mich dar, denn diese Kneipen scheuen ebenfalls das Tageslicht wie der Teufel (da ist er schon wieder) das Weihwasser, deshalb suche ich sie ja auf. In ihnen treffe ich immer wieder auf die Gestalten, die fast jeden Tag am Tresen hängen. Viel gibt es in diesen Nächten nicht zu erzählen, man trinkt und schweigt. Und das ist gut so.

Am Ende jeder Tour wartet immer meine Stammkneipe auf mich. Ein Ritual. Das war auch heute – oder war es noch gestern – so gewesen. Und Sie werden es kaum für möglich halten, aber ich habe noch jede Einzelheit genau in Erinnerung.

Wenn Sie es nicht glauben, hier der Beweis: Joe stand hinterm Tresen, wie seit hundert Jahren schon, nickte mir still zu und schob mir ohne Kommentar ein Bier vor die Nase und einen Johnnie gleich hinterher. Ein guter Anfang, um den Abend abzurunden. Und Joe half mir dabei wie immer mit einem weiteren Johnnie. Ja, es ist ein ungeschriebenes Gesetz: Johnnie kommt immer, wenn der Tag geht. Und es war Zeit, dass dieser Tag endlich ging, wie so viele vor ihm.

Und so hielt ich mich am Tresen fest und redete drei Sätze mit Joe. Ob er wirklich so hieß, keine Ahnung. Alle nannten ihn Joe, also nannte ich ihn auch so. Joe trug immer eine schwarze Jeans und ein weißes Hemd. Oder sagen wir besser: ein Hemd, das in grauer Vorzeit einmal weiß gewesen war. Für ihn schien schwarz und weiß wohl am besten geeignet für ein Kellner-Outfit zu sein oder vielleicht war es nur die Erinnerung an bessere Zeiten im Grand Hotel.

Was aber auffälliger an Joe war, das waren seine vielen Narben im Gesicht. Woher die kamen, wusste keiner. Vielleicht war es auch besser, wenn man es nicht wusste. Sie verschafften ihm jedenfalls Respekt. Wie auch seine tiefe Reibeisenstimme und die muskelbepackten Arme. All dies half ihm dabei, ohne viel Überzeugungsarbeit leisten zu müssen, in den frühen Morgenstunden die letzten Schluckspechte vom Tresen und aus der Kneipe zu kehren.

Drei Sätze. Das reichte, um von Joe alles Neue über die Stadt zu erfahren. Ich musste ja nicht alles wissen, musste nicht jede neue Initiative oder Verordnung buchstabieren können. Sollten sie damit doch ihre kleine, heile Welt retten. Ich konnte ihnen dabei nur selten helfen, ich musste erst mal meine eigene Welt auf die Reihe bekommen.

Nach den drei Sätzen mit Joe hatte ich mich auf den Heimweg gemacht, ehe ich auch aus der Kneipe gekehrt worden wäre. Immer nach Norden und dann geradeaus. So konnte ich mein Zuhause nicht verfehlen. Aber der Regen war ein unangenehmer Begleiter gewesen und hatte mich vom Weg abbringen wollen, aber ich hatte wie immer Johnnie an meiner Seite und der zeigte mir den Weg. Und so hatte ich schließlich doch meine Wohnung erreicht und meinen Schlüssel aus der Tasche genestelt. Was nicht einfach gewesen war, genauso wenig wie das verdammt kleine Schlüsselloch zu finden. Ich schaffte es, bin schließlich ein Privatdetektiv und mit aller Art von Schlössern bestens vertraut. Ich kann sie ja fast schon im Schlaf öffnen.

Langweilig, mein kleiner Rückblick? Sorry, es gibt halt nicht mehr zu erzählen. Und so saß ich nun also auf meinem Stuhl, fror und dachte über die vergangenen Tage nach. Jeder war irgendwie gleich gewesen. Und die nächsten Tage werden wohl auch nicht viel anders werden. Ich stand auf und ging zum Kühlschrank. Es hätte mich überrascht, wenn er voll gewesen wäre. Aber ich fand immerhin noch ein Bier und die Reste der Take-away-Pizza vom Vortag. Das reichte für den ersten Hunger. Mehr brauchte ich nicht.

Ich legte meine .38er auf den Tisch, stellte mein Bierglas und den Pizzateller daneben. Ein gelungenes Stillleben. Zu meiner silbernen .38er habe ich ein inniges Verhältnis. Sie ist meine beste Freundin. Sie hat mich schon aus manch brenzliger Situation befreit, wenn mir die Argumente ausgegangen waren oder der Boden unter meinen Füßen zu heiß geworden war. Auf sie konnte ich mich verlassen. Immer. Und auf Johnnie. Verdammt noch mal, wo hatte ich die Whiskyflasche nur abgestellt?

Am nächsten Tag wachte ich verkatert gegen Mittag auf. Das Licht fiel durch meine Jalousien und stach mir in die Augen. So schnell würde die Sonne wohl nicht aufgeben. Auf, auf ins pralle Leben, sagte ich mir, drehte mich um und schlief noch eine Runde, der Beauty wegen. Dann stand ich auf, zog Shirt und Jogginghose an und machte mich hinaus in Feld, Wald und Flur. Ein Privatdetektiv braucht genügend Kondition, um die nächtlichen Recherchen an den Theken dieser Welt durchstehen zu können.

Nach meiner Tour durch die freie Natur stand noch eine halbe Stunde Workout an. Hanteln, Rope und Boxbirne – und Whiskey und Bier von gestern waren wieder rausgeschwitzt. Und mein Bauch war wieder stramm und flach, sagen wir: halb-flach.

Es war Zeit für die Dusche. Um den Rest des Tages angehen zu können, brauchte ich Wasser, viel Wasser und eiskalt. Ich schrie laut auf, tanzte zwischen den einzelnen Strahlen hin und her. Aber es half. Ich war nun richtig wach und einsatzbereit, die Kopfschmerzen hatten sich fast völlig verflüchtigt. Ich stieg in meinen Zweiter-Klasse-Anzug und machte mich auf den Weg in mein Office, man soll die Hoffnung nie aufgeben.

Ja, Office, ich könnte es auch einfach Büro nennen, doch Office klingt besser, amerikanischer, mit einem Hauch von Noir. Das Wort *Office* stand auch an der Tür, eigenhändig von mir hingepinselt, darunter mein Name, *Nick Winter*, und in schwarzen Lettern: *Privat*. Für das Wort Detektiv hatte die Farbe nicht mehr ausgereicht. Aber im Internet stand ja alles. Wer nach einem Privatdetektiv suchte, fand mich dort oder im Telefonbuch. Aber wer hat heute noch einen solchen Wälzer in der Schublade?

Vielleicht erkläre ich auch noch kurz meinen Namen. Genau genommen heiße ich Nick de Winter. Mein Vater ist Holländer, verkaufte, um das Klischee zu bedienen, Wohnwagen und später Tulpen. Meiner Mutter gefiel das nicht, so ging die Ehe in die Brüche. Sie zog aus, ich blieb da. Hab seit der Zeit nichts mehr von ihr gehört. Schade eigentlich, aber so ist das Leben. Als ich volljährig war, bin ich auch ausgezogen. Mein Vater hat mir ein paar Scheine und wertlose Ratschläge mit auf den Weg gegeben, das war's. Es hat alles nicht gepasst. Familie ist seither ein Fremdwort für mich. Seit der Zeit boxe ich mich alleine durchs Leben, Typ einsamer Wolf. Normalerweise nenne ich mich Nick Winter, um meine holländische Vergangenheit hinter mir zu lassen, in manchen Situationen hole ich aber das »de« hervor und klebe es vor meinen Namen, um seriöser zu erscheinen, denn manche hier glauben, das »de« weise auf einen Adelstitel hin, was nicht stimmt. Aber ich lasse sie gerne in dem Glauben, denn es gibt immer noch verwirrte Menschen, auf die Adel Eindruck macht. Und das kann in meinem Beruf manchmal von Vorteil sein.

Und Nick Winter oder de Winter strebte jetzt seinem Office zu. Unterwegs schaute ich zum Himmel hinauf. Dort zogen bedrohliche Wolkenbänke auf, dunkelschwarz mit einem gelblichen Rand an der Stelle, an der sie sich der Erdoberfläche näherten. Ein Donnergrollen zeigte mir, dass das Gewitter nicht mehr lange auf sich warten lassen würde. In spätestens einer halben Stunde musste es hier sein. Der Platzregen, der dann sicher folgte, konnte mir dieses Mal nichts anhaben, sagte ich mir, denn zu diesem Zeitpunkt würde ich im Trockenen sitzen, in meinem Office. Von dort konnte ich das Unwetter und die durch die Straßen hetzenden Menschen, die so nass wurden wie ich gestern, in aller Ruhe beobachten und bedauern, zusammen mit Johnnie. Sollte der Regen schneller sein und mich doch erwischen, dann: zuerst Stammkneipe! Auch eine Alternative.

Aber ich war schneller. Gerade als die ersten Tropfen fielen, erreichte ich die alte Fachwerkbude, die mein Office beherbergte. Als ich über die knirschende und knarzende Holztreppe in den zweiten Stock kam, bemerkte ich mit meinem detektivischen Kennerblick, dass etwas anders war als sonst. Die Tür war nicht verschlossen, aber auch nicht offen, so etwas zwischendrin. Ich näherte mich langsamen und leisen Schritts der Eingangstür, die zu meinem Zweiraum-Office führte.

Man kann heutzutage nicht vorsichtig genug sein. Es treiben sich zu viele schräge Vögel auf dieser Erde herum. Außerdem hatte ich mir in der Vergangenheit nicht immer nur Freunde gemacht. Iwan, der Schreckliche, zum Beispiel, war sicher nicht sehr gut auf mich zu sprechen. Vielleicht war er ja aus dem Knast getürmt, weil er sich dort nicht sonderlich wohl gefühlt hatte, und war jetzt gerade dabei, seine

Rache-Liste abzuarbeiten, auf der ich sicherlich ganz oben stand. Um nicht zu sagen, an erster Stelle.

Mit der einen Hand umfasste ich den Türknauf, mit der anderen tastete ich nach meiner Freundin. Sie war an Ort und Stelle, im Schulterholster. Ein beruhigendes Gefühl.

Ich drückte die Eingangstür auf, die leise vor sich hin knarrte. Im selben Augenblick blitzte es und nur Sekunden später war ein kräftiges Donnergrollen zu hören. Das Gewitter war da, schneller, als ich gedacht hatte. Doch nichts sollte mich jetzt aufhalten, ich wollte der Gefahr ins Auge blicken, die da vielleicht in meinem Office auf mich wartete, und in drei Sätzen war ich durch den kleinen Vorraum hindurch, der eigentlich für meine Sekretärin samt Schreibtisch gedacht war. Aber ich brauchte ja keine, weil ich mit meinen wenigen Aufträgen selber sehr gut zurechtkam und mir auch das Geld fehlte: für die Sekretärin, den Schreibtisch, den Stuhl und … ach, egal.

Keine Zeit für monetäre Depressionen. Ich zog meine alte Liebe aus dem Holster, entsicherte sie und stieß meine Office-Tür mit aller Macht auf. Wieder blitzte es, diesmal aber folgte der Donner auf dem Fuße. Das Gewitter war direkt über meiner Bude. Ich zuckte zusammen, stand aber in der nächsten Sekunde mit gezogener Waffe mitten im Raum.

»He, Alter, das ist ja voll fett, wie du hier reinbretterst. Du stehst wohl auf grelle Auftritte. Respekt, großes Kino«, schlug es mir entgegen.

Mein Gesichtsausdruck wechselte von grimmig zu verdutzt, wobei verdutzt noch reichlich untertrieben war. Vor mir saß … Ja was war das eigentlich, was da vor mir saß? Ich versuche einmal, das Wesen zu beschreiben. Von oben nach unten: Rabenschwarz gefärbte Haare, die eine Seite des Kopfes kahl rasiert, auf der anderen Seite die Tolle so lang, dass das eine Auge verdeckt war. In der Nase, so mittendrin, steckten mehrere Ringe. Doch nicht nur da, auch in den Ohren, links wie rechts. Ach ja, die Lippen habe ich vergessen, auch die waren ordentlich beringt. Dieses Gesicht, das mich da anstarrte, hatte in jedem Fall einen hohen Altmetallwert.

Die Augen und die Lippen dieses Wesens waren dunkel geschminkt, dagegen sah der Tod noch freundlich aus. Auch der Rest abwärts war ziemlich black, teils mit Spitzen, oder wie man das Zeugs nennt, besetzt, teils funkelten mir Strasssteine entgegen. Überall hingen Ketten herum. Außerdem trug das Wesen, das deutlich weiblich war, ein Stachelhalsband. Das konnte nicht bequem sein. Aber ich musste es ja nicht tragen.

»Was … ich meine, wer bist du?«, stotterte ich vor mich hin. »Und vor allem, wie bist du hier hereingekommen?«

»Durch die Tür vielleicht?«

Ich hatte einen weiblichen Witzbold vor mir.

»War nicht verschlossen.«

Ah, gut, das war eine Erklärung. Ich musste wohl das letzte Mal vergessen haben, die Tür abzuschließen. Aber wann war das letzte Mal gewesen? Auch vergessen.

Wieder blitzte und donnerte es zeitgleich. Für einen Augenblick war es taghell in meiner schummrigen Bude. Wieder zuckte ich zusammen.

»He, wohl ziemlich schreckhaft, was, Alter?«, kam es aus dem schwarz umrandeten Schlund.

Ich muss gestehen, ich gab im Augenblick nicht gerade die beste Figur ab. Ich musste hier ganz dringend wieder die Oberhand gewinnen, das war klar. Ich steckte zuerst meine .38er zurück in ihr Zuhause, von diesem schwarzen Wesen ging wohl nicht allzu viel Gefahr aus. Ich setzte mich lässig auf meinen Schreibtisch und sah mir mein beringtes Gegenüber noch einmal genauer an. Black is beautiful. Nein, dieser Spruch galt bei ihr bestimmt nicht. Wie alt mochte diese seltsame Maid sein? Neunzehn, zwanzig? Oder doch älter? Vielleicht sah sie ja nur wegen des ganzen Plunders, den sie an- und umhängen hatte, und der Tonnen von Farbe wegen, die sie sich ins Gesicht gepinselt hatte, viel jünger aus, als sie tatsächlich war? Vielleicht war sie ja schon völlig erwachsen? Moment. Nein, unmöglich. Nicht so.

»Was willst du von mir, Kleine?«, fragte ich sie.

Sie sah mich etwas verwundert an. Gerade als sie etwas erwidern wollte, blitzte, donnerte und schepperte es heftig, was mich fast vom Schreibtisch hob. Das Gewitter über mir zeigte nun alles, was es hatte und konnte. Donner und Doria.

»Uh, das war aber jetzt verdammt nah«, sagte sie nur mit einem leichten Lispeln, das wohl den vielen Lippenringen geschuldet war.

Da musste ich ihr recht geben. Dieser Blitz war sicher ganz in der Nähe eingeschlagen. Ich rutschte vom Schreibtisch, ging zum Fenster und zog zwei Lamellen meiner Jalousie auseinander. Draußen war es völlig dunkel geworden. Zuerst erkannte ich nicht viel, doch schnell hatten sich meine Augen an die Dunkelheit gewöhnt. Im nächsten Augenblick war dies alles sowieso kein Problem mehr, denn erneut blitzte es und die ganze Straße war so hell wie bei Tageslicht. Jetzt konnte ich es deutlich sehen. Der Blitz musste ins Nachbarhaus eingeschlagen sein. Im Dach klaffte ein größeres Loch. Balken und Latten waren zu sehen. Die Schindeln waren zerborsten und Teile davon nach unten auf die Straße gestürzt. Rauch stieg aus dem Loch in den Himmel. Der Blitz musste den Dachstuhl in Brand gesetzt haben.

Mein Blick fiel auf die Fenster darunter. Der Schreck fuhr mir in die Glieder. Zwei verängstigte Augen blickten nach draußen. Wieder blitzte es. Im grellen Licht erkannte ich den Menschen, der da am Fenster stand. Es war ein Kind.

»Verdammte Scheiße«, rief ich.

»Was ist los?«

Die Ringe-Lady stand nun direkt neben mir. Aus ihrer Stimme war Besorgnis zu hören. Wahrscheinlich hatte ihr meine spontane Aufregung zugesetzt.

Ich verlor kurz die Fassung.

»Ein Kind, dort drüben im Haus. Ich muss rüber. Ruf die Feuerwehr«, schrie ich laut und drehte mich um.

In wenigen Schritten war ich aus meinem Office. Hinter mir hörte ich eine aufgeregte Lispelstimme. Black Lady hatte wohl verstanden, was ich gesagt hatte, und sofort ihr Handy gezückt, um Hilfe zu holen. Hoffte ich jedenfalls.

Ich sprintete die Treppe hinunter auf die Straße, rempelte einen Mann beiseite und sah mich gleich weiteren Hindernissen gegenüber. Die braven Nachbarn hatten ihre Mülltonnen auf die Straße gestellt, weil am nächsten Tag die Abfuhr war. Und in diese Mülltonnen donnerte ich ungebremst hinein und landete im hohen Bogen unsanft auf der Straße. Ich fluchte laut. Meine Hose war aufgerissen, mein rechtes Knie schmerzte und aus einer kleineren Schürfwunde sickerte langsam Blut. Keine Zeit, mich um das Ergebnis meines Sturzes zu kümmern. Ich richtete mich unter Schmerzen auf und schaute nach oben. Ich glaubte, nun eine größere Rauchwolke wahrzunehmen, aber gegen den immer noch bedrohlich dunklen Himmel war sie nicht so leicht auszumachen.

Ich hetzte weiter über die Straße. Es blitzte und donnerte wieder. Der Lärm war nicht mehr so groß, das Gewitter zog weiter. Als ich die Eingangstür des Hauses auf der anderen Straßenseite erreichte hatte, drehte ich mich kurz um und schaute hoch zu den Fenstern meines Offices. Die Ringe-Lady hatte inzwischen die Jalousie hochgezogen und starrte mich wild gestikulierend an. Ihre Hände zeigten in Richtung Dachgeschoss. Offenbar wollte sie mir deutlich machen, dass ich mich beeilen sollte. Kurz darauf ging die Jalousie plötzlich wieder nach unten.

»Hab kapiert«, murmelte ich vor mich hin.

Zuerst schob ich mich durch eine Traube von Gaffern, die lautstark diskutierten, jedoch nichts unternahmen. Ich wollte ins Haus stürmen, aber die Tür war verschlossen. Eine kurze, heftige Klingelpartie, der Summer ertönte und ich drückte die Tür auf. Natürlich hatte das alte Haus keinen Fahrstuhl. Im Brandfall sollte man den ja auch nicht benutzen. Ich rannte die Treppe hinauf, drückte unterwegs noch mal auf jede Klingel und schrie:

»Es brennt im Dach, raus auf die Straße.«

Die meisten reagierten auf mein Geschrei und kamen aus ihren Wohnungen. Inzwischen konnte man auch Brandgeruch wahrnehmen. Er wurde immer stärker, je weiter ich nach oben kam. Schließlich hörte die Treppe auf, ich musste im obersten Geschoss angelangt sein. Hier gab es glücklicherweise nur noch eine Wohnungstür, auf einer anderen stand *Privat* und auf der dritten *Dachboden.*

Ich hämmerte auf die Klingel. Vorsichtig und leise knarrend öffnete sich die Tür. Auf meiner Bauchnabelhöhe blickte mich ein verängstigtes Augenpaar an.

»Ist deine Mamma nicht da?«, brüllte ich.

»Schrei nicht so. Ich hab Angst«, wimmerte das Kind.

Durch den Türspalt sah ich Rauch in der Wohnung. Ich musste mich beeilen.

»Komm mit, schnell. Es brennt bei euch im Dach.«

»Ich darf nicht mit Fremden mitgehen«, bekam ich als Antwort.

Verdammt, es ging um Sekunden. Auch im Treppenhaus kam jetzt der Rauch an. Ich konnte nicht mehr warten.

»Heute ist eine Ausnahme«, sagte ich und stieß mit Gewalt die Tür auf.

Die Tür traf das Mädchen am Kopf. Es fiel nach hinten und eine kleine Beule wurde an der Stelle sichtbar, an der ich es getroffen hatte. Die Kleine schaute mich mit großen Augen an und wusste nicht, ob sie weinen sollte oder nicht. Dann hustete sie. Und ich stimmte mit ein. Im selben Augenblick hörte ich ein lautes Krachen. Es musste aus dem hinteren Bereich der Wohnung kommen. Was es bedeutete, wollte ich nicht erforschen. Ich musste raus hier. Mit dem Kind. Ich griff nach dem Arm des Mädchens.

»Ist noch jemand in der Wohnung«, schrie ich sie an.

Das Kind schüttelte den Kopf und rieb sich dabei die kleine Beule.

»Komm jetzt.«

Ich zog sie zum Ausgang, aber sie wehrte sich.

»Was ist los? Komm bitte mit, wir müssen hier raus.«

Das Mädchen zeigte auf eine Puppe, die auf einem Stuhl saß.

»Ich kann doch Clara nicht hierlassen. Sie fürchtet sich, wenn sie alleine ist«, flüsterte das Kind und fing zu weinen an.

»Okay, Clara kommt auch mit«, sagte ich.

Es war keine Zeit für Diskussionen. In zwei Schritten war ich bei Clara, klemmte die Puppe unter den Arm und rannte zurück zu dem Mädchen.

»Jetzt alles okay«, hustete ich.

Die Kleine nickte, nahm meine Hand und folgte mir aus der Wohnung. Der Rauch war fast unerträglich geworden. Gerade als ich die Wohnungstür hinter uns zuschmiss, krachte es wieder laut. Das Dachgebälk hielt wohl dem Feuer nicht mehr stand. Wir mussten so schnell wie möglich nach unten. Hoffentlich schafften wir es durch den Rauch, der immer dicker wurde. Mir wurde schwindlig. Das Kind war einen halben Meter kleiner als ich. Dort unten war der

Rauch wohl noch nicht so dicht. Sie klammerte sich fest an meinen Arm und zerrte mich nach unten aus dem Rauch, der noch nicht auf den Boden gesunken war. Ich bekam mehr Luft.

Wir hatten ein Stockwerk geschafft, als uns zwei Trupps mit jeweils zwei Feuerwehrleuten entgegenkamen. Der eine stürmte an uns vorbei nach oben, der andere zog uns zum Fenster. Davor war schon die Leiter mit dem Rettungskorb zu sehen. Ein Feuerwehrmann riss das Fenster auf und winkte seine Kollegen zu sich.

Schließlich war der Korb vor dem Fenster.

»Kommen Sie vorsichtig herüber in den Korb«, sagte der Feuerwehrmann und streckte mir seine Hand entgegen.

Ich schaute nach unten.

»Verdammt, ist das hoch«, brummte ich vor mich hin.

In meinem Kopf fing sich alles zu drehen an. Mir war speiübel.

»Schauen Sie nicht nach unten«, sagte der Mann vor mir.

Dein Rat, Freund, kommt ziemlich spät, dachte ich.

»Ich hab Angst«, wimmerte die Kleine neben mir.

Sie drückte das aus, was ich fühlte. Ich schob das Kind in den Korb. Gerade als ich ihm folgen wollte, schrie es laut auf.

»Nein!«

»Was ist?«

Das Kind zeigte von außen in Richtung Fenster.

»Clara!«

Ach, verdammt. Nicht schon wieder.

»Bin gleich zurück«, raunzte ich dem Feuerwehrmann zu und stieg aus dem Korb wieder zurück ins Treppenhaus.

Glücklicherweise hatte ich die Puppe in wenigen Sekunden gefunden. Sie lehnte recht teilnahmslos in der Nähe des Fensters mit dem Rücken an der Wand.

»Du könntest wenigstens Danke sagen«, blaffte ich die Puppe an und kletterte wieder aus dem Fenster in den Korb, der glücklicherweise noch da war.

Der Feuerwehrmann hatte auf mich gewartet. Er schaute mich reichlich verwundert an. »Sie Idiot«, schien er mir sagen zu wollen. Das Gesicht des Mädchens strahlte und war voller Glück, als ich ihr Clara in die Hand drückte. Ich sank in die Knie und übergab mich aus luftiger Höhe auf die Straße. Hoffentlich stand niemand unter der Leiter. Wenn es allerdings einen der Gaffer traf, war es okay.

Auch nach mehreren kräftigen Zügen aus der Sauerstoffmaske, die mir eine hübsche Rettungssanitäterin aufs Gesicht gedrückte hatte, fühlte ich mich immer noch reichlich benommen. Ob vom Rauch oder den rehbraunen Augen der flotten Helferin, die mich besorgt anblickten, kann ich nicht genau sagen. Und ich war mir sicher, dass auch der Rest der blonden Retterin sicher sehr ansehnlich war, wenn sie doch nur nicht in diesen unförmigen Klamotten gesteckt hätte.

»Wie geht es Ihnen?«, fragte sie mich und legte mir ihre Hand sanft auf die Schulter.

»Schon wesentlich besser, seit Sie mich beatmen«, murmelte ich unter der Maske hervor.

Keine Ahnung, ob sie ein Wort verstanden hatte. Sie sah mich jedenfalls weiter mit ihren Rehaugen an. Ich kann nur sagen, eine intensive Mund-zu-Mund-Beatmung wäre mir im Augenblick wesentlich lieber gewesen als diese Plastikschale über der Nase. Aber manchmal hat man keine andere Wahl, da muss man das Leben nehmen, wie es ist. Außerdem fühlte ich mich noch schwach und elend, ein leidenschaftlicher Liebhaber wäre ich im Augenblick sowieso nicht gewesen.

Sie nahm ihre Hand von meiner Schulter, drehte sich um

und stieg in den Krankenwagen. Ich schaute erst ihr nach, dann mich um. Es herrschte noch hektische Betriebsamkeit auf der Straße. Die Feuerwehr hatte den Dachstuhlbrand inzwischen zwar gelöscht, suchte aber noch weiter nach Glutnestern. Die vielen Blaulichter gaben der Szenerie ein gespenstiges Aussehen. Menschen standen in Gruppen auf der Straße herum, palaverten lautstark miteinander, gestikulierten wild und gafften immer wieder besorgt nach oben. Einige Dachziegel waren auf die Straße gestürzt und hatten Autos demoliert. Bei meiner Rostlaube wäre der Sachschaden nicht gerade hoch ausgefallen, aber meine rostige Gina stand bei mir vorm Haus, mit einem gefakten Anwohnerausweis hinter der Windschutzscheibe. Irgendwelche Fähigkeiten muss man als Privatdetektiv ja besitzen.

Während ich in meine Maske schnaufte und mich nach meiner Helferin umsah, denn langsam fühlte ich mich einsam, fiel mir plötzlich meine Begegnung der seltsamen Art in meinem Office ein. Die Altmetall-Königin. Ob sie noch auf mich wartete? Vielleicht sollte ich besser nachschauen, sonst fehlte noch irgendetwas in meiner Bude. Obwohl, Wertvolles hatte ich nicht zu bieten. Alles war secondhand.

Gerade als ich mich erheben wollte, landete wieder eine Hand auf meiner Schulter. Sie war wesentlich kräftiger im Griff als die zarte Hand meiner braunäugigen Sanitäterin und sie stammte von einem uniformierten männlichen Wesen. Es war wohl der Oberflorian im grell leuchtenden Schutzanzug. Er sah jedenfalls sehr wichtig aus, hatte ein leicht rußgeschwärztes Gesicht und große Pranken, die dafür sorgten, dass ich sitzenblieb.

»Na, Sie Held«, polterte er und zeigte dann ein strahlendes Lächeln.

»Nicht Held, Nick de Winter, Privatdetektiv«, antwortete ich und suchte nach einer Visitenkarte.

Die Pranke drückte zu und schüttelte mich durch.

»Oder auch Idiot«, meinte er trocken. »Was Sie da gemacht haben, war sehr riskant. Sie hätten draufgehen können – und das Mädel auch.«

»Aber wie Sie sehen, leben wir noch. Alle beide.«

»Ich weiß. Und deshalb sind Sie ja jetzt auch ein Held. Sie haben der Kleinen wahrscheinlich das Leben gerettet. Als meine Leute zu ihrer Wohnung kamen, war sie bereits total verraucht. Wenn Sie das Mädchen nicht vorher rausgeholt hätten, würde es jetzt nicht mehr leben. Davon gehe ich aus. Gratuliere.«

Wieder drückte die Pranke zu. Wenn Florian weiter so herzlich war, musste Blondie noch meine Schulter verarzten.

»Danke. Man tut, was man kann. Aber ich glaube, ich sollte jetzt langsam los. Die Arbeit ruft«, meinte ich, in der Hoffnung der Pranke entkommen zu können, ehe sie mich zermalmte.

»Das entscheidet der Arzt, denke ich. Wahrscheinlich ist es besser, Sie gehen erst mal ins Krankenhaus und lassen sich durchchecken. Rauchgase sind sehr giftig.«

»Ja, gleich morgen«, sagte ich.

»Na, ich glaube …«

Was er glaubte, erfuhr ich nicht mehr. Sein Walkie-Talkie meldete sich knisternd zu Wort. Er wurde offenbar woanders dringender gebraucht.

»Laufen Sie nicht weg. Ich brauche noch Ihre genauen Personalien«, rief er mir im Gehen zu.

Ich wedelte mit meiner Visitenkarte, aber der Oberflorian war bereits im Trubel der Straße verschwunden.

Meine Schulter erholte sich langsam wieder. Auch mein Inneres schien sich ausgehustet zu haben. Der Sauerstoff hatte zudem meine Lungen genug durchgepustet, ich fühlte mich wieder recht unternehmungslustig. Genug ausgeruht.

Ich legte die Maske ab und war gerade dabei, mich zu erheben, als ich wieder festgehalten wurde. Dieses Mal allerdings von Blondies zarter Hand.

»Warten Sie. Sie können doch nicht so einfach ...«, tadelte mich die Rettungssanitäterin.

»Doch, kann ich«, antwortete ich kurz.

Ich nahm ihre Hand in die meine, drückte sie und stand auf.

»Jetzt kann ich es ja zugeben. Ich habe die ganze Aktion nur gemacht, um Sie kennenzulernen«, sagte ich.

»Oh, Mann, ich bin schon mit besseren Sprüchen angemacht worden«, sagte sie trocken, verdrehte die Augen und lächelte gleichzeitig.

»Okay, ich gebe mir das nächste Mal mehr Mühe.«

Ich war gerade dabei, mich schweren Herzens von ihr abzuwenden, als mir eine Idee kam. Ich griff in die Innentasche meines Jacketts, um meine Visitenkarte wieder hervorzuziehen. Dabei öffnete sich allerdings das Kleidungsstück so weit, dass sie meine große Liebe entdecken konnte, was sie mit einem kurzen »Oh« quittierte. Ja, meine silberne .38er ruft immer wieder Erstaunen hervor. Meistens allerdings, wenn man ihr direkt in den Lauf blickt. Aber Blondie mit den braunen Augen hatte ja nichts zu befürchten, zumindest nicht von meiner .38er. Ich drückte meiner Helferin die Visitenkarte in die Hand.

»Hier, für den Florian. Und hier steht übrigens auch meine Telefonnummer drauf, die kann man sich gut merken«, sagte ich und zeigte ihr die Stelle mit der Zahlenreihe.

Sie blickte mich verdutzt an.

»Für wen?«

»Für den Oberchef hier, den Boss, den Feuerwehrkapitän.«

»Sie meinen den Kommandanten.«

»Ja, genau den. Der wollte meine Personalien. Warum auch immer?«

Es war nun an der Zeit, den Ort dieses Spektakel zu verlassen. Aber sie ließ mich immer noch nicht gehen.

»Jetzt warten Sie doch. Da will Sie noch jemand sehen.«

»Wer?«, fragte ich.

»Kommen Sie.«

Ich folgte ihr willig und war gespannt, was sie mit mir vorhatte. Sie führte mich zu einem weiteren Krankenwagen. Als sie die Seitentür geöffnet hatte, wusste ich, wen sie meinte. Vor mir lag die Kleine, die ich aus dem brennenden Haus gerettet hatte. Auch sie hatte eine Maske über der Nase und noch eine kleine Beule auf der Stirn. Als sie uns wahrnahm, drehte sie ihren Kopf in unsere Richtung. Sie streckte ihre Hand aus.

»Danke, dass Sie Clara gerettet haben«, sagte sie.

Ich nahm ihre Hand.

»Klar doch. Hab ich gerne gemacht.«

Das Lächeln auf ihrem Gesicht hätte Steine erweichen können.

Als ich zurück zu meinem Office lief, war ich gespannt, was aus meiner Altmetall-Lady geworden war. Ich sprintete die Treppe hoch, wobei ich noch etwas Rauch ausstieß wie eine Dampflokomotive. Zumindest kam ich mir so vor. Etwas außer Atem stand ich vor der Eingangstür zu meiner Privatdetektiv-Behausung. Die Tür war immer noch einen Spaltbreit offen. Ich fragte mich, ob das beringte Mädel noch auf mich wartete oder ob sie sich aus dem Staub gemacht hatte. Im Vorraum war sie jedenfalls nicht. Auch nahm ich keine

Geräusche wahr, keine Stimme, nichts. Außer dem Lärm von draußen war nichts zu hören. Vermutlich war ihr die Wartezeit zu lange geworden. Musste sich wahrscheinlich dringend wieder piercen lassen.

Ich hatte mich getäuscht. Als ich die Tür zu meinem Office-Raum öffnete, wurde ich eines Besseren oder in diesem Fall Schlechteren belehrt. Die Ringe-Lady war noch da, aber sie lag ausgestreckt vor mir auf dem Boden und sie sah nicht sehr gesund aus. Ihr Gesicht war blass, noch blasser als vor einer Stunde. In zwei Schritten war ich bei ihr und kniete mich neben sie auf den Boden. Ich fühlte ihren Puls. Ich spürte kaum noch was und ich hatte das Gefühl, dass die Schlagzahl ihres Pulses immer geringer wurde. Verdammt! Sie schien mir davonrauschen zu wollen. Das konnte ich nicht zulassen. Ich erinnerte mich an einen Lebensretterkurs, den ich vergangenes Jahr aus lauter Langeweile besucht hatte. Oder war es vor zwei Jahren gewesen? Keine Ahnung. Lag jedenfalls schon einige Zeit zurück. Aber an eine Sache konnte ich mich noch gut erinnern, an die Bee Gees und *Staying alive*. Ist wirklich eigenartig, was so alles in den Gehirnwindungen hängen bleibt.

Ich beugte mich über das Mädel, legte meine Hände übereinander auf ihren Brustkorb und drückte im Rhythmus von *Staying alive* auf ihre Rippen. Auf Außenstehende hätten das Bild und mein Falsettgesang sicher etwas befremdlich gewirkt. Aber das war egal, denn es half, zumindest mir, im Rhythmus zu bleiben. In regelmäßigen Abständen pustete ich ihr Luft in den Mund. Wobei ich mir an einem der Ringe meine Unterlippe aufritzte. Ich weiß nicht, ob ich wirklich erfolgreich war, aber ich hatte das Gefühl, sie war immer noch bei mir.

Zwischen zwei Bee-Gees-Zeilen stöhnte ich auf. Ich brauche dringend professionelle Hilfe, dachte ich. Mein Stoßseufzer wurde erhört. Zuerst spürte ich einen kleinen Stromschlag, der mir durch den Körper fuhr. Aber wo sollte der herkommen? Es dauerte glücklicherweise nur eine Sekunde, bis mir klar wurde, dass es nur mein Smartphone war, das in meiner Hosentasche summte. Ich unterbrach kurz meine Wiederbelebungsversuche und nahm das Gespräch an. Es war der Feuerwehrgeneral.

»Hallo. Sind Sie das, Herr Winter?«, hörte ich die Stimme des Generals.

»Natürlich bin ich das. Wer denn sonst?«, brüllte ich zurück.

Kurze Pause.

»Ich brauche noch Ihre Personalien, mein Freund, Ihre Visitenkarte reicht mir dafür nicht.«

Hatte er nun Freund oder Freundchen gesagt? Egal, es gab keine Zeit für sprachliche Feinheiten.

»Und ich, ich brauche Hilfe, dringend. Sofort. Jetzt gleich. Auf der Stelle.«

Meine Stimme überschlug sich.

»Wie bitte?«

Die Verständigung schien leicht gestört, was nicht unbedingt an der schlechten Verbindung lag.

»Sind die Sanis noch in Ihrer Nähe?«, fragte ich gehetzt.

»Wer?«

Der General stand auf der Leitung, bildlich gesehen.

»Die Sanitäter, die Helfer in Orange, Rotes Kreuz, Tatütata …«

»Ist alles in Ordnung mit Ihnen?«, hörte ich die besorgte Stimme des Oberflorians.

»Bei mir ja, aber bei der Lady vor mir nicht. Notfall. Schnell. Die stirbt mir weg.«

Ich hörte ein kurzes Knacken und dann die vertraute Stimme meiner blonden Retterin.

»Was ist los? Wo sind Sie?«

Zwei Fragen auf einmal. Um nicht zu viel Zeit zu verlieren, fasste ich die Antworten in einem Satz zusammen.

»Ich brauche dringend Hilfe in meinem Office.«

»Wieso?«

»Mein Gott, bin ich hier denn in einem Ratespiel? Bitte kommen Sie sofort zu mir rauf. Ein Notfall. In meinem Office. Sie stirbt mir sonst unter den Fingern weg.«

»Wo sind Sie?«

Langsam schien der Groschen zu fallen.

»Im Haus mit der Nummer 15, zweites Obergeschoss. Schnell. Und bringen Sie diesen Debrifi-Dingsbums mit.«

»Wir sind unterwegs«, hörte ich noch, während ich wieder *Staying alive* zu singen begann.

Diesmal mit mehr Erfolg. Ich spürte, wie sich der Brustkorb der Ringe-Lady nun deutlich hob und senkte. Sie war bei mir geblieben. Aber mir stellte sich immer noch die Frage, was den Kollaps bei dieser jungen Frau ausgelöst hatte. Ich sah auf den ersten Blick keine äußeren Verletzungen, nichts. Allerdings hatte ich bisher auch keine Zeit gehabt, ihren Körper genauer zu untersuchen.

»Hallo. Sind Sie da drinnen?«, hörte ich im nächsten Augenblick die Stimme des blonden Engels.

»Ja, klar. Kommen Sie rein. Ich kann es kaum erwarten, Sie wiederzusehen.«

Ein Retter-Duo stürmte in mein Office und schob mich freundlich, aber professionell beiseite. Ich hatte ausgedient. Ich ließ mich auf dem Boden nieder und atmete tief durch.

Kurz darauf kam der General hereingerannt.

»Was ist denn hier los? Sie ziehen ja förmlich Katastrophen an«, meinte er trocken.

Ich wusste auch nicht, was ich darauf antworten sollte. Irgendwie hatte er ja recht und mir fiel kein cooler Spruch mehr ein. Ich fühlte mich völlig ausgepumpt. Aber ich musste auch nichts mehr sagen. Das übernahm mein blonder Engel mit den Rehaugen. Er sprach in ein Funkgerät, das kräftig knirschte und knarzte. Meine Helferin forderte Verstärkung an, die kurz darauf mit einer Trage eintraf.

Ich erhob mich, trat beiseite und stand danach hilflos in der Gegend herum. Mein Gesichtsausdruck war sicher nicht gerade von besonderer Intelligenz gekennzeichnet. Was in den letzten Stunden passiert war, hatte mich überfordert. So etwas erlebte man nicht alle Tage.

Inzwischen hatte die Sanitäter-Crew die Ringe-Lady auf die Trage gelegt. Sie hing am Tropf. Sekunden später zog das Quartett an mir vorüber. Mein blonder Engel drehte sich zu mir um.

»Sie ist stabil. Ich glaube, Sie haben ihr das Leben gerettet.«

»Ähm …«, sagte ich, während Engelchen mich kurz ihn den Arm nahm.

»Toll gemacht. Solche Leute brauchen wir.«

Sie löste sich von mir und ging mit den anderen mit.

»Warten Sie doch einen Moment«, rief ich dem Engelchen hinterher.

»Was ist?«, fragte sie kurz angebunden und wandte sich wieder mir zu.

»Sie haben mir nicht gesagt, was mit ihr passiert ist. Was kann denn diesen Zusammenbruch ausgelöst haben?«, fragte ich.

»Warum sie einen Kreislaufkollaps erlitten hat, kann ich Ihnen auf den ersten Blick nicht sagen. Das werden sie im Krankenhaus herausfinden, wohin wir sie jetzt bringen. Und das ist dringend. Also halten Sie uns nicht auf.«

Ich ging ans Fenster, hob zwei Lamellen der Jalousie in die Höhe und schaute hinunter auf die Straße. Inzwischen war auch die Notärztin da. Sie stieg mit den Sanitätern in den Krankenwagen, der sich sofort in Bewegung setzte. Ich sah ihm nach, bis er um die Ecke verschwunden war. Die Sirene wurde von Sekunde zu Sekunde leiser. Schließlich war sie nicht mehr zu hören.

Ich drehte mich um. Mitten in meinem Office stand immer noch der Feuerwehr-General. Er starrte mich mit großen Augen und offenem Mund an.

»Ja, was soll man da sagen«, sagte ich und zuckte mit den Schultern.

»Sagen Sie es nicht mir, sondern denen da«, antwortete der Vier-Sterne-General.

Er deutete mit einem Finger auf die beiden Herren in Uniform, die sich mir näherten. Es waren zwei Polizeibeamte und es sah aus, als ob sie einige Fragen an mich hätten. Ich war begehrt heute.

Es dauerte über eine halbe Stunde, bis mich die beiden Beamten von der Trachtengruppe ausgefragt hatten. Sehr glücklich sahen sie hinterher nicht gerade aus. Ich hatte keine ihrer Fragen zu ihrer Zufriedenheit beantworten können. Wer war diese Lady? Ich weiß es nicht. Was wollte sie bei Ihnen? Ich weiß es nicht. Das können Sie uns doch nicht erzählen. Doch ich kann.

Beide packten ihr Notizbuch ein und sahen mich skeptisch an.

»Ihre Geschichte klingt nicht sehr glaubwürdig«, sagte der Größere der beiden.

»Es ist aber die einzige, die ich Ihnen anbieten kann. Sie müssen sich damit zufriedengeben. Oder soll ich Ihnen zuliebe eine Geschichte erfinden? Tut mir leid. Meine Fantasie lässt mich gerade im Stich. Und übrigens, ›danke‹ könnte vielleicht auch noch irgendjemand zu mir sagen. Schließlich habe ich gerade dem beringten Etwas da das Leben gerettet. Und dem Kind von gegenüber auch. Was wollen Sie denn noch? Reicht Ihnen das nicht für heute?« Und nach einer kleinen Pause: »Mir reicht es jedenfalls.«

Die beiden sahen erst sich, dann mich an.

»Gut. Aber halten Sie sich zu unserer Verfügung.«

»Mach ich, Sheriff, ich hab keinen Urlaub geplant. Ich bleib in der Stadt.«

»Unsere Kollegen werden sich bei Ihnen melden. Wir müssen wieder zurück auf die Straße.«

»Ich werde Sie nicht daran hindern«, antwortete ich.

Im nächsten Augenblick waren sie wortlos verschwunden.

»Die Freundlichkeit in Person«, murmelte ich ihnen hinterher.

Ich setzte mich auf das Sofa, das ich beim Sperrmüll ergattert und unter großer Mühe mithilfe eines Nachbarn hier heraufgeschleppt hatte. Ich ließ die letzten Stunden noch einmal Revue passieren. Vor wenigen Stunden hatte ich mich noch über meine Arbeitslosigkeit beschwert. Und jetzt saß ich völlig erschöpft auf dem Sofa und sehnte mich nach Ruhe. Ich streckte mich kurz und legte mich dann auf die Couch, was im ersten Augenblick sehr unbequem war, denn irgendetwas stach mir in den Rücken. Ich richtete mich auf und sah mir den Übeltäter genauer an. Es war eine Plastikkarte, die sich in einem Polsterschlitz meines Sofas verklemmt hatte. Ich zog die Karte heraus. Es war der Ausweis der Ringe-Lady. Das konnte ich deutlich erkennen, auch wenn vor lauter Ringen kaum ein Gesicht zu sehen war. Aber sie war es. Ganz eindeutig.

»So, so, das ist also dein Name«, brummte ich vor mich hin. »Elli. Was ist dir bloß passiert? Und warum gerade bei mir?«

Ich legte mich wieder breit ausgestreckt auf das Sofa und betrachtete den Ausweis.

»Elli Pyrelli«, brabbelte ich vor mich hin.

So wollte ich sie nennen, wenn sie wieder auf die Beine kam. Auch wenn sie mit Nachnamen gar nicht so hieß. Elli Pyrelli, so wie die Sängerin bei Udo Lindenberg und seinem Panikorchester.

Ich legte den Ausweis beiseite und starrte an die Decke. Mensch, innerhalb kurzer Zeit zwei Menschenleben gerettet. Nicht schlecht, Herr Specht. Zwei gute Taten an einem Tag. Jetzt erhalte ich bestimmt die Pfadfinderehrenmedaille. Mindestens. Ich klopfte mir in Gedanken auf die Schulter.

Aber dann war Johnnie dran. Den hatte ich mir verdient.

Aufstehen, joggen. Und dann zum Gym, um Gewichte zu stemmen. Ich brauchte mehr Kondition. Brauchte bald jede Menge davon, das hatte ich im Gefühl. Außerdem frischt Sport meine Gedanken auf. Nach der Formel: Der Abend geht und Johnnie kommt, der Morgen kommt und Johnnie geht. Und er musste jetzt gehen, gestern hatte er mir zu viel Gesellschaft geleistet. Für jedes Menschenleben, das ich gerettet hatte, ein großer Schluck Whisky. Aber halt, Moment mal, wenn ich mich recht erinnere, so viele Menschenleben hatte ich doch gar nicht gerettet. Egal.

Raus an die Luft. Ich lief meine übliche Runde, sechs Kilometer, durch den Wald und über die Felder. Dann setzte ich mich in meine Blechkarre und fuhr zum Gym. Heute ein Extra-Gewicht oben drauf. Als ich später zu Hause unter der kalten Dusche stand, spürte ich jeden verdammten Muskel im Leib. Gut so.

Nur mit einem Handtuch um die Lenden, setzte ich mich auf meine Heimcouch. Draußen schien die Sonne endlich mal wieder. Es war warm genug und deshalb war mir die Heizung egal. Soll sie doch kalt bleiben, sagte ich mir. Selbst schuld.

Jetzt war ich bereit, meinen Denkapparat in Bewegung zu setzen. Also, was hatten wir: Elli Pyrelli war in mein Office gekommen. Sicher nicht, um Ringe zu tauschen oder um meine Einrichtung zu bewundern. Irgendetwas hatte die Kleine von mir gewollt. Aber was? Nun, wenn sie zu einem Privatdetektiv ging, konnte man davon ausgehen, dass sie wohl meine Dienste in Anspruch nehmen wollte. Und das machte mich neugierig. Berufskrankheit.

Mit Hilfe ihres Personalausweises war es nicht schwer, herauszufinden, wo Elli wohnte. Allerdings war ich etwas überrascht. Die noble Gegend passte gar nicht zu ihr. War vermutlich ihre Heimatadresse. Elternhaus und so. Vermutete ich zumindest. Halbhöhenlage mit Blick auf die Altstadt. Schön – und sehr kostspielig. In diesem Viertel der Unistadt war die Professorendichte besonders hoch und die Einkommen waren astronomisch. So viel verdiente die Kleine sicher nicht, als dass sie sich so einen edlen Schuppen hätte leisten können. Vielleicht konnte mir das treu sorgende Elternpaar ja weiterhelfen, konnte jedenfalls nicht schaden, dort einmal vorbeizuschauen. Ich zog mich an und machte mich auf den Weg.

Als ich gerade meine Wohnung verlassen wollte, klingelte das Telefon. Am anderen Ende der Leitung war irgendjemand von der Stadt. Eine Lobeshymne prasselte auf mich hernieder. Ich verstand so etwas wie Lebensretter, Ehrenmedaille und Empfang im Rathaus. Mehr hörte ich nicht mehr, weil ich aufgelegt hatte. Die sollen sich ihre Ehrenmedaille selbst umhängen. Ich hatte keine Zeit und keine Lust für solchen Kram. Ne, nicht mit mir, sagte ich mir, dafür habe ich keine Zeit.

Ich verließ meine Wohnung, setzte mich in meine Blechkiste und fuhr los. Richtung Halbhöhenlage.

Hier lässt es sich aushalten, dachte ich, als ich die Villen nach der richtigen Adresse absuchte. Schließlich hatte ich mein Ziel erreicht. Ganz nett, der Schuppen, murmelte ich leise und stieg aus. Hundertfünfundzwanzig Zimmer, Swimmingpool, Sauna und jede Menge Hausangestellte, schätzte ich, konnte aber nicht viel von dem Schloss erkennen, weil eine zwei Meter hohe Burgmauer das Grundstück umgab. Ich wischte mir den Staub vom Anzug, musste mich ja dem Ambiente anpassen, und ging auf die Villa zu. Ich hatte recht gehabt. Hoher akademischer Geldadel. Auf dem Klingelschild standen zig Professoren- und Doktortitel. Ich legte meinen Finger auf die edle Goldklingel. Irgendwo im Haus erklang eine Drei-Ton-Kadenz, die den Burgherrn davon unterrichtete, dass jemand an der Pforte weilte und Einlass begehrte – könnte auch eine Dekadenz gewesen sein, wenn ich mir den Kalauer erlauben darf.

Die Gegensprechanlage setzte sich krächzend in Gang.

»Wer da?«, fragte die Krähe.

Ich nannte dem heiseren Vogel meinen Namen und deutete an, warum ich hier war. Danach herrschte Stille. Fünf Minuten später meldete sich das Krächzen wieder.

»Herr Professor schenkt Ihnen ausnahmsweise einen Moment seiner kostbaren Zeit. Aber nur zehn Minuten. Er hat noch einen wichtigen Termin heute«, krähte die Krähe.

»Das reicht üppig, denn ich habe nur neun Minuten Zeit«, antwortete ich, um auf Augenhöhe zu bleiben.

Der Summer ertönte und das Tor sprang auf. Vorsichtig tastete ich mich ins Innere der Burg. Ein breiter Plattenweg, umsäumt von jeder Menge exotischer Pflanzen, führte zur

Haustür. Dort wartete die Krähe auf mich. Genauso hatte ich sie mir vorgestellt: Hakennase, strenger Blick, irgendeine Art haariges Nest auf dem Hinterkopf und eine schwarze Brille auf der Nasenspitze. Am Leib trug sie etwas, das wohl wie eine Uniform aussehen sollte. Sie musterte mich von oben bis unten. Ich tat es ihr nach.

»Folgen Sie mir«, befahl die Krähe.

Sie drehte sich um und schritt ins Burginnere. Ich folgte ihr. Sie führte mich in eine Art Arbeitszimmer. Abrupt hielt sie an und ließ mich im dicken Perser versinken, der den Raum ausfüllte.

»Warten Sie hier, der Herr Professor ist gleich bei ihnen«, krähte sie wieder.

»Alles klar, der Herr Privatdetektiv hat nicht vor davonzuspringen«, antwortete ich.

Kopfschüttelnd flog die Krähe aus dem Raum. Der Herr Privatdetektiv wartete und wartete. Schließlich öffnete sich die Tür und der Herr Professor betrat den Raum. Im Schlepptau folgte ihm eine Frau, die einiges jünger als der silbergelockte Uni-Gockel war. Trotzdem hatte sie ein Alter, aus dem ich schloss, dass es seine Frau sein musste. Gut möglich, dass der Herr Professor in seiner reproduktiven Phase eine seiner Studentinnen abgegriffen hatte. Vom Alter her würde es passen. Sie wirkte verschüchtert und lief immer zwei Schritte hinter ihm her.

Die Silberlocke baute sich vor mir auf und holte tief Luft, um seine Stimme voluminöser klingen zu lassen.

»Wer sind Sie und was wollen Sie von mir?«, donnerte er.

Im Laufe der Zeit hatte ich schon eine Vielzahl solcher Gockel kennengelernt, die sich aufplustern, um ihre Wichtigkeit zu betonen. Der Herr Professor schüchterte mich nicht ein. Wenn es zu heftig wurde, musste ich ihm einfach die Luft ablassen. Aber zuerst wollte ich ihn nach Elli Pyrelli fragen.

»Mein Name ist Nick de Winter, Privatdetektiv. Was ich wissen möchte, Ihre Tochter Elli war gestern Abend bei mir und ich …«

»Ich habe keine Tochter«, unterbrach mich der Gockel.

Damit überraschte mich der Herr Professor allerdings. Ich war mir sicher, er hatte eine Tochter. Und neben ihm stand auch die Mutter dieser Tochter, was mir der Gesichtsausdruck der verschüchterten Frau eindeutig verriet.

»Meine Informationen besagen etwas anderes«, korrigierte ich ihn.

»Wissen Sie, Herr …«

»Winter, de Winter«, half ich ihm aus.

Ich zückte eine Visitenkarte und wollte sie ihm reichen, aber er nahm sie nicht an.

»Herr de Winter, es interessiert mich nicht, was mit Elli passiert ist«, donnerte er weiter. »Sie ist nicht mehr meine Tochter. Ich habe ihr so viele Chancen gegeben, wieder in den Kreis der Familie zurückzukehren, aber sie hat alle in den Wind geschlagen. Ich will nichts mehr von ihr wissen.«

Das war ein deutliches Statement, das mir allerdings, gelinde gesagt, missfiel und das einer Entgegnung bedurfte.

»Weshalb Sie so ein gefühlloser Arsch von Vater sind, das müssen Sie mit sich selbst ausmachen. Damit haben Sie sicher genug zu tun. Ich wollte eigentlich nur eine Information von Ihnen, ich möchte wissen, ob Sie vielleicht eine Ahnung haben, warum Ihre Nicht-mehr-Tochter gestern bei mir war. Sie wollte etwas von mir, aber sie konnte es mir nicht mehr sagen, weil sie plötzlich bewusstlos war. Und jetzt liegt sie im Krankenhaus. Ach ja, so ganz nebenbei, ich habe ihr das Leben gerettet, wenn Sie das überhaupt wissen wollen und wofür Sie mir, nehme ich an, wahrscheinlich noch nicht einmal dankbar sind.«

Es folgte ein kleiner Aufschrei der Frau an Silberlockes

Seite. Offenbar hatte noch niemand die Familie informiert, was mit der Tochter geschehen war. Kein Wunder, ich hatte ja den Ausweis und wahrscheinlich wussten sie im Krankenhaus noch nicht, wen sie da an die Überlebensapparate angeschlossen hatten. Der Herr Professor selbst verzog indes fast keine Miene. Auch das böse A-Wort, das ich gebraucht hatte, um ihn in seiner Vaterrolle zu beschreiben, brachte ihn nicht merklich aus der Fassung. Er wollte noch nicht einmal wissen, warum seine Tochter bei mir vorübergehend den Geist aufgegeben hatte. Aber er hatte wohl seine Vermutungen.

»Das wundert mich nicht, dass Elli wieder in der Klinik ist. Das hat sie sich selbst zuzuschreiben.«

»Ich verstehe nicht ganz. Hatte sie gesundheitliche Probleme?«

»So könnte man es auch nennen.« Er lachte kurz auf. Es war kein freundliches Lachen. »Aber das geht Sie nichts an und mich interessiert es nicht mehr.«

»Eine sehr seltsame Einstellung, wenn Sie mich fragen.«

»Sie fragt aber niemand. Und jetzt lassen Sie mich in Ruhe.«

Ich ging auf die Aufforderung nicht ein.

»Noch mal kurz zurück zu meiner ursprünglichen Frage. Haben Sie eine Ahnung, was sie bei mir …«

»Hören Sie mir nicht zu? Ich habe keine Ahnung und ich will es auch nicht wissen. Aber ich kann mir denken, warum Sie hier sind. Aber ich sage Ihnen, wenn Sie glauben, dass Sie mir irgendwelches Geld aus der Tasche ziehen können, weil meine Tochter Ihre Dienste in Anspruch genommen hat oder weil Sie hier hereinkommen und behaupten, ihr das Leben gerettet zu haben, dann haben Sie sich getäuscht. Ich gebe keinen Cent mehr für meine … für Elli aus.«

Mit so einem intellektuellen Flachkopf als Vater hat man es als Tochter nicht leicht, dachte ich.

»Ihr Geld ist mir nicht wichtig. Ich wollte nur …«

»Ich glaube, ich habe Ihnen alles gesagt, was zu sagen ist. Und jetzt verschwinden Sie. Meine Zeit ist mir zu kostbar für solche unwichtigen Angelegenheiten. Anna wird Sie hinausbegleiten.«

Wer war Anna? Seine Frau oder die Hakennase vom Eingang? Egal, ich würde auch ohne Begleitung hinausfinden.

Der Herr Professor packte seine Frau am Arm und stürmte mit ihr aus dem Zimmer. Ein Kavalier war der Herr Professor nicht gerade. Aber kaum war er draußen, war Hakennase drinnen.

»Wenn Sie mir bitte folgen wollen«, gab die Krähe recht förmlich von sich.

Und ich folgte ihr, was sollte ich auch noch länger hier. Den Perserteppich bewundern? Auf dem Weg nach draußen sah ich einen Mann, ich schätzte ihn so auf Ende zwanzig, der relative Ähnlichkeit mit Silberlocke hatte. Das musste wohl der Sohnemann und somit Ellis Bruder sein. Ringe hatte er aber nur am Finger. Und auch was er anhatte, passte sehr gut in dieses Haus. Alles vom Feinsten, edle Markenklamotten, Hemd, Hose, Schuhe, alles war aufeinander abgestimmt. Hinter ihm lief ein schmächtiger junger Mann her, der ihm in eines der einhundertfünfundzwanzig Zimmer folgte. Er war wesentlich einfacher gekleidet, weshalb ich vermutete, dass er nicht Teil der Familie war, sondern eher ein Freund des Sohnemanns.

Aber jetzt musste ich mich um mich selbst kümmern. Wegen der vielen schlechten Schwingungen, die da eben durch das Arbeitszimmer von Silberlocke gewabert waren, war jetzt Frischluft angesagt. Ich nahm eine ganze Portion davon, um meine Lungen zu säubern. Ja, der Herr sorgt immer wieder mal für Gerechtigkeit auf dieser Welt, die er erschaffen hat. Auch mit viel Geld kann man sich keine glückliche

Familie kaufen. Aber vielleicht sollte ich meine Klappe nicht zu weit aufreißen. Ich hatte kein Geld und auch keine glückliche Familie, besser gesagt, ich hatte gar keine Familie mehr. Und was noch enttäuschender war: Ich hatte absolut keine Idee, was Elli bei mir gesucht haben könnte.

Die Wissenslücke hielt nur wenige Sekunden an. Gerade als ich durch die Burgmauer hinaus auf die Straße treten wollte, bemerkte ich neben mir ein Geräusch. Ich drehte meinen Kopf zur Seite und entdeckte eine Gestalt, die schnell aus den exotischen Büschen auf mich zukam. Es war die Frau des Professors. Na, wer hätte das gedacht.

»Warten Sie einen Augenblick«, sprach sie mich an und blickte sich dabei verängstigt nach allen Seiten um.

»Aber gerne«, erwiderte ich, denn es war sofort zu erkennen, die Frau Professor war längst nicht so eine Pappnase wie ihr werter Gatte.

Im Gegenteil: Ihr Gesicht war bei näherem Hinsehen sogar recht attraktiv. Nur in der Anwesenheit des Herrn Professors war es nicht so zum Strahlen gekommen.

Sie zog mich hinter einen Busch, was interessanter klingt, als es letztlich war. Die Frau Professor wollte nur nicht von ihrem Göttergatten gesehen werden.

»Erzählen Sie mir bitte genauer, was mit Elli passiert ist«, forderte sie mich mit viel Angst in der Stimme auf.

Ich berichtete ihr in kurzen Worten, was am Abend vorher vorgefallen war. Als ich ihr von meiner guten Tat als Lebensretter berichtete, nahm sie meine Hand und drückte sie fest. Tränen standen ihr in den Augen. Sie war gerührt, ich war gerührt, aber lange konnten wir so, Händchen haltend, nicht dastehen. Wenn das der Herr Professor mitbekam, war die Stimmung wohl endgültig im Eimer. Und danach hatte ich keine Sehnsucht.

»Ich glaube, wir sollten uns nicht allzu lange hier im Busch herumdrücken. Man könnte auf falsche Gedanken kommen«, sagte ich vorsichtig.

»Wie? Ach so. Ja, natürlich, ich meine, nein, natürlich nicht.«

Die gute Frau Professor war ganz durcheinander. Und dann begann ein kurzer, aber heftiger Wortschwall.

»Elli hatte die falschen Freunde. Sie lässt sich aber nichts sagen, sie ist genauso dickköpfig wie ihr Vater. Die beiden haben immer miteinander gestritten. Und dann hat sie diese seltsamen Typen angeschleppt, wahrscheinlich nur um Harry zu provozieren. Und diese vielen Piercings und Tattoos. Schrecklich, was sie aus sich gemacht hat. Dabei war sie früher ein so hübsches Kind. Aber als dann die Sache mit den Drogen aufkam, war es ganz aus. Wir hätten ihr helfen sollen, aber Harry hat sie einfach hinausgeworfen. Ich habe versucht, ihn umzustimmen. Aber er wollte nichts mehr von ihr wissen. Sie hat ihn tief enttäuscht.« Frau Professor schluchzte kurz und sah mich dann an. »Aber, sie ist doch immer noch meine Tochter.«

Mit diesen Worten drückte sie meine Hand wieder so kräftig, dass es fast schmerzte.

»Sie haben ganz recht. Sie ist Ihre Tochter. Und sie hat es sicher verdient, dass man sich um sie kümmert. Vor allem jetzt«, sagte ich.

Ich sah meine Chance, doch noch an Informationen zu kommen.

»Wissen Sie, warum Elli bei mir war?«

»Nein, ich habe keine Ahnung.« Sie überlegte kurz. »Aber warten Sie, vielleicht gibt es da jemanden, der Ihnen weiterhelfen könnte. Aaron. Sie war früher einmal mit ihm befreundet gewesen. Ein netter Kerl, aber ich habe keine Ahnung, was aus ihm geworden ist. Sie hat ihn ein paarmal mit zu uns nach Hause gebracht. Sah genauso schlimm wie sie aus, aber unter der Oberfläche war er ein guter Mensch. Einen Moment …«

Ein weibliches Wesen, das wie Frau Professor etwas auf sich hält, geht nie ohne Handtasche aus dem Haus und in der kramte sie jetzt herum. Aus den unendlichen Tiefen der Tasche fischte sie schließlich ein Stück Papier hervor, das sie mir vor die Nase hielt.

»Sie hat für kurze Zeit mit ihm zusammengewohnt. Hier. Sie hat mir die Adresse aufgeschrieben. Auf diesen Zettel. Versuchen Sie es mal bei ihm. Wenn er überhaupt noch dort wohnt.«

»Ich werde ihn schon finden«, antwortete ich.

»Ja, ja, sicher.«

Sie tauchte wieder in die Tiefen ihrer Tasche, holte einen Geldbeutel hervor, den sie sofort öffnete.

»Und hier, nehmen Sie das.«

Sie drückte mir ganz formlos ein Bündel Geldscheine in die Hand. Da hatte die Frau Professor doch heimlich etwas Geld für Notfälle angespart. Was der Herr Professor sicher nicht wissen durfte. Aber das Gefühl da in meiner Hand war sehr angenehm, vor allem, wenn man seine unbezahlte Heizkostenrechnung im Hinterkopf hat.

»Bitte kümmern Sie sich um Elli«, fuhr die Professorengattin weinerlich fort. »Sagen Sie mir, wenn sie etwas braucht und vor allem auch, in welchem Krankenhaus sie liegt. Ich möchte sie besuchen. Hier ist meine Handynummer. Aber behalten Sie die Nummer für sich. Harry weiß nicht, dass ich noch ein zweites Handy habe. Rufen Sie mich nicht an, sondern schicken Sie mir lieber eine SMS.«

Schon überredet, Frau Professor. Für so viel Geld nehme ich jeden Auftrag an.

»Klar, ich halte Sie auf dem Laufenden«, versicherte ich ihr.

»Und wenn Sie noch mehr Geld brauchen, melden Sie sich bei mir. Nur, Harry darf nichts davon wissen, also gehen Sie vorsichtig vor, wenn Sie wissen, was ich meine.«

»Alles klar. Wird erledigt. Diskretion ist mein zweiter Vorname.«

Der Geheimbund war besiegelt.

»Ach, meine arme Elli, wenn ich sie doch nur nach Hause holen könnte.«

»Ich kümmere mich um alles, keine Sorge«, sagte ich, obwohl ich keine Ahnung hatte, wie ich das bewerkstelligen sollte.

Aber so viel Honorar in der Hand und eine attraktive Frau auf Tuchfühlung vor mir verleiten mich immer wieder zu unbedachten Äußerungen. Wie unbedacht diese Äußerung war, sollte sich später zeigen.

»Danke«, sagte die Frau Professor, drückte meine Hand und küsste mich sachte auf die Wange.

Ich verließ recht beschwingt das Villengrundstück und dachte an eine warme Wohnung. Aber so viel Glück auf einmal wäre jetzt zu viel des Guten gewesen. Es fing zu regnen an.

Während ich durch die Innenstadt streifte, wurde der Regen immer stärker. Ich drückte mich an den Hauswänden entlang, um nicht zu nass zu werden, und beeilte mich, zu meinem Office zu kommen. Dort stand mein Computer, der sich immer automatisch mit meinem Homeoffice synchronisierte. So hatte ich auf beiden Geräten stets dieselben Informationen, was sehr praktisch war. Jetzt allerdings brauchte ich nur Google Maps, um mir die Gegend anschauen zu können, in der Ellis Freund hausen sollte. Ich wollte schließlich auf alles vorbereitet sein. Auch in dieser Stadt voller guter Menschen gibt es dunkle Ecken.

Doch vor Google Maps wartete eine weitere Überraschung auf mich. Als ich mein innerstes Heiligtum betrat, sah ich zuerst zwei wippende Beine. Sie waren mir gut bekannt, denn sie gehörten Betty. Sie hatte ungeniert auf meinem Schreibtisch Platz genommen und durchwühlte mit einer Hand alles, was dort herumlag. War eine angeborene Eigenschaft von ihr. Sie war neugierig, schon immer. Und das war die richtige Eigenschaft für ihren Beruf. Betty war eine Schnüfflerin, eine sehr gute sogar. Und beim Staat angestellt, was ihr an jedem Monatsende ein sicheres Einkommen bescherte. Im Gegensatz zu mir. Wir waren einmal zusammen gewesen, kurz, aber heftig, in grauer Vorzeit. Und manchmal feierten wir den Jahrestag des Endes dieser Beziehung gemeinsam im Bett, was in letzter Zeit allerdings leider immer seltener geworden war. Trotzdem verband uns noch etwas. Nicht nur Sex. Auch Gefühle. Glaube ich jedenfalls.

Als sie mich hörte, drehte sie sich zu mir um.

»Hallo, Lebensretter«, grüßte sie mich mit einem Lächeln und mit noch heftiger wippenden Beinen.

Nicht schlecht dieser Anblick, sagte ich mir.

»Hallo, Wonderwoman«, grüßte ich zurück.

»Wo treibst du dich herum? Ich hoffe, du tust nichts Unanständiges.«

»Ich? Nie. Alles sauber, Frau Kommissar.«

»Freut mich zu hören, Nick. Übrigens, deine Tür stand offen. Solltest du nicht tun, könnte ja jeder hier hereinkommen und in deinen Sachen herumstöbern.«

»So wie du.«

Ich ging um sie herum und lehnte mich an die Wand

hinter dem Schreibtisch. Ganz leger, wie ein cooler Privatdetektiv eben. Sie ließ mich nicht aus den Augen.

»Was willst du hier, Betty? In meinem Office, auf meinem Schreibtisch?«

»In deinem Chaos, meinst du.«

Sie drehte sich etwas auf dem Schreibtisch, sodass ich wieder einen direkten Blick auf ihre wippenden Beine hatte.

»Auch das. Hast du Sehnsucht nach mir? Ist die Zeit für ein privates Treffen wieder reif? Ist unser Jahrestag heute?«

»Immer langsam, mein Freund. So schnell schießen die Preußen nicht.«

»Blöder Spruch und außerdem bin ich kein Preuße.«

»Witzbold.«

»Und kein Einheimischer. Zugereist.«

Was für eine Konversation. Wir beide schlichen wie die Katzen um den heißen Brei herum. Sie wollte etwas von mir, wollte aber vorher die Lage checken. Wie ich drauf war, wie wir drauf waren. Drauf und vielleicht auch drunter. Ich ließ nicht nach.

»Noch mal, Betty. Immer, wenn du bei mir aufkreuzt, willst du was von mir. Also, was ist los?«

»Das kannst du dir doch denken, Kleiner. Klar will ich was von dir«, sagte Betty. »Aber nicht das, was du dir in deinen schmutzigen Gedanken ausmalst«, schob sie schnell hinterher und lächelte dabei vielsagend.

»Komm zur Sache, Schätzchen«, antwortete ich ungerührt.

»War gestern einiges los bei dir, was, mein Kleiner?«

»Das kann man wohl sagen.« Der Groschen fiel, ein schadenfrohes Lächeln huschte über mein Gesicht. »Sag bloß, sie haben dir die ganze Geschichte von gestern aufs Auge gedrückt. Mann, dann bist du ja ganz offiziell hier. Aber Moment mal, du ermittelst doch nur bei Mord und Totschlag. Gestern das war doch nur Feuer und … ähm, was weiß ich.«

»Genau, wegen dieses ›was weiß ich‹ bin ich hier. Ich habe nämlich ein Problem, mein Guter. Oder besser: Wir haben ein Problem.«

»Wir?«

»Ja, genau. Erzähl mir mal, was war eigentlich los hier bei dir, gestern?«

»Ziemlich viel. Erst hab ich heldenhaft ein Kind aus den Flammen gerettet, dann eine junge Frau in dieses Scheißleben zurückgeholt. Reicht doch fürs Erste – oder?«

»Ja, kann man so sehen. Was bist du nur für ein Held, wie bewundere ich dich!«, meinte sie sarkastisch, um aber gleich wieder auf Normaltemperatur zu schalten. »Das mit dem Feuerkind bearbeiten meine Kollegen. Der Brand hatte wohl eine natürliche Ursache. Blitzschlag. Mich interessiert deine zweite Lebensretter-Geschichte.«

Betty stand auf, zog sich ihr kurzes Schwarzes zurecht, das beim Sitzen auf meinem Schreibtisch weit über ihre Knie hinaufgerutscht war. Langsam tänzelte sie auf mich zu.

»Erzähl mir von der Frau. Wer ist sie und was wollte sie bei dir?«, forderte sie mich auf.

Ich zuckte mit den Schultern.

»Zu viele Fragen auf einmal, für einen Mann. Weißt du, wir können uns immer nur mit einer Sache auf einmal beschäftigen«, antwortete ich mit einem Lächeln, was Betty aber nicht lustig fand.

»Jetzt lass den Scheiß. Was weißt du über sie?«

Sie stand jetzt direkt vor mir.

»Nicht viel.«

»Was?«, insistierte Betty.

Sie starrte mir direkt in die Augen und legte ihre Hände auf meine Schultern. Das war mir zu viel Nähe. Ich wich zurück und hob abwehrend die Arme.

»Okay, okay. Wenn du so schön bittest. Einen Augenblick.«

Ich kramte in meiner Tasche und zog den Ausweis hervor, den ich auf meiner Couch entdeckt hatte. Betty sah mich überrascht an.

»Wo hast du den her?«

»Gefunden.«

Die Überraschung bei Betty wechselte in einer Sekunde auf Ärger. Betty riss mir den Ausweis aus der Hand und steckte ihn ein.

»Das ist Beweismaterial, das du uns vorenthalten hast. Konfisziert.«

»Bitte, ich stehe den Ermittlungen nicht im Weg.«

Betty atmete einmal tief durch und beruhigte sich langsam wieder.

»Kommen wir zu meiner Frage zurück. Also, was wollte sie bei dir, einem erfolglosen, heruntergekommenen Privatdetektiv?«

»Ich habe absolut keine Ahnung«, sagte ich und zuckte mit den Schultern. »Sie tauchte einfach so bei mir auf. Ohne Termin, ohne Ankündigung am Telefon. Nichts. Ich habe sie gestern zum ersten Mal gesehen. Wir haben nur ein paar belanglose Sätze ausgetauscht. Als sie mir dann erklären wollte, warum sie mich aufgesucht hatte, folgten Donner und Doria und ich musste schnell raus und ein Kind retten. Man hat halt als Superman viel zu erledigen, um jeden Tag die ganze Welt vor dem Untergang zu bewahren. Du weißt doch, wie das hier in der Stadt so läuft. Steht doch jeden Tag in der Zeitung.«

»Ich glaube dir nicht, dass du keine Ahnung hast, warum sie bei dir war. Hab dir eigentlich noch nie etwas geglaubt.«

Sie packte mich zärtlich am Kragen und drückte mich sanft, aber bestimmt gegen die Wand. Ich hob entschuldigend beide Arme nach oben.

»Doch, doch, ich schwöre, Frau Kommissar. Ich sage die

Wahrheit. Ausnahmsweise. Kannst mich gerne ins Kreuzverhör nehmen, aber nicht hier im Office, eher bei mir zu Hause vielleicht. Dort ist das Sofa weicher.«

»Flachkopf. Jetzt mal im Ernst. Was wollte sie von dir?«

Ihr Gesicht war meinem immer noch sehr nahe. Ich hätte sie küssen können, aber das Risiko war mir zu groß.

»Wenn du es mir hier nicht sagst, nehm ich dich mit aufs Revier«, drohte sie mir.

Sie meinte es wirklich ernst.

»Ich sag dir doch, ich weiß es nicht. Ich hatte keine Zeit, mit ihr zu reden. Als ich zurückkam, nachdem die Sanis meine Lunge mit Sauerstoff durchgepustet hatten, lag sie hier in meinem Office auf dem Boden und war kaum noch lebendig. Ein Kreislaufkollaps wahrscheinlich. Aber das weißt du doch sicher besser als ich. Also, was ist los? Warum bist du hier und fragst nach ihr?«

Sie schwieg eine Weile und starrte mich dabei an. Sie wollte an meinem Gesicht ablesen, ob ich die Wahrheit sagte. Die Stille war mir unangenehm. Ich wollte sie durchbrechen.

»Du bist doch bestimmt über alles informiert. Sag mir erst mal, wie es der Maid mit den Piercings geht?«, fragte ich Betty.

»Sie hat Glück gehabt, sie lebt. Gerade so. Sie liegt noch auf der Intensivstation. Sie haben sie in ein künstliches Koma versetzt. Sie braucht Ruhe.«

Langsam dämmerte mir, dass es sich wohl nicht um einen normalen Kreislaufkollaps gehandelt hatte.

»Ich hoffe, dass die Ärzte sie bald aus ihrem Zustand rausholen können und sie mir mehr erzählen kann, was hier bei dir vorgefallen ist.«

Vorgefallen? Ich wurde immer neugieriger.

»Was ist eigentlich los, Betty? Irgendetwas stimmt doch

an der Geschichte nicht so recht, oder? Ich kann es dir ansehen. Du hast deinen Schnüfflerblick aufgesetzt. Steht dir zwar auch ganz gut, aber jetzt mal Butter bei die Fische. Warum bist du hier?«

Betty starrte mich immer noch an.

»Ja, genau, lass uns reden. Aber ich fange zuerst damit an. Fragst du dich eigentlich nicht, warum sie ausgerechnet zu dir gekommen ist, einem Privatdetektiv, der kaum Aufträge hat? Und plötzlich liegt sie dann ohnmächtig auf deinem Perserteppich herum?«

»Betty«, sagte ich und legte ihr beide Hände auf die Schulter, um sie ein wenig von mir wegzudrücken. »Ich kenne die Frau erst seit gestern. Weiß nicht, ob sie das immer so macht. So auf dem Teppich herumliegen. Vielleicht ist sie krank. Unpässlich.«

»Idiot. Sie ist nicht krank! Zumindest nicht, wie wir das normalerweise meinen. Ich will dir mal das ärztliche Bulletin weitergeben, damit du verstehst, um was es hier geht. Die Mediziner haben sie natürlich von oben bis unten durchgecheckt. Und sie haben was in ihrem Blut gefunden, was da überhaupt nicht hingehört. Heroin. Und zwar sehr viel davon. Zu viel. Diese Überdosis hat sie umgehauen.«

»Heroin?«

»Genau. Und für mich stellen sich da einige Fragen. Wo hatte sie das Zeug her? Wer hat es ihr gegeben? Und hat sie sich das hier bei dir gespritzt?«

Diese Neuigkeit machte mich erst einmal sprachlos. Aber Betty war noch nicht fertig.

»Da sie bei dir umgekippt ist, wollte ich mir dein …« Sie schaute sich um und schüttelte den Kopf. »… wie nennt man das hier eigentlich?«

»Office.«

»Wegen mir auch Office. Also, ich habe zwei Kollegen von

der Spusi mitgenommen und mich hier ein wenig umgeschaut. Ich hatte es so im Gefühl, dass wir hier etwas finden.«

»Du hast mein Office durchwühlt? Ohne mich vorher zu fragen?«, fragte ich ungläubig.

Betty drehte sich um und ging ein paar Schritte durchs Zimmer.

»Ja. Genau. Ich wollte dich ja fragen, ob du uns das erlaubst, aber du warst nicht da. Also habe ich mich selber bedient.«

»Du weißt aber, dass das nicht erlaubt ist.«

»Ach, wir sind doch so gute Freunde, mein Lieber, und ich bin mir sicher, dass du jederzeit mit der Polizei kooperierst. Da liege ich doch richtig? Und außerdem, meine Leute haben dein altes Chaos wieder hergestellt, so wie es vorher war. Oder siehst du einen Unterschied?«

Sie lächelte mich an und setzte sich wieder auf den Schreibtisch.

Und jetzt wippten die Beine so was von wild hin und her.

»Wo du richtig liegst, kann ich dir nicht sagen. Aber, wenn du schon so frei warst, meine edle Bude umzupflügen, würde mich doch sehr interessieren, ob du auch etwas gefunden hast.«

»Hab ich.«

»Und was?«

Sie beugte sich nach vorn und zog einen kleinen durchsichtigen Beutel aus der Tasche, den sie mir vor die Nase hielt.

»Eine Spritze? Wo hast du die gefunden?«

»Unter deinem Sofa. War nicht schwer zu finden. Gehört die dir?«

»Sicher nicht.«

»Das dachte ich mir. Du säufst zwar wie ein Loch, aber ich bin mir sicher, dass du nicht zu den Junkies gehörst.«

»Da liegst du wirklich mal richtig.«

»Also, wem gehört dann diese Spritze?«

»Da würde ich ganz frech auf meinen Gast tippen.«

»Klar. Aber warum sollte sie sich ausgerechnet hier bei dir einen Schuss setzen?«

Das fragte ich mich auch. Allerdings war das ja nicht ganz aus der Welt. Ich erinnerte mich an das, was Frau Professor bei unserem Tête-à-Tête an der Burgmauer erwähnt hatte. Ihre Tochter Elli hatte eine Drogenvergangenheit. Trotzdem, warum sollte sie ausgerechnet zu mir kommen, um sich die Nadel zu geben? Wir kannten uns doch gar nicht. Außerdem schien sie mir zwar recht eigenartig zu sein, der Piercings und schwarzen Kleidung wegen, aber als Junkie hatte ich sie nicht gesehen. Ich kenne die Typen, die an der Nadel hängen, die sehen anders aus.

»Und es gibt da noch mehr Ungereimtheiten«, fuhr Betty fort.

»Und die wären?«

»Meine Jungs haben sich die Spritze genauer angesehen. Sind keine Fingerabdrücke drauf. Das ist doch etwas seltsam – oder?«

Ich nickte.

»Genaueres wird uns unser Labor sagen. Aber ich habe da noch ein weiteres Problem«, meinte Betty.

»Das du mir sicher gleich mitteilen wirst«, sagte ich.

»Na klar, doch. Nachdem klar war, dass die Frau wegen einer Überdosis in der Klinik liegt, habe ich unseren schicken und sehr gescheiten Herrn Rechtsmediziner gebeten, sich das Piercings-Mädel einmal etwas genauer anzuschauen.«

»Was er sicher gleich getan hat. Dir kann man einfach nichts abschlagen.«

»Da hast du so was von recht. Er ist auf etwas gestoßen, was ihn stutzig machte.«

»Und das wäre?«

»Kleine, fast kaum erkennbare blaue Flecken, die noch relativ frisch waren. An ihren Armen und an ihrem Hals. Kann Zufall sein. Vielleicht hat sie sich gestoßen. War unvorsichtig. In deinem Büro kann man sich an vielem stoßen. Aber es könnte auch jemand etwas kräftiger zugepackt und sie vielleicht festgehalten haben, meinte der Mediziner. Hält er sogar für wahrscheinlicher. Außerdem fand er eine kleine Einstichstelle an ihrem Oberarm. Sie könnte von der Spritze stammen. Er hält die Einstichstelle aber für ungewöhnlich. Junkies spritzen sich zwar fast überall hin, aber nicht so umständlich in den Oberarm. Wenn es schnell gehen muss, dann sucht man sich eine einfachere Stelle aus. In der Armbeuge zum Beispiel. Dort hat er auch Hinweise gefunden, dass sie sich früher mal gespritzt hat. Diese Stellen waren aber alle alt. In letzter Zeit hat sie sich wohl nicht mehr die Nadel gegeben, dafür spricht auch ihr relativ guter körperlicher Zustand. Sonst hätte sie die Überdosis wahrscheinlich gar nicht überlebt. Also frage ich mich: Was ist in deinem Büro passiert?«

»Das frage ich mich jetzt auch. Du schaffst es immer wieder, mich sprachlos zu machen.«

Wir schwiegen wieder eine Weile.

»Also Betty, lass mich das alles mal zusammenfassen. Wenn ich das richtig verstehe, was du mir da gerade mitgeteilt hast, dann sind zwei Szenarien möglich. Elli ist auf Entzug und muss sich Heroin spritzen, und weil es so dringend ist, gleich hier bei mir im Office. Dagegen spricht aber, was die Mediziner sagen. Und auch das, was ich gesehen habe. Da war ein Mädel, das eigentlich recht vergnügt und gesund wirkte, keine Schweißperlen auf der Stirn hatte, nicht zitterte oder unruhig in der Gegend herumzuckte und hypernervös war. Sie schien gut drauf, auch ohne Drogen. Also erscheint dieses erste Szenario ziemlich unglaubwürdig. Die zweite Version, die sich anbietet und dir mir überhaupt nicht gefällt – jemand hat Elli festgehalten und ein anderer hat ihr gegen ihren Willen eine Spritze mit Heroin gesetzt. In meinem Office und das möchte ich betonen – in meiner Abwesenheit.«

»Auf die Idee könnte man durchaus kommen.«

»Aber warum? Und ausgerechnet bei mir? Das ist doch mit viel Risiko verbunden«, sagte ich.

»Vielleicht hatten sie es eilig, weil sie dir irgendetwas erzählen wollte, was ihnen nicht gepasst hat. Vielleicht ist das Ganze auch nur eine Räuberpistole, die wir uns ausgedacht haben und es gibt eine einfache Erklärung für alles. Wobei einfach vielleicht nicht der richtige Ausdruck ist, wenn es um Heroin geht.«

Betty rutschte auf dem Schreibtisch nach vorne, bis ihre Beine den Boden erreicht hatten. Sie sah mich mit einem Stirnrunzeln an.

»Ach, ja, es gibt da noch ein drittes Szenario. Und zwar: Du spielst mir hier was vor und steckst mittendrin in der Geschichte. Du bist der Böse, aus welchem Grund auch immer. Du hast ihr das Zeug verpasst. Vielleicht sollte ich meine Handschellen herausholen und dich verhaften.«

»Das mit den Handschellen kennen wir doch schon. Aber ich bin heute nicht in der Stimmung dazu. Lass sie lieber stecken. Ein andermal.«

»Warum sollte diese Version nicht wahr sein?«

Mein Pulsschlag stieg langsam an. Aus Ärger.

»Warum sollte ich Elli denn mit Heroin vollpumpen und ihr hinterher das Leben retten?«

»Was weiß ich denn, was in deinem kranken Hirn vorgeht? Vielleicht war's ja so. Dealer bekommt plötzlich Gewissensbisse oder wie wär's damit: Schweinekerl will junge Frau mit Heroin gefügig machen.«

»Wer hat hier das kranke Hirn? Ich bin kein Dealer und schon gar kein Schweinekerl – zumindest nicht so einer. Außerdem hab ich ein Alibi. Vielleicht erinnerst du dich daran, ich war beim Lebenretten im brennenden Nachbarhaus. Frag doch die Kleine. Oder ihre Puppe. Oder die Feuerwehrfuzzis.«

Ich ging wild gestikulierend auf sie zu. Stand nun direkt vor ihr. Sie lächelte mich nur an.

»Ja, ja, beruhig dich. Komm wieder runter. Ich weiß, dass du nicht völlig verblödet bist. Wollte dich nur etwas reizen. Du siehst immer so attraktiv und wild aus, wenn du dich aufregst.«

Betty lachte auf, packte mich am Kragen, zog mich so nah zu sich heran, dass sich unsere Lippen fast berührten. Dann stieß sie mich weg.

»Du verstehst auch keinen Spaß.«

Betty drehte sich um und entfernte sich ein paar Schritte von mir, was schade war.

»Nein, versteh ich nicht, zumindest nicht solche Späße.«

»Okay, wie du willst. Kommen wir zum Ernst zurück. Ich werde mich mal weiter umhören, werde auch unsere Maschinerie anwerfen und etwas im Nebel herumstochern. Vielleicht stoße ich auf etwas, was uns weiterbringt. Wir werden sehen, vielleicht gibt es eine normale Erklärung, wenn nicht, ist das mein Fall. Dann war das versuchter Mord. Aber was wirklich hier passiert ist, kann uns letztlich nur Elli sagen, wenn sie wieder reden kann. Dafür brauchen wir aber noch etwas Geduld. Ich glaube nicht, dass sie morgen schon wieder fit ist. Hörte sich nicht so an bei den Medizinern.«

»Gut, dann ermitteln wir mal. Fangen wir gleich damit an, Betty.«

»Wir? Wie in du und ich, du meinst, wir beide zusammen?«

»Genau, du hast es erfasst.«

»Nein, da lässt du lieber die Finger davon, bevor ich dir draufhaue. Das ist jetzt Polizeiarbeit. Nichts für einen privaten Schnüffler, der meist nur Leute beim Fremdgehen belauscht und fotografiert. Wie ein Spanner. Hier braucht man Fingerspitzengefühl und Intuition. So was kennst du nicht.«

»Betty, es gab eine Zeit, da warst du netter zu mir, viel netter.«

»Erwähne nicht meine dunkle Vergangenheit. Darüber breiten wir lieber den Mantel des Vergessens aus.«

»Wir? Wie in du und ich?«, fragte ich lachend. »Nein, ich kann das niemals vergessen. Ich denke immer noch daran, an jeden Tag, an jede Stunde sozusagen, ich denke daran wie unsere nackten, in Schweiß gebadeten Körper, heiß vor Lust, aufeinander …«

»Halt die Klappe, du Idiot«, fuhr mir Betty dazwischen und boxte mich direkt auf den Solar Plexus.

Nicht allzu fest, aber gerade stark genug, um mir den Atem zu nehmen. Laut nach Luft japsend hielt ich mich an meinem Schreibtisch fest, um nicht in die Knie zu gehen.

»So gefällst du mir besser. Immer schön demütig und devot«, spottete Betty und klopfte mir aufmunternd auf die Schulter.

»Oh ja, mach weiter, so mag ich es«, presste ich hervor. »Schlag zu. Hart und schmerzhaft. Es ist so schön, wenn der Schmerz nachlässt. Ziehst du bitte noch deine Schnürstiefel an?«, keuchte ich.

»Das könnte dir so passen. Zuerst die Arbeit, dann das Vergnügen.«

»Was willst du nun tun?«, fragte ich.

»Ich werde mir mal ihr Umfeld näher anschauen. Ihre Familie zum Beispiel. Sie wissen ja noch gar nicht, was mit ihrer Tochter passiert ist. Vielleicht auch mal hier im Haus rumfragen, vielleicht hat jemand irgendwas gesehen oder gehört.«

Nun hätte ich Betty sagen können, dass ich schon bei Ellis Familie gewesen war und Bekanntschaft mit einem akademischen Arschgesicht von Vater gemacht hatte. Aber alles musste Betty ja nicht wissen. Sollte sie doch auch das Vergnügen haben, sich mit dem Herrn Professor auseinanderzusetzen. Und einen Solar Plexus hatte er ja sicher auch, den Betty nicht verfehlen konnte, wenn es ihr zu blöd wurde. Bei dem Gedanken an Solar Plexus stöhnte ich kurz auf, was Betty nicht vom Gehen abhielt.

»Jetzt hab dich nicht so, du Weichei«, sagte sie, als sie mein Büro verließ.

Ich sah ihr nach. Das Kleid stand ihr verdammt gut.

Das mit der Hausbefragung hatte sich schnell für mich erledigt. Ich klapperte Wohnung für Wohnung ab. Niemand hatte was gesehen. Wer zu dem Zeitpunkt da gewesen war, war auf die Straße gerannt, um zu gaffen. Das Feuer hatte alle Aufmerksamkeit auf sich gezogen. Da hatte niemand auf irgendwelche fremde Leute, die im Treppenhaus auf und ab gingen, geachtet. Aber auf diese Art und Weise lernte ich außer dem Sofa-Träger noch die anderen Leute kennen, die hier im Haus wohnten. Vorher waren wir meist immer nur aneinander vorbeigerannt, nur mit einem kurzen Gruß, ohne ein paar Worte miteinander zu reden.

Als Nächstes wollte ich Ellis Freund aufsuchen. Ich wollte Betty zuvorkommen. Wenn die Polizei bei ihm auftauchte, könnte es sein, dass er mit gar niemandem mehr reden würde. Auch mit mir nicht. Aber ich musste mit ihm reden.

Irgendetwas war hier faul, das fühlte ich. Und im Moment hatte ich außer ihm keinen weiteren Anknüpfungspunkt, um herauszufinden, wohin diese Geschichte noch führte. Außerdem wollte ich gerne Betty weiter ärgern. Sie sah einfach umwerfend aus, wenn sie wütend war.

Also verließ ich mein Office. Diesmal schloss ich allerdings die Tür ab. Ich wollte nicht noch einmal ungebetenen Besuch bei mir vorfinden.

Als ich zu meinem Auto lief, das ich in der Straße geparkt hatte, ging mir der vergangene Tag noch einmal durch den Kopf. Die ganze Zeit hatte ich gejammert, dass nicht viel los gewesen war in meinem Leben, und jetzt das. Ja, manchmal hat das Leben einige Überraschungen parat. Und es sollten noch weitere auf mich warten. Zum Beispiel der Strafzettel an meiner Windschutzscheibe. Ich hatte offenbar vergessen, einen meiner gefakten Anwohnerausweise hinter die Windschutzscheibe zu klemmen. Den Strafzettel zog ich unter dem Scheibenwischer hervor und legte ihn zu den anderen. In jedem Mann steckt eine Sammelleidenschaft.

Ich fuhr zur Adresse, die mir Frau Professor zugesteckt hatte. Das Haus lag in einem heruntergekommenen Viertel, das sie hier Südstadt nennen. Zwar zogen immer mehr Besserverdienende in diesen Teil der Stadt und wandelten ihn langsam zu einem modernen Szeneviertel um, aber es gab hier immer noch einige dunkle Ecken, in die sich bei Nacht niemand so recht traute. Und in einer dieser Ecken lag das Haus, in dem Aaron wohnen sollte. Diese Bruchbude unterschied sich schon sehr von der Akademiker-Burg auf Halbhöhenlage. Hier sollte die Professorentochter mal logiert haben? Wenn auch nur vorübergehend? Das musste ich Silberlocke das nächste Mal unter die Nase reiben.

Ich checkte das Gebäude, an dem der Putz an vielen Stellen schon abgebröckelt war, etwas genauer. Das Haus war deutlich in die Jahre gekommen, offenbar hatte es niemand mehr für nötig empfunden, Geld in Fassade und Wohnung zu investieren. Genauer betrachtet sah es sehr unbewohnt aus. Im Erdgeschoss gab es nur leere Fensterhöhlen, keine Vorhänge oder sonstiger Fensterschmuck waren zu sehen. Irgendjemand hatte einige Scheiben eingeworfen oder sie waren sonst irgendwie zu Bruch gegangen. Wahrscheinlich stand das Gebäude auf der Abrissliste eines Bauspekulanten. Hier sollten sicher einmal neue Wohnhäuser entstehen, in denen man die Mieten hochtreiben konnte. Seit Jahren schon versuchten diese Heuschrecken, Leute mit kleinem Geldbeutel aus dem Viertel zu vertreiben, die schon seit zwanzig, dreißig Jahren hier wohnten, die sich aber diese hohen Mieten in den neuen oder sanierten Häusern nicht mehr leisten konnten. Für diese Menschen interessierte sich niemand. Es ging nur um den Profit. Wir leben schließlich im Kapitalismus mit Gewinnmaximierung und scheinbar endlosen Wachstumsraten.

Ich ging zur Haustür des dreigeschossigen Gebäudes, das in einem wirklich jämmerlichen Zustand war, und vergewisserte mich noch einmal, dass ich an der richtigen Adresse war. Kein Zweifel, Straße und Hausnummer stimmten, vorausgesetzt es stimmte das, was auf dem Zettel von Frau Professor stand.

Ins Haus zu kommen, war kein Problem. Die Eingangstür war nur angelehnt. Sie konnte auch nicht verschlossen werden, weil jemand vor einiger Zeit die Tür mit Gewalt und einem Brecheisen aufgebrochen hatte. Das Schloss wackelte lose in seiner Halterung herum. Ich schob die Tür auf und trat ins Treppenhaus. Im Erdgeschoss ging ich von Wohnungstür zu Wohnungstür. Ich hatte recht gehabt. Hier auf diesem Stock wohnte niemand. Fast alle Türen standen weit offen. Ein Blick in die Wohnungen zeigte, sie waren leer geräumt worden. Nur reichlich Abfall lag herum. Ich ging einen Stock höher.

Auf der obersten Treppenstufe fasste ich in mein Jackett. Die .38er war an Ort und Stelle, was mich beruhigte. In Notfällen war sie immer sehr hilfreich. Nicht, dass ich mit einem rechnete, aber man kann nie vorsichtig genug sein. Die Welt ist schlecht. Und manchmal kann man mit einer .38er Probleme auf ganz einfache Art lösen. Vor allem meine Probleme.

Ich schaute mich im ersten Stock um. Wieder viele leere Zimmer. Eine Tür war verschlossen, aber nicht lange. Ich nahm mir die Eingangstür zum Vorbild, setzte aber statt eines Brecheisens mein Körpergewicht als Türöffner ein. Sollte sich tatsächlich ein Schlosser mal hierher trauen, dann konnte er neben der Haustür auch diese gleich reparieren. Ich schaute mich um. In dieser Wohnung standen noch ein paar Möbel herum, aber es sah nicht so aus, als ob hier jemand hauste. Als ich gerade die ehemalige Küche inspizierte, hörte ich im Treppenhaus ein Geräusch. Ich hielt die Luft an und wartete ein paar Sekunden. Aber es blieb still. Ich verließ die Wohnung. Im Treppenhaus war niemand zu sehen.

»Wohnt hier noch jemand in dieser Bruchbude?«, rief ich laut.

Ich hatte als vorsichtiger Mensch zuvor meine .38er aus dem Schulterholster gezogen. Deshalb wählte ich hier im Treppenhaus nun die offensive und lautstarke Version, um mich bemerkbar zu machen, nicht dass ich noch einen Unschuldigen über den Haufen knallte. Das gebot mir schon mein Gewissen, wenn so etwas bei mir überhaupt noch vorhanden war.

Ich erhielt auf mein Rufen keine Antwort. Ich ging langsam mit gezückter Pistole die Treppe hinauf in den dritten

Stock. Hier waren alle Türen verschlossen. Ich klopfte an die erste. Keine Reaktion, nichts.

»Hallo, ist hier jemand?«

Ich rüttelte an der Türklinke. Die Tür ging nicht auf. Gerade als ich wieder meine Schulter einsetzen wollte, hörte ich aus einer anderen Ecke der Etage erneut ein Geräusch. Ich ging den Gang entlang bis zur letzten Tür. Als ich die Klinke fest anpackte, ging die Tür fast von alleine auf.

»Hallo, Aaron?«, rief ich in die Wohnung hinein.

Ein »Ja, hier« hätte mir in dieser Situation weitergeholfen, aber es blieb still. Ich entschloss mich, in die Wohnung zu gehen.

»Aaron, wenn du hier bist. Ich habe Neuigkeiten von deiner Freundin Elli«, sagte ich laut.

Ich kam mir vor, als wenn ich mit mir selbst reden würde, denn niemand antwortete mir. Ich schaute ins erste Zimmer der Wohnung. Es war offensichtlich: Hier hatte bis vor Kurzem noch jemand gehaust, denn es sah zwar chaotisch aus, aber es war alles vorhanden, was man so in halbwegs zivilisierten Ländern zum Überleben braucht. Es war so eine Art Wohnküche. Die Spüle war voller Geschirr. Auf dem Tisch in der Mitte des Raumes standen noch zwei Teller, an denen Essensreste klebten. Hier sollte dringend einmal aufgeräumt und abgespült werden, dachte ich. Auch der Geruch, der hier im Raum hing, war nicht gerade einladend. Einmal durchlüften könnte nicht schaden.

Ich nahm mir den Kühlschrank vor. Viel war nicht drin, aber es reichte, um die nächsten beiden Tage nicht verhungern oder verdursten zu müssen. Gerade als ich die Tür des Kühlschranks schloss, hörte ich wieder ein Geräusch. Es kam eindeutig aus einem anderen Zimmer in der Wohnung und es klang nach einem Stöhnen. Und das klang nicht gut. Ich sprang aus der Küche, orientierte mich kurz, aus welchem Zimmer das Stöhnen wohl gekommen war. Eine große Auswahl gab es nicht. Drei weitere Türen waren zu sehen. Eine stand offen. Sie führte deutlich erkennbar ins Bad. Aber ich war mir sicher, dass aus diesem Raum das Stöhnen nicht gekommen war. Es sei denn, der Typ hatte sich gerade beim Rasieren geschnitten.

»Hallo? Wo sind Sie? Brauchen Sie Hilfe?«, rief ich und ging auf eine der beiden anderen Türen zu.

Als Antwort hörte ich ein erneutes Stöhnen. Der Typ musste in dem Zimmer rechts von mir sein. In drei Schritten war ich dort und riss die Tür mit meiner Linken auf. In der rechten Hand hielt ich noch meine .38er. Ich stürmte ins Zimmer, zu schnell und zu unvorsichtig, wie sich im nächsten Augenblick herausstellte. Ich sah aus dem Augenwinkel heraus eine Bewegung, die sich in der nächsten Sekunde als Faustschlag herausstellte. Die Zeit war zu kurz, um noch adäquat darauf reagieren zu können. Aber ich konnte wenigstens meinen Kopf etwas zur Seite drehen, weshalb mich der Schlag nicht mit voller Wucht traf. Der Schläger musste hinter der Tür gelauert haben.

Ich flog zur Seite, auf die Ecke einer Kommode und räumte dabei alles ab, was sich auf dem Möbelstück befunden hatte. Wertvolles Porzellan oder Ähnliches war es sicher nicht gewesen, aber es klirrte und schepperte ordentlich. Nach dem Aufprall schmerzte meine Hüfte und mein Kopf dröhnte etwas. Durch den Sturz war mir meine .38er aus der Hand gefallen. Sie lag direkt neben mir auf dem Boden. Als ich mich bückte, um nach ihr zu greifen, sah ich den Schuh meines Widersachers auf mich zukommen. Er wollte mir mit voller Wucht auf den Schädel treten. Diesmal war ich auf den Angriff besser vorbereitet. Die .38er konnte noch einen Augenblick auf mich warten. Erst musste ich mich um den Springerstiefel kümmern. Was mir auch ganz gut gelang. Ich wich nach links aus und schlug gleichzeitig den Fuß meines Angreifers, der an meinem Kopf vorbeisauste, zur Seite, was ihn aus dem Gleichgewicht brachte. Er stolperte und landete an der Wand. Als er sich umdrehte, schätzte er schnell seine Ausgangslage ein. Er war offenbar intelligent genug, um sofort zu erkennen, dass seine Position schwächer geworden war. Meine .38er lag immer noch in Reichweite. Außerdem hatte ich mich gefangen und war in Kampfhaltung übergegangen. Und in diesem Kampf wäre er der Unterlegene gewesen, denn so kräftig sah der Bursche nicht aus. Sein Überraschungsmoment hatte sich vor Sekunden als Vorteil erwiesen, doch der war jetzt vorbei. Jetzt standen die Vorzeichen für ihn auf Schläge und viel Schmerz. Er griff nach einem metallenen Gegenstand und pfefferte ihn in meine Richtung. Ich ging nach unten in Deckung und schnappte mir dabei auch meine .38er. Die kurze Ablenkung nutzte der Typ, um sich aus dem Staub zu machen. Er rannte durch die Tür nach draußen in den Gang und dann aus der Wohnung. Schnell war er, der Junge, das musste ich ihm lassen. Ich stürmte hinterher. Als ich das Treppenhaus erreicht hatte, war er schon ein Stockwerk tiefer. Ich hob meine .38er und zielte nach unten. Doch er wechselte schnell die Position und war im nächsten Augenblick aus meinem Blickfeld verschwunden.

Ich rannte die Treppe hinunter und sah, dass er wohl aus dem hinteren Fenster im ersten Stock nach draußen gesprungen war. Zur Haustür war er jedenfalls nicht gelaufen, das hätte ich sehen oder hören müssen. Ich näherte mich vorsichtig, mit meiner .38er im Anschlag, dem Fenster. Doch es bestand keine Gefahr mehr. Der Schläger hatte sich über das Dach eines Schuppens, der an die Rückseite des Hauses angebaut war, aus dem Staub gemacht. Ich schaute ein paar Sekunden nach draußen, dann hörte ich das Brummen eines Motorrads. Ich bin zwar immer noch ganz passabel, was meine Hundert-Meter-Zeiten angeht, aber mit einem Motorrad nehme ich es nicht mehr auf. Also gab ich die Verfolgungsjagd auf.

Wer war der Schläger gewesen? Ellis Freund Aaron? Und warum hatte er mich angegriffen? Viel von seinem Gesicht hatte ich nicht erkennen können. Seine Sturmhaube, die er über dem Kopf getragen hatte, hatte nicht viel von seiner Visage preisgegeben. Nur seine Augen hatte ich gesehen und ein Tattoo auf dem Unterarm. Doch das half mir nicht weiter. Ich wusste ja gar nicht, wie Aaron aussah. Frau Professor hatte mir nur den Namen aufgeschrieben. Mit einem Foto hatte sie nicht dienen können.

Doch während ich am Fenster stand und auf das sich entfernende Motorrad hörte, beschlich mich ein Gedanke, der wesentlich düsterer war. Für den Fall, dass der Typ, der sich durchs Fenster auf- und davongemacht hatte, nicht Aaron gewesen war, dann verhieß das nichts Gutes. Die auf dem Boden liegende Elli kam mir sofort in den Sinn. War hier vielleicht derselbe Täter am Werk gewesen? Ich drehte mich vom Fenster weg und rannte nach oben.

Die Tür der Wohnung stand noch sperrangelweit offen. Ich ging zurück ins Schlafzimmer, in dem mich der Typ angegriffen hatte. Meine schlimme Vorahnung erfüllte sich leider. Das Zimmer war nicht sonderlich gut eingerichtet, eher zweckmäßig, würde ich sagen. Eine Kommode, ein Schrank, kein Bett, dafür eine Matratze auf dem Boden. Und auf dieser Matratze lag ein junger Mann, der nicht mehr sehr lebendig wirkte, was man auf den ersten Blick erkennen konnte. Der linke Ärmel seines Hemdes war nach oben geschoben. In seiner Armbeuge steckte noch eine Spritze. Sie war fast leer. Ich kniete mich neben ihn.

Plötzlich bewegte sich sein Arm. Er griff nach meinem

Kragen, zog mich zu sich herunter und flüsterte mir etwas zu, das ich aber nicht richtig verstand. Es war nur ein Wort. Das war alles. Nichts folgte mehr, außer einem Husten. Blut kam aus seinem Mund. Danach drehte sich sein Kopf zur Seite und sein Blick starrte ins Leere. Ich konnte nicht wieder den Lebensretter spielen, hier kam jede Hilfe zu spät, zumal ich jetzt bemerkte, dass ich in einer Blutlache kniete, die meinen Anzug vollends ruinierte. Ich drehte den Typen um. Blut sickerte aus mehreren Wunden in seinem Rücken. Sie sahen nach Stichwunden aus.

Langsam hatte ich genug. Irgendwie war gerade um mich herum die Hölle losgebrochen. Ich werde mich nie wieder beklagen, dass mein Leben zu langweilig ist. Ich schwöre es, bei Johnnie und allem, was mir sonst noch heilig ist.

Ich stand auf und atmete tief durch. Verdammt. Das ging mir schon an die Nieren. Ich kannte den Typen nicht, aber er tat mir leid. Ich schaute mich um. Hier hast du also gewohnt, mein Freund. Kein gutes Zuhause. War Elli hier früher auch gewesen? Wirklich kein Ort, an dem man sich lange aufhalten möchte, außer man hat sich zugedröhnt und sieht alles in bunten Farben. Ich stöberte ziellos in seiner Wohnung herum. Eine Flasche erweckte meine Aufmerksamkeit. Whisky. Ich bückte mich, hob die Flasche auf und betrachtete mir das Etikett. Ein billiger Fusel aus dem Supermarkt. Aber trinkbar, wenn man nichts anderes hatte. Ich konnte jetzt einen Schluck vertragen. Ich schenkte den Whisky zwei Fingerbreit in das Glas, das neben der Flasche gestanden hatte.

Ich schaute auf den armen Kerl, der vor mir lag.

»Ich trink auf dich, mein Freund. Du hast nicht viel aus deinem Leben gemacht, aber das hier hast du nicht verdient. Wirklich nicht. Ich werde den Kerl für dich finden«, versprach ich ihm und trank den Whisky aus.

Ich schaute mich um. Mein Blick landete wieder auf dem Toten vor mir. Meine Stimmung war im Keller. Und draußen fing es jetzt erneut zu regnen an.

»Ach, verdammt …«

Ich nahm die Flasche vom Tisch und warf sie wütend gegen die Wand. Die Flasche zerbrach nicht, sondern fiel unversehrt zu Boden.

Mann, irgendwie ist das nicht mein Tag heute, dachte ich. Ich ging zu dem Toten zurück und durchsuchte seine Jacke, Hemd und Hose. Ich fand ein paar Münzen, zwei Geldscheine von geringem Wert und einen Beutel mit Spritzen. Außerdem fiel mir sein Ausweis in die Hände. Das Bild darauf war zwar etwas älter, aber der Pass gehörte zweifellos dem Typen hier, der vor mir lag. Der Ausweis bestätigte, was ich vermutete hatte. Der Typ hier vor mir war Aaron. Ich suchte weiter in seinen Taschen. Mehr fand ich nicht. Ich stand auf, ging noch mal durch die Wohnung und durchsuchte auch das Badezimmer. Ich fand nichts von Bedeutung. Nur Fixerutensilien und Alltagsgegenstände.

Es war an der Zeit, diesen unwirtlichen Ort zu verlassen. Was sollte ich noch hier. Außer Ärger war hier nicht mehr viel zu holen. Ich zog mein Handy aus der Tasche und wählte Bettys Nummer. Sollte sie sich doch um den Scheiß hier kümmern. Ich hatte fürs Erste die Nase voll, gestrichen voll. Betty ging sofort dran. Ich erklärte ihr in ein paar Worten, was geschehen war und was sie hier vorfinden würde. Ohne eine Antwort abzuwarten, beendete ich das Gespräch. Vor dem Haus wartete ich, bis ich das Signal der Kavallerie in der Ferne hörte. Es war an der Zeit, mich aus dem Staub zu machen.

Mein Weg führte mich von der Südstadt direkt in mein Office. Ich hatte Betty bei ihrer Ermittlungsarbeit nicht auf den Füßen stehen wollen. Außerdem war mir nicht danach gewesen, irgendwelche Fragen beantworten zu müssen. Ich wollte meine Ruhe. Doch Betty sah das anders.

Nach einer Stunde tauchte sie in meinem Office auf. Für sie war ich ein wichtiger Zeuge, der sich unerlaubter Weise vom Tatort entfernt hatte. Durchaus verständlich dieser Gedankengang. Außerdem hatte ich am Tatort selbst jede Menge Spuren hinterlassen und die musste sie jetzt irgendwie von den anderen trennen. Sie war sauer, granatenmäßig sauer. Und das war noch freundlich ausgedrückt.

»Du bist ein kompletter Arsch«, motzte mich Betty an.

Und dies war einer ihrer nettesten Sätze.

»Wenn du meinst, du bist die Erste, die so etwas zu mir sagt, dann muss ich dich leider enttäuschen. Und übrigens: Ich liebe dich auch«, entgegnete ich ihr.

Ich lag ausgestreckt auf der Couch in meinem Office und harrte des Unwetters, das noch weiter auf mich niederprasseln sollte. Aber ich muss sagen, selten hatte Betty so attraktiv ausgesehen. Die Wut stand ihr gut. Verdammt gut.

»Ich hätte große Lust, dich einzusperren«, plärrte sie mich an. »Wegen Behinderung der Polizeiarbeit oder irgendwas Ähnlichem. Mir wird schon was Passendes für dich einfallen. Ich bin da sehr kreativ.«

Betty war diesmal nicht alleine gekommen. Sie hatte Verstärkung mitgebracht. Irgendeinen ihrer Reviersklaven. Der hatte sich am Eingang postiert, wahrscheinlich mit dem genialen Gedanken, ich könnte versuchen zu fliehen und er dürfte sich mir mit seinem Körpergewicht von einer Tonne in den Weg stellen. Bei der Bemerkung Bettys, dass sie mich gerne verhaften würde, zuckte er kurz mit der rechten Hand, so als wolle er sofort in seine Innentasche greifen und seine

Dienstpistole ziehen, um mich in Schach zu halten. Halt dich zurück, mein Junge, das könnte ins Auge gehen. Und nicht nur dorthin.

»Sorry, Betty«, presste ich hervor. »Ich weiß, ich hätte auf dich warten sollen. Aber ich musste da raus und mir einen klaren Kopf verschaffen. War alles zu deprimierend für mich.«

»Einen klaren Kopf, den hattest du noch nie«, fuhr sie mir dazwischen.

»Betty, hör mal. Ich weiß wirklich nicht, was da gerade abgeht. Erst Elli, dann Aaron. Ist mir alles ein Rätsel. Aber ich würde es gerne lösen.«

»Wie wär's, wenn du mir und meinen Kollegen die Ermittlungsarbeit überlassen würdest?«

»Betty. Du weißt doch, dass ich mich nach all dem, was passiert ist, nicht hier in meinem Office verstecke und Däumchen drehe. Das ist auch mein Fall. Ich bin es Elli schuldig.«

»Elli? Du weißt doch gar nicht, was sie von dir wollte. Du kennst sie doch überhaupt nicht. Hast du jedenfalls vor Kurzem zu mir gesagt.«

Ich zuckte mit den Schultern, griff nach einem Glas und schenkte mir einen Whisky ein. Betty kam auf mich zu. Stand nun direkt vor mir.

»Betty, du siehst toll aus, wenn du dich so aufregst.«

Sie fasste das Kompliment irgendwie falsch auf. Betty riss mir das Glas aus der Hand und schüttete mir den Inhalt ins Gesicht.

»Du bist ein Arsch, aber das erwähnte ich ja schon. Ich sage dir mal was: Dein blödes Geschwätz kann ich nicht mehr hören. Wenn ich dich so anschaue, dann kann ich es nicht verstehen, dass ich mit dir mal im Bett war. Damals muss mein Verstand ausgesetzt haben.«

Bei Bettys Rückblick in ihre sexuelle Vergangenheit zuckte der Hilfssheriff schon wieder zusammen. Betty war nun richtig in Fahrt und ich wischte mir mit dem Handrücken die Flüssigkeit aus dem Gesicht.

»Was für eine Verschwendung«, murmelte ich kaum hörbar vor mich hin, während ich auf das leere Whiskyglas starrte, das Betty inzwischen auf den Schreibtisch gepfeffert hatte. Sie ging auf meine Bemerkung nicht ein, weil sie gedanklich schon einen Schritt weiter war.

»Zurück zum Business, du Idiot. Jetzt erzähl mir erst einmal, was du bei dem Typen wolltest.«

Ich erzählte Betty von meinem Gespräch mit der Professorenfrau und dass ich von ihr den Hinweis auf Aaron bekommen hatte. Betty geriet in Rage.

»Moment. Bei meinem letzten Besuch wusstest du schon von Ellis Freund Aaron und hast mir nichts gesagt?«

»Du hast mich nicht danach gefragt.«

»Und du warst bereits bei Ellis Familie gewesen und hast mich nicht vorgewarnt, was da auf mich zukommt, mit diesem Herrn Professor, der nichts für seine Tochter übrighat?«

»Ich wollte dir das Vergnügen ungefiltert zukommen lassen, meine Liebe.«

Betty hatte alle Mühe, sich zu beherrschen.

»Überleg mal, du Spatzenhirn. Wenn du mir beim letzten Mal die Adresse von Ellis Freund gegeben hättest, wären wir gleich hin und früher als du dort gewesen. Der Typ wäre vielleicht noch am Leben und wir einen Schritt weiter. Hast du dir schon einmal Gedanken darüber gemacht?«

Möglicherweise hatte sie recht. Aber darüber wollte ich jetzt nicht nachdenken. Deshalb versuchte ich, sie abzulenken.

»Aber, wir sind doch einen Schritt weiter«, antwortete ich.

Ich griff nach meinem Whiskyglas, zögerte aber einen

Augenblick, als ich Bettys Blick sah. Ich ließ den Whisky in der Flasche. Dort war er besser aufgehoben als in meinem Gesicht.

»Ich höre«, sagte sie sehr kurz angebunden.

»Bei Elli waren wir uns doch noch unsicher, ob das wirklich ein Fall für dich und deine Kavallerie ist. Mit Aaron ist er es nun. Jemand wollte ihn aus dem Weg räumen, bevor er mir, sorry, uns etwas mitteilen konnte. Und das hat sicher auch mit Elli zu tun. Du hast die Spritze in seinem Arm gesehen und die Stiche in seinem Rücken …«

Betty setzte sich auf die Kante meines Schreibtisches.

»Wie wär's, wenn du mir jetzt zuerst einmal erzählst, was in dem Haus vorgefallen ist, als du dort warst?«

Ich berichtete Betty von dem Überfall auf mich und der Flucht des Angreifers über das Schuppendach zu einem Motorrad.

»Eine interessante Geschichte und du bildest dir ein, ich glaube sie dir? Dass es Menschen gibt, die dir gerne eine verpassen möchten, das kann ich mir sehr gut vorstellen. Und der Gedanke, dass es jemand auch fast gelungen ist, heitert mich durchaus auf.«

Betty war merklich angefressen. Sie konnte sich nur mit Mühe im Zaum halten. Sie erhob sich und trat einen Schritt näher auf mich zu. Ihr Wachhund verfolgte im Hintergrund gespannt jedes Wort und jede Bewegung und war wie ein Panther zum Sprung bereit.

»Wer soll denn dieser Unbekannte gewesen sein? Ein Freund von Aaron und Elli? Ein Dealer?«

»Keine Ahnung.«

»Vielleicht tischst du mir hier auch ein Märchen auf. Auf die Idee könnte man kommen, denn beantworte mir mal jetzt die Frage: Wieso bist du nicht am Tatort geblieben und hast auf mich gewartet?« Bettys Stimme wurde lauter.

»Warum muss ich dir hinterherrennen, um dich auszufragen? Und noch was, du hast den Tatort so zusammengetrampelt und verseucht, dass wir jetzt dreimal hinschauen müssen, um herausfinden zu können, was zu dem angeblichen Geschehen, das du dort erlebt haben willst, gehört und welche Spuren von dir stammen.«

»Ich wollte dir bei deinen Tatort-Ermittlungen nicht im Wege …«

Weiter kam ich nicht.

»Du hättest uns viel Arbeit ersparen können.« Betty war nun wirklich laut. »Du bist ein verdammter …«

Sie suchte nach einem geeigneten Wort.

»Idiot? Arsch? Depp?«, bot ich ihr an.

»Du hast die freie Wahl. Sie passen alle drei. Aber ich sage dir jetzt, wenn du mich nicht ernst nimmst, dann muss ich jetzt mal Ernst machen«, schrie sie mich an.

Mann, Betty war wirklich nicht gut drauf. Ich zuckte mit den Achseln.

»Jetzt hört mir mal genau zu. Ich hätte da noch eine weitere Version.«

Ihre Stimme hatte jetzt einen etwas teuflischen Unterton.

»Und die wäre?«, fragte ich.

»Du bindest uns einen Bären auf. Du wolltest Elli um die Ecke bringen, was dir nicht gelungen ist. Dann hast du ihren Freund aus dem Weg geräumt, weil er uns etwas darüber hätte sagen können. Ich sag jetzt einfach mal, Aarons Mörder steht direkt vor mir. Mein Chef freut sich, wenn ich ihm gleich den Täter präsentieren kann. Fall abgeschlossen, Akte zu, kann er sich ganz auf sein Golfspielen konzentrieren.«

»Bullshit.« Jetzt war ich an der Reihe, aus der Fassung zu geraten. »Gib mir mal ein Motiv? Warum sollte ich den Typen um die Ecke bringen wollen?«

»Nebenbuhler. Du warst hinter Elli her und er war dir im

Weg. Oder du bist unter die Dealer gegangen, um Kohle zu machen, was dir als Privatdetektiv ja nicht gelingt, und hast Elli mit gepanschtem Stoff versorgt, der sie umgehauen hat. Oder ihr seid über einen Deal in Streit geraten. Was weiß ich. Im Motive-Finden bin ich gut. Und bei dir wird mir das richtige ganz schnell einfallen, das wird nicht schwer.«

»Du schaust dir zu viele schlechte Krimiserien im Fernsehen an. Außerdem ist Elli viel zu jung für mich. Und auf Drogen stehe ich nicht, jedenfalls nicht auf die rauchbaren. Mir sagt mehr das Flüssige zu. Whisky. Das weißt du doch. Und wie passt in deine Fantasie der Angriff in Aarons Bruchbude auf mich?«

»Schöne Geschichte. Aber erstunken und erlogen«, kommentierte sie meinen Bericht.

»Ist sie nicht. Ich …«

»Jetzt halt die Klappe. Ich erzähle dir jetzt eine wahre Geschichte. Ein renitenter Privatdetektiv ärgert eine nette, gut aussehende, attraktive Kriminalkommissarin und funkt ihr dauernd in ihren Ermittlungen herum. Sie lässt sich das nicht mehr gefallen und setzt ihn fest, damit er aus dem Weg ist und sie nicht weiter auf die Palme bringt.«

»Wie bitte? Welche Palme? Ich sehe hier …«

»Keine blöden Bemerkungen mehr. Du hast mich richtig verstanden, da bin ich mir sicher. Ja, das ist doch wirklich eine gute Idee, ich sperre dich ein. Dann weiß ich immer, wo du bist, und ich kann in Ruhe ermitteln. Außerdem senke ich dadurch die Verbrechensrate in unserer netten Stadt, denn wo immer du auftauchst, geschehen sofort irgendwelche Katastrophen.«

Sie wandte sich ihrem Sklaven zu, der die ganze Zeit mit einem breiten Grinsen zugehört hatte und immer noch auf dem Sprung war.

»Marc, nimm dich seiner an.«

Sie ließ den Panther von der Leine los und er tat, wie ihm seine Dompteuse befohlen hatte, was soll so ein Tier in solch einer Situation auch anderes tun. Er setzte sich sofort in Bewegung und kam in schnellen Sprüngen auf mich zu. Mit einem provozierenden Gesichtsausdruck zog er seine Handschellen hervor. Sein unüberlegtes Vorgehen hätte in nächster Sekunde durchaus seiner Gesundheit schaden können, aber ich hielt mich zurück. Betty hätte es mir sicher sehr übel genommen, wenn ihr Panther sich mit eingezogenem Schwanz in die Ecke verzogen hätte. Ich entschloss mich, mich der Staatsgewalt zu beugen und der Dinge zu harren, die da kommen würden, Betty zuliebe.

Die Dinge hießen: Knast und schwedische Gardinen oder umgekehrt. Das hätte ich Betty gar nicht zugetraut. Der Panther hatte mich in eine Arrestzelle in Bettys Revier geführt und nach einigen Beleidigungen, die es nicht wert sind, sie hier zu wiederholen, die Tür hinter mir verschlossen.

»Hasta la vista, baby. Wir sehen uns wieder, mein Freund, und ich hoffe sehr, dass dies bald der Fall ist. Ich schwöre dir, dieses Wiedersehen wird dir nicht in guter Erinnerung bleiben«, sagte ich vor mich hin, auch wenn mir niemand zuhörte.

Jetzt saß ich also in der Arrestzelle. Eine etwas karge Behausung, Bett, Tisch, Stuhl, Toilette, die Wände in Mintgrün gestrichen. Wer sich diese Kotz-Farbe ausgedacht hatte, sollte zur Strafe für einige Monate in dieser Zelle einsperrt werden. Aber wenigstens hatte ich Farbe und Bude für mich alleine und musste die nette Unterkunft nicht noch mit jemandem teilen.

Aber glücklich war ich jetzt nicht gerade, und wenn ich nicht von Natur aus so ein herzensguter Mensch wäre, hätte ich Bettys Idee, mich einzusperren, ihr sehr verübelt. Aber man kann allem auch eine positive Seite abgewinnen: Eine Nacht im Knast war auch sehr erholsam für mich. Ich kam früh ins Bett, weil die trostlose Funzel an der Decke sicher schon früh am Abend ausgeschaltet wurde. Was den Vorteil hatte, dass ich nicht mehr die mint-grünen Wände anstarren musste, an die meine Vorgänger mehr oder minder kreative Sprüche gekritzelt hatten. Ansonsten waren die Wände kahl, kein Picasso, kein Rubens, nichts. Auch die restliche Einrichtung war nicht gerade von Stil geprägt – und eine Feile konnte ich auch nirgendwo entdecken.

Klack. Zehn Uhr. Licht aus. In der Dunkelheit gab es für mich nun viel Zeit, über alles nachzudenken. Und wenn ein Privatdetektiv viel Zeit hat und nicht weiß, was er sonst tun soll, dann rekapituliert er seinen Fall. So kennt man das von einem privaten Schnüffler. Also rekapitulierte ich, was mehr als einfach war, zumindest der Einstieg: Ein Mensch, Elli, lag schwer verletzt im Krankenhaus, ein anderer, Aaron, ihr Ex-Freund, war tot. Ermordet. Das war der Ausgangspunkt. Danach stockte meine Rekapitulation bereits. Was hatte Elli von mir gewollt? Meine Dienste als Privatdetektiv? Wenn ja, warum? Und warum ich? Ich war in der Branche nicht gerade als Superman bekannt. Und wer konnte von Ellis Besuch bei mir wissen? Und wen störte dieser Besuch so sehr, dass er Elli dafür in die ewigen Jagdgründe schicken wollte? Dann Punkt zwei. Warum wurde ihr Freund Aaron gekillt? Nur damit er nicht mit mir reden konnte? Wenn ja, was gab es denn so Wichtiges, das ich nicht wissen durfte? Wenn nein, was für eine Sache ging da sonst noch hinter den Kulissen ab? Fragen, für die ich bisher keine Antworten fand. Und das nervte mich. Und damit war es mit meiner Ruhe im Knast auch schon wieder vorbei. Mein Anfangsgefühl hatte getrogen. Es war doch keine so gute Idee, sinnlos im Knast herumzuhängen. Ich musste in dem Fall weiterkommen. Aber das konnte ich nicht von hier aus. Ich musste mit Betty reden.

Während ich über Betty nachdachte, schlief ich ein. Sie mogelte sich sofort in meine Träume und trug dabei ein Hauch von Nichts, alles völlig durchsichtig, ich konnte alles, fast alles erahnen. Sie flüsterte mir etwas Unanständiges zu, beugte sie sich zu mir herab und schob langsam ihre Hand in meine … Klack. Sechs Uhr morgens. Licht an.

Die Funzel über mir gab ihr Bestes, das Luxusapartment in Mintgrün war taghell erleuchtet. Aus der Traum. Nicht viel später tauchte der Zimmerservice auf, der mir ein mehrgängiges Frühstücksmahl kredenzte: Wasser, Brot und Luft. Es war ein, sorry, ich muss es sagen, weil es der Wahrheit entsprach, fetter Typ, dem offenbar jeden Tag anderes zur Verfügung stand als dieses karge Mahl. Begriffe wie Schonkost und Diät waren für ihn sichtlich Fremdworte. Ich hätte ihm gerne etwas von meinem Essen abgegeben.

»Da, friss.«

Mit dieser liebevollen Aufforderung stellte Fatty das reichhaltige Mahl vor mich hin. Nun, der Service ist auch nicht mehr das, was er einmal war. Heutzutage Dienstleistungswüste, sag ich da nur.

Nachdem Fatty mich allein gelassen hatte, starrte ich ungläubig auf das Tablett vor mir. Das Brot rührte ich nicht an, es war von letzter Woche, hart und völlig trocken, und was darauf lag, war nicht zu identifizieren. Das Wasser entpuppte sich als dünne, ungenießbare Kaffeebrühe. Ich lehrte sie in die Toilette, wo sie hingehörte.

So kann man seine Logiergäste nicht behandeln, ich muss mich beim Chef beschweren, dachte ich. Außerdem wurde es mir langweilig hier drinnen. Die mintgrüne Decke fiel mir auf den Kopf. Ich musste raus, war lange genug untätig rumgesessen. Action war gefragt, ich musste in Ellis Fall weiterkommen. Ich stand auf, ging zur Tür, um mit meinen Fäusten wild dagegen zu hämmern.

»Ich will einen Anwalt«, brüllte ich.

Irgendetwas musste ich ja brüllen.

Zu meiner Überraschung öffnete sich nur Sekunden später die eiserne Tür. Es geschehen doch noch Zeichen und Wunder. Und was noch schöner und vielleicht überraschender war: Nicht Fatty, sondern Betty stand vor mir. Klingt ähnlich, war aber das komplette Gegenteil, was menschliche Körper betrifft. Es war ein angenehmer Anblick, vor allem nach diesem Traum. Und sie lächelte mich an. Dafür hatte ich doch gerne eine Nacht hinter Gittern verbracht.

Doch das war noch nicht alles. Sie legte ihre Hände auf meinen Brustkorb und schob mich in die Zelle zurück. Dies versprach ein interessanter Morgen zu werden. Sex im Knast ist eigentlich nicht erlaubt – oder doch? Keine Ahnung. Aber bitte, wenn es sein muss, ich beuge mich der Staatsgewalt. Für alles gibt es immer ein erstes Mal.

Aber Betty hatte keinen Sex im Sinn.

»Wie war dein Frühstück? Ich habe es extra für dich zubereiten lassen.«

»Exzellent«, brummte ich.

»Lass dir das hier eine Lehre sein, du Idiot. Wenn du mir noch mal so dazwischenfunkst, landest du wieder hier. Ich hätte dich achtundvierzig Stunden ohne Grund in dieser Zelle schmoren lassen können. Aber ich habe ja ein gutes Herz und es mir anders überlegt.«

Ihre Wut von gestern schien völlig verraucht. Und sie hatte mehr als nur ein gutes Herz, muss man schon sagen, wenn man sie so ansah.

Ihre Worte hörten sich gut an. Und während sie an meinem Hemdkragen herumnestelte und mir tief in die Augen blickte, erklärte sie mir ihre Vorstellungen.

»Vielleicht sollten wir doch zusammenarbeiten«, meinte sie.

»Gerne.«

Ich legte meine Hände um ihre Taille.

»Nicht so.«

»Schade.«

Ich zog die Hände wieder zurück.

»Zuerst die Arbeit, dann das Vergnügen.«

»Diese Ausrede kenne ich schon«, sagte ich lachend.

Allerdings blieb ich skeptisch. Warum der plötzliche Sinneswandel? Zuerst sperrte sie mich hier ein, ließ mich eine Nacht in Mintgrün schmoren und jetzt bezirzte sie mich. Was wollte sie von mir?

»Ich habe mir deine Geschichte, die du mir gestern erzählt hast, überlegt und nun die Überzeugung gewonnen, dass du nicht Aaron auf dem Gewissen hast. Dafür kenne ich dich zu gut. Hier nun mein Vorschlag. Du stocherst weiter in der Sache herum und erstattest mir jeden Tag Bericht, was dir so über den Weg läuft. Ich lasse dich sozusagen auf Bewährung raus und halte dich an der langen Leine. Vielleicht kommen wir so in der ganzen Geschichte schneller voran«, sagte sie und grinste mich dabei frech an.

Ich hatte das dumpfe Gefühl, da waren Hintergedanken im Spiel. Ich sollte für Betty wohl den Lockvogel spielen. Sie hoffte vielleicht, dass mir wieder jemand ans Leder wollte, und sie konnte dann die Bösen abräumen und sich die Orden an die üppige Brust heften lassen. Aber ihre Hintergedanken waren mir im Augenblick eigentlich egal. Ich wollte hier raus. Die vier mint-grünen Wände um mich herum wirkten auf mich nicht gerade sehr inspirativ. Hier waren mir die Hände gebunden, was man fast wörtlich nehmen konnte.

»Wunderbar«, stimmte ich zu, »ich komme jede Nacht zu

dir und erstatte dir ausführlich Bericht. Und hinterher können wir dann, wenn es sein muss, auch über den Fall reden.«

Sie atmete tief durch.

»Nein.«

Giftschlange, dachte ich.

»Gut, dann nicht. Wir müssen dabei ja nicht reden. Das Reden wird oft sowieso völlig überschätzt.«

»Jetzt lass den Quatsch. Du kommst ganz offiziell zu mir aufs Revier. Jeden Tag.«

»Zu dir aufs Revier?«

»Ja. Zu mir aufs Revier.«

Schöner Reim, dachte ich. Trochäus und Anapäst.

»Alles klar, Chef«, sagte ich.

»Jetzt komm mit und hol dir deine Sachen ab. Dann kannst du gehen. Aber denk dran, wir haben ein Auge auf dich.«

Sie schaute sich kurz um, sagte »scheußliche Farbe« und ging aus der Zelle. Ich folgte ihr, aber sie verließ mich schon nach wenigen Metern. Wo ich hinmusste, wusste ich auch ohne sie.

Als ich meine Wertsachen bei der Ausgabe genau kontrolliert hatte – man weiß ja nicht, welche Typen hier in diesem Bunker herumlungern –, fand ich mich Minuten später auf der Straße wieder und atmete die freie, frische Luft eines Euro-3-Diesels ein, der gerade an mir vorbei stotterte. Das nächste Auto hielt sogar neben mir an. Die Frau, die hinterm Steuer saß, ließ das Fenster herunter. Es war schon wieder Betty. Heute wurde ich sie offenbar gar nicht los. Sie konnte von mir einfach nicht genug kriegen.

»Ich hab's mir anders überlegt. Mir ist es lieber, ich behalte dich vorerst direkt im Auge. Steig ein. Wir fahren ins Krankenhaus.«

»So schlecht geht's mir nach einer Nacht im Knast auch wieder nicht.«

Sie antwortete mir nicht, sondern öffnete nur die Tür. Ich stieg ein und Betty fuhr davon. Frau am Steuer, sag ich nur. Bei dem Fahrstil standen mir die Haare zu Berge. Aber gut, sie war ja Polizistin, da konnte sie alle Strafzettel, die sie erhielt, gleich selbst einsammeln und vernichten. Eine Viertelstunde später erreichten wir das Krankenhaus auf der Höhe, ohne Schrammen, was verwunderlich war. Betty packte das mobile Blaulicht aufs Dach und hielt direkt vor dem Eingang im absoluten Halteverbot. Nur ja keinen Schritt zu weit laufen. Man könnte ja außer Atem kommen.

Während der Fahrt hatte sie mir erklärt, dass sie zu Elli wollte und dass sie es für gut hielt, wenn ich dabei wäre. Jetzt eilten wir durch die langen Flure, die nach viel Putzmittel rochen. Krankenhäuser liegen mir nicht. Es war ein riesiger Klinikkomplex mit vielen Abteilungen. Und alle schienen voll belegt. Die Ambulanzen waren ebenfalls überfüllt, die Wartezeiten deshalb sicher riesig. Klingt zwar komisch, aber ich war froh, als wir endlich die Intensivstation erreicht hatten. Wir mussten Schutzkleidung anziehen, um in Ellis Zimmer zu dürfen. Sie sah erbarmungswürdig aus, hing an vielen Schläuchen und Geräten, die ständig irgendeinen Ton von sich gaben. Überall blinkte es. Betty fragte die Oberschwester, die neben ihr stand, nach Ellis Zustand.

»Den Umständen entsprechend«, war die Antwort.

»Stabil« war der nächste Begriff, den ich aufschnappte. Ich verstand nicht alles, weil ich auf der gegenüberliegenden Seite des Bettes stand und immer noch die ganzen Geräte inspizierte.

Mein Blick senkte sich auf Ellis Gesicht.

»Ach Mädel, was wolltest du von mir?«, flüsterte ich vor mich hin.

Im selben Augenblick glaubte ich ein Zucken in ihren Augen erkennen zu können.

»Können Sie sie nicht mal kurz herholen?«, hörte ich Betty die Krankenschwester fragen.

Es folgte eine Litanei. Die Oberschwester mutierte zum Gesundheitsdrachen und ließ Betty richtig runterlaufen. Ich konnte mir ein Grinsen nicht verkneifen. Gut gebrüllt, Drache. Aber damit war klar, so schnell würden wir von Elli keine Antwort auf unsere Fragen erhalten. Ich schob meine Hand vorsichtig, sodass es der Drache nicht sehen konnte, in Ellis rechte Hand.

»He, Alte, ich fang schon mal an, in deiner Geschichte herumzustochern. Vielleicht finde ich was raus. Werde die Bösen jagen, und wenn du wieder senkrecht bist, hilfst du mir dabei, klar«, flüsterte ich weiter vor mich hin.

Plötzlich spürte ich einen Gegendruck in meiner Hand. Hatte ich mir das eingebildet oder hatte Elli mich gerade mit einem Händedruck engagiert? Es gibt viele Arten der Kontaktaufnahme zwischen Himmel und Erde.

»Alles klar, Alte, mach ich«, sagte ich.

»Was?«, sagte der Drachen und sah mich mit bösem Blick an, ich spürte schon den feurigen Atem in meinem Gesicht.

»Nichts. Ich habe nur mit mir selbst geredet. Mach ich immer so«, antwortete ich.

»Die psychiatrische Abteilung ist in einem anderen Gebäude, unten im Tal«, meinte der Drachen trocken.

»Komm, gehen wir«, forderte mich Betty auf und ich folgte ihr mit Vergnügen.

Kurz darauf standen wir vor dem Klinik-Monstrum. Bettys Auto war noch nicht abgeschleppt worden, aber ein Stadtbüttel stand schon davor und kratzte sich fragend am Kopf. Betty stürmte auf ihn zu und hielt ihm ihren Dienstausweis unter die Nase.

»Alles klar, Kollege. Sind im Einsatz. Geht um Leben und Tod. Mord und Totschlag. Das ganze Orchester.«

Betty forderte mich auf, schnell einzusteigen, sprang selbst ins Auto und startete gleich den Motor. Sobald ich neben ihr Platz genommen hatte, fuhr sie los und ließ einen Parkwächter mit verzweifeltem Gesicht zurück.

»Wo soll ich dich rauslassen?«, fragte mich Betty, als wir uns dem Zentrum näherten.

Es war Markttag und die Gassen voller Leute. Ein gewichtiger Grund, mich nicht in der Stadt sehen zu lassen. Ich hasste das Gedränge an solchen Tagen und ich konnte so viele gute Menschen, die immer alles besser wussten, nicht in solch hoher Zahl ertragen.

»Lass mich an der Ecke raus, Schlange«, sagte ich.

Von dort waren es nur wenige Schritte bis zu meinem Office. Betty lachte leise und hielt wie gewünscht an.

»Sag mir, wenn Elli wach wird«, sagte ich.

»Ja, mal sehen. Kann ich machen.«

Betty griff in ihre Jackentasche und holte einen Zettel heraus, den sie mir in die Hand drückte.

»Was ist das?«, fragte ich sie.

»Der Anfang deiner Ermittlungen. Auf dem Zettel steht der Name eines der Dealer, die Aaron und wahrscheinlich auch Elli früher immer mit Heroin beliefert haben. Läuft leider immer noch frei herum.«

»Und wo finde ich den Typen?«

»Muss ich dir denn alles sagen? Du kennst doch die einschlägigen Orte, wo sich diese Typen immer herumtreiben. Schau mal bei ihm vorbei. Diskret. Wir können dort nicht aufkreuzen, wie du weißt, die kennen uns doch alle. Sie würden einen Bullen sowieso auf hundert Kilometer riechen und abtauchen. Aber treib keine Spielchen mit uns, wir sind in deiner Nähe, mein Lieber.«

Ihr Blick hatte etwas Drohendes und passte so gar nicht zu der Liebesszene im Knast.

»Du meinst, der hat was mit Aarons Tod zu tun?«

»Glaub ich eher nicht, wenn ich mir den Fall so anschaue. Natürlich haben wir unsere Quellen im Milieu. Aber die haben bisher nichts Brauchbares geliefert. Vielleicht bist du erfolgreicher als wir und findest etwas heraus, was wir noch nicht wissen. Viel Erfolg, Sherlock.«

Sie beugte sich über mich und öffnete die Beifahrertür.

»Okay. Und von dir bekomme ich dann auch mein Honorar? Wird nicht billig, sag ich dir.«

»Raus jetzt.«

»Du kannst auch in Naturalien bezahlen, Herzilein«, sagte ich, während ich aus dem Auto stieg.

Das Schimpfwort, das mir nachfolgte, ignorierte ich geflissentlich. Das war nichts für meine zarten Ohren.

Mit quietschenden Reifen fuhr Betty davon und direkt in die nächste Radarfalle, von denen es hier in dieser Stadt von Recht und Ordnung genügend gab. Ich sah noch den Blitz und machte mich schließlich auf in mein Office. Ich hatte genug Erholung für eine Nacht gehabt, jetzt war Action gefragt und die sollte auch auf mich warten.

Als ich mein Office in der Altstadt fast erreicht hatte, entdeckte ich ein bekanntes Gesicht. Zwischen den Autos spielte das Mädchen, das ich aus der brennenden Wohnung gerettet hatte. Mit ihm war auch ein kleiner Junge unterwegs. Beide waren so in irgendein Spiel vertieft, dass sie mich gar nicht wahrnahmen.

»Hey, Kleine«, rief ich ihr zu.

Sie drehte den Kopf zu mir um, und als sie mich sah, kam sie auf mich zu gerannt.

»Wie geht's dir? Und vor allem, wie geht's der kleinen Clara?«, fragte ich sie, als sie vor mir stand.

»Beiden geht's gut«, sagte die Kleine und lächelte mich an.

»Das freut mich. Wie ich sehe, bist du schon aus dem Krankenhaus raus. Wollten sie dich dort nicht mehr behalten?«

»Nein, meine Tante hat mich abgeholt. Ich habe mich gefreut. Es war langweilig im Krankenhaus. Niemand hatte Zeit für mich. Und dann haben sie gesagt, es sei alles gut mit mir, ich müsste nicht mehr länger bleiben. Und dann sind wir gegangen, meine Tante Holly und ich. Aber wir konnten ja nicht nach Hause. Unsere Wohnung ist doch kaputt. Von dem Feuer. Wir wohnen jetzt bei meiner Tante.«

»Deine Mama ist sicherlich auch froh, dass du wieder bei ihr bist.«

»Die ist nicht da. Und jetzt habe ich keine Zeit mehr«, sagte die Kleine.

Sie drehte sich um und sprang wieder dorthin zurück, wo sie zuvor gespielt hatte. Ich schaute ihr nach, sah den Jungen, der auf sie wartete, zuckte mit den Schultern und ging in mein Office. Ich ließ mich auf meinen Stuhl hinterm Schreibtisch fallen und überlegte mir die nächsten Schritte.

Als Erstes setzte ich mich an meinen Laptop und suchte im Internet nach dem Professor. Was kein Problem darstellte, es gab jede Menge Veröffentlichungen über Silberlocke. Er war ein berühmter Mann und hatte eine erstaunliche Karriere hinter sich gebracht: an mehreren Unis studiert und gelehrt, auch in den USA und Großbritannien. Nur die besten Häuser, die jeder kennt und die in der ganzen Welt einen guten Ruf besitzen. Er saß auch in mehreren Aufsichtsräten oder hatte sonstige Vorstandposten angenommen. So konnte ich mir gut vorstellen, wo das Geld herkam, mit dem er seine Villa finanziert hatte. Ich war mir sicher, er konnte an manchen Tagen wie Dagobert Duck in seinem Geld baden. Vor allem, weil er auch noch aus einer reichen Industriellenfamilie stammte. Ja, so ist es nun mal in dieser schnöden Welt, Geld fällt immer dorthin, wo schon welches ist. Über sein Privatleben fand ich nicht viel im Internet. Nur dass er verheiratet sei und zwei Kinder habe, aber das wusste ich ja schon. Über seine Frau fand ich so gut wie nichts im Netz. Nur ein paar Fotos von Empfängen. Er hielt sie wohl so gut es ging aus seinem öffentlichen Leben heraus. Vielleicht hatte sie auch keine Lust, mit ihm im gesellschaftlichen Mittelpunkt zu stehen.

Als ich nicht mehr weiterkam, entschloss ich mich noch einmal, das Villenviertel auf Halbhöhenlage aufzusuchen. Ich schlenderte dort durch die Straßen, gab mich als Handwerker aus und kam so ins Gespräch mit dem Personal, das die anderen Villen in der Umgebung auf Vordermann hielt. Ich sprach mit Gärtnern, Hausangestellten und ähnlichen Leuten, die ich auf der Straße antraf. Log ihnen vor, dass ich die Professorenvilla suchte. Ich verwickelte die Leute auf diese Weise in ein Gespräch. Und unter seinesgleichen oder sollte ich sagen, unter Leidensgenossen werden alle Menschen etwas gesprächiger. Viel war es nicht, was dabei herauskam. Offenbar pflegten die Superreichen hier oben nicht viel Kontakt untereinander. Es ging wohl mehr darum, nach außen zu zeigen, wer sich das größere Auto, den luxuriösen Swimmingpool oder die meisten Bediensteten leisten konnte. Ein gesellschaftlicher Wettbewerb, wie man ihn überall in solchen Vierteln vorfindet. Ansonsten blieben die Bewohner hier lieber hinter ihren Burgmauern für sich.

Ich schaute mir auch noch mal die Villa von Silberlocke an. Es zog sich wirklich um das ganze Grundstück eine Mauer herum, sodass man nicht viel vom Leben dahinter sehen konnte. Die drinnen wollten aber sehen, wer so um ihr Anwesen schlich. Am Eingang und an der Mauer gab es mehrere Überwachungskameras.

Gerade als ich gehen wollte, öffnete sich das Tor der riesigen Garage neben dem Eingang. Ein Fahrzeug der Oberklasse kam heraus. In ihm saß die Frau Professor. Ich drückte mich hinter einen der Bäume am Straßenrand. Sollte ich ihr folgen? Nein, keine Zeit, würde sicher auch ergebnislos sein.

Ich beschloss, mir stattdessen die Gegend um Aarons Haus noch einmal näher anzusehen. Als ich losfuhr, hatte ich das Gefühl, verfolgt zu werden. Es war nur so ein Gefühl, ein auffälliges Auto, das mir hinterherfuhr, konnte ich nicht entdecken. Könnten einige von Bettys Typen sein, dachte ich mir. Ich nahm ein paar Umwege und fuhr über rote Ampeln, bis ich mir ganz sicher war, dass mir niemand folgte, denn für meine nächste Aufgabe konnte ich keine Beobachter brauchen.

Ich fuhr zu dem Haus, in dem ich Aaron gefunden hatte. Auch in der Dämmerung machte es keinen besseren Eindruck. Darin unterschied es sich nicht von seinen beiden Nachbarn, die von außen ebenfalls einen erbärmlichen Eindruck hinterließen. Sie sahen aber bewohnter als Aarons Absteige aus. Zumindest waren dort einige der Fenster beleuchtet. Ich klapperte die ganze Straße ab. Das ganze Viertel hier war nicht im allerbesten Zustand. Gesichtslose Mehrfamilienhäuser, eins wie's andere, in der Nachkriegsära erbaut. Trostlos.

Ich stellte mein Auto schließlich am Straßenrand ab, sank in meinem Sitz etwas tiefer nach unten, sodass ich gerade noch übers Armaturenbrett schauen konnte, und wartete.

Mich interessierte, wer in diesen Häusern alles aus- und einging. Vielleicht war jemand dabei, der mich auf eine Idee brachte, wie ich in dem Fall weiterkommen könnte. Außerdem hatte ich im Augenblick nichts Besseres zu tun.

In der ersten Stunde tat sich nicht viel. Nur ein paar Leute tauchten auf, die aber in keines der Häuser gingen, die ich beobachtete.

Inzwischen war es völlig dunkel geworden. In Aarons Haus ging immer noch kein Licht an. Offenbar war er der letzte gewesen, der dieses Haus als Unterkunft genutzt hatte, was sich auch mit meinen Eindrücken deckte, die ich bei meinem Besuch gewonnen hatte. Außerdem: Für die Junkies war dieses Haus jetzt tabu. Einer der ihren war dort ums Leben gekommen, was aber noch wichtiger für sie war: Die Kavallerie war danach angerückt und hatte das ganze Haus auf den Kopf gestellt. Und sie könnte bald wiederkommen. Kein Drücker oder Pusher würde sich in nächster Zeit in diesem Haus mehr sehen lassen.

Interessant für mich war aber auch: Wer wohnte in den Nachbarhäusern? Ich ging davon aus, dass es wahrscheinlich keine Junkies waren, vermutlich eher Menschen mit geringen Einkommen, die sich von den Immobilienhaien noch nicht hatten vertreiben lassen. Könnten sie mir bei der Frage nach Aaron und dessen Umfeld weiterhelfen? Wohl eher nicht. Ich vermutete, auch bei ihnen galt die Devise: Was ich nicht weiß, macht mich nicht heiß. Also versuchte ich es erst gar nicht. Nicht heute, dafür war es jetzt zu spät und ich hatte sowieso ein anderes Ziel vor Augen. Ich wartete weiter. Es wurde langsam langweilig und ich bekam Zweifel, ob meine Aktion mich in dem Fall weiterbrachte. Wahrscheinlich vergeudete ich nur meine Zeit hier. Ich stieg aus, um mir ein wenig die Beine zu vertreten. Es gab keine Menschenseele hier auf der Straße, der das aufgefallen wäre.

Es war frischer geworden. Ein kalter Wind wehte durch die Straße. Zu ungemütlich draußen. Ich stieg wieder in mein Auto ein. Mir fiel plötzlich ein, dass es hier drinnen ja etwas gab, das meine Stimmung aufhellen und mich innerlich wärmen konnte. Ich griff ins Handschuhfach. Dort lagerte eine eiserne Johnnie-Ration. Ich nahm einen Schluck, was mir gleich ein besseres Gefühl gab. Danach legte ich die Flasche wieder zurück, schließlich sollte die Ration eisern bleiben.

Über die nächste halbe Stunde hinweg schiftete ich meinen Körper auf dem Fahrersitz hin und her. Mein Kreuz fing zu schmerzen an, ich fühlte mich immer steifer. Es machte keinen Sinn mehr, noch länger zu warten. Hier ging heute Abend der Punk sicher nicht mehr ab. Trotzdem wartete ich eine weitere halbe Stunde. Zwei Autos fuhren in dieser Zeit an mir vorbei. Das war alles. Danach war es wieder ruhig. Als sich nichts mehr auf der Straße bewegte, streckte ich für heute die Waffen und fuhr direkt in meine Stammkneipe. Dort war alles wie immer: Joe hinter der Theke und um ihn herum die Saufnasen an ihren gewohnten Plätzen. Schön, wieder daheim zu sein.

Ein paar Drinks später traf ich die Liebe meines Lebens. Ich nahm sie mit nach Hause. In meiner Bude war es zwar kalt, aber sie blieb dennoch über Nacht. Wir wärmten uns eine Stunde lang, bevor ich einschlief. Meine Kondition war auch schon mal besser gewesen.

Sie hatte mein Bett verlassen, noch ehe ich wieder zu mir gekommen war, was vielleicht besser war, denn in der Vergangenheit war das gemeinsame Aufwachen am Morgen manchmal ein Erlebnis gewesen, auf das wir beide gut und gerne hätte verzichten können. Ich schälte mich verkatert aus den Federn, versuchte mich kurz an die Liebe meines Lebens zu erinnern. Wer war die Kleine gewesen? Blonde

Haare. Oder doch eher brünett? Auf jeden Fall gefärbt. Gute Figur. Gut im Bett. Verdammt, ihr Name fiel mir nicht ein. Haben nicht viel miteinander geredet. Warum auch? Und Namen kann ich mir sowieso nur schwer merken. Vor allem die weiblichen. Würden unserer Nacht weitere folgen? Wahrscheinlich nicht. Muss Joe mal bei Gelegenheit nach ihrem Namen fragen. Er kennt die ganze Welt der Nachtlichter.

Unter der Dusche wusch ich meine Erinnerung an gestern Nacht beiseite. Kaffee? Ja. Brot? Nein, keins vorhanden. Muss auch so gehen.

Es war schon Mittag. Wie die Zeit vergeht. Ich nahm mir vor, mich am Abend noch mal vor Aarons Absteige auf die Lauer zu legen. Bis dahin war noch viel Zeit. Ich musste dringend die vergangene Nacht aus meinen Kleidern schütteln, deshalb lief ich wieder eine Runde durch Feld, Wald und Flur, nicht so schnell wie sonst, hatte in der Nacht ja schon viel für den Sport getan. Aber am Ende meiner Runde war ich ordentlich außer Puste, was mich nicht davon abhielt, direkt ins Gym zu gehen. Eine halbe Stunde Gewichte stemmen. Dies tat meinen Muskeln gut, ich spürte hinterher jedenfalls einige, von denen ich gar nicht gewusst hatte, dass sie überhaupt in meinem Körper vorhanden waren. Danach war meine Schweißproduktion voll auf Trab. Also, wieder Dusche, diesmal noch im Gym. Dort funktionierte die Dusche jedenfalls richtig und war nicht so ein Rinnsal wie bei mir zu Hause. Und sie war warm.

Nachdem die Dämmerung eingesetzt hatte, war es an der Zeit, sich wieder auf den Weg zu machen. Zu Aarons Absteige. Ich hoffte, diesmal erfolgreicher zu sein. Ich parkte auf meinem Stammplatz in der Nähe des Hauses und wartete.

Auch an diesem Abend ging nicht viel, deshalb wiederholte ich das Ritual am nächsten Tag. Dieses Mal war ich nicht lange allein. Die Streifenhörnchen waren heute unterwegs. Wahrscheinlich hatte Betty sie losgeschickt, um Präsenz im Viertel zu zeigen, denn ein Mord in der Nachbarschaft drückt auf die Stimmung und stört das Sicherheitsgefühl. Der blau-silbrige Kombi fuhr langsam durch die Straße, hielt aber nicht an. Die beiden von der Trachtengruppe hatten offensichtlich keine Lust, sich länger als notwendig an diesem ungastlichen Ort aufzuhalten. Sie kamen auch nicht wieder. Zumindest nicht in der Zeit, in der ich vor dem Haus auf der Lauer lag.

Ich sank wieder tiefer in meinen Sitz hinein und wartete. Eine Stunde. Zwei Stunden. Es war ziemlich dunkel in der Straße. Nur jede zweite Laterne brannte. Sparmaßnahmen, Umweltfreundlichkeit, Vandalen, was auch immer der Grund dafür war.

Ich wartete weiter. Eine weitere halbe Stunde. Es brannte kaum noch ein Licht in den Häusern. Auch die Straße blieb weitgehend leer. Nur ein alter Mann führte noch seinen Hund auf der Straße aus. Danach kehrte wieder Ruhe ein.

Jede weitere Minute kam mir wie eine Ewigkeit vor. Daran konnte auch Johnnie, mein eiserner Begleiter, nichts ändern. Sollte ich hier wieder meine Zeit vergeuden? Und dabei meinen Kumpel Joe lange, allzu lange auf mich warten lassen, was seinen Umsatz an diesem Abend sicher deutlich schmälern würde?

Gerade als ich den Motor starten wollte, kam Bewegung in die Szenerie. Es war schon weit nach Mitternacht. Die Guten in dieser Stadt waren zu dieser Zeit schon alle im Bett, also konnte der Typ, der jetzt mit einer schweren Maschine vorfuhr, nicht zu ihnen gehören. Der Biker hielt direkt vor dem Haus an, in dem Aaron gehaust hatte, und stieg recht gemächlich ab, behielt aber den Helm auf. Im Schein einer der wenigen Straßenlaternen, die noch funktionierten, sah ich die imposante Körperfülle der Person. Ich konnte mir denken, wer das war. Es versprach, interessant zu werden.

Der Typ stand eine kleine Weile vor Aarons Absteige und schaute zwischendurch immer wieder nach oben. Er zog schließlich seine Motorradhandschuhe aus, sah sich kurz nach allen Seiten um, ging aber nicht ins Haus, sondern weiter die Straße entlang. Ich stieg vorsichtig aus meinem Wagen aus und folgte ihm hinter mehreren geparkten Autos Deckung suchend. Nach gut hundert Metern blieb der Typ vor einem weiteren Haus stehen. Er schaute sich mehrmals nach allen Seiten um und blickte dann kurz auf seine Armbanduhr. Zwei Uhr in der Früh. Ich hörte in der Ferne eine Kirchturmuhr schlagen.

Offenbar war jetzt für den Biker die Zeit reif, ins Haus zu gehen. Ehe der Typ durch die Tür trat, zog er seinen Helm ab. Ich sah von meinem Beobachtungsposten aus allerdings nur seinen breiten Quadratschädel von hinten. Einen modernen Haarschnitt hatte der Typ vorzuweisen. Oben lang, unten kurz, Undercut. Und ein breites Kreuz hatte er auch, breiter als mein Schlafzimmerschrank. Und klar war, der gehörte hundertprozentig nicht zu den Drückern, sondern tausendprozentig in die Pusher-Abteilung. Ein Stofflieferant für die süßen Träume, die direkt in die Hölle führen.

Aber: Wenn der Typ nicht Aarons Absteige aufsuchte, musste es in dieser Straße noch einen anderen Ort geben, der für ihn von Interesse war. Er musste ja seine Brötchen verdienen und um diese Uhrzeit besuchte er sicherlich auch nicht seine arme alte, kranke Tante. Und schon gar nicht ohne Blumenstrauß.

Ich wartete, bis er im Haus verschwunden war, dann schlich ich vorsichtig weiter, immer meinen Blick fest auf die Eingangstür gerichtet. Ich wollte keine Überraschung erleben und wartete kurz im Halbdunkel, ob der Typ wieder aus dem Haus kam. Nichts. Es blieb ruhig. Ich ging ein paar Schritte weiter und stand schließlich vor der Tür, durch die der Kleiderschrank gerade eingetreten war. Sollte ich ihm folgen? Später. Zuerst wollte ich mir sein Motorrad einmal näher ansehen. Ich ging die hundert Meter zurück und war erstaunt und erfreut. Eine reinrassige Harley. Teures Teil. Sauber. Der Quadratschädel hat Kohle, dachte ich. Und ich tippte darauf, dass er das Geld für die Maschine wahrscheinlich nicht völlig legal erworben hatte. Ich ging um das Motorrad herum und schrieb mir die Nummer auf. Hier konnte mir Betty sicher helfen, den Namen des Besitzers zu identifizieren, nun, wenn ich ihr von dieser Begegnung überhaupt erzählte.

Doch noch anziehender als die Harley war die Frage, was der Typ hier wollte. Ich kehrte zu dem Haus zurück, in das der Quadratschädel abgetaucht war. Ich hielt mich einige Sekunden seitlich des Eingangs auf. Plötzlich hörte ich ein Geräusch über mir. Ich zuckte zusammen und zog mich in den Schatten der Straße zurück. Jemand hatte zwei Stockwerke über mir das Fenster geöffnet. Ich blieb ganz ruhig, schaute nach oben. Ich sah kein Gesicht, aber im Licht, das eine Lampe durchs Fenster nach draußen warf, konnte ich Zigarettenrauch wahrnehmen. Ich wartete. Einige Minuten. Hoffentlich war es kein Kettenraucher. Aber, ich hatte Glück, der Typ paffte nur einen Sargnagel, dann verschwand er wieder und schloss das Fenster hinter sich.

Ich trat aus dem Schatten heraus und ging zurück zu der Tür, die Mister Quadratschädel benutzt hatte. Ich legte meine Hand auf die Türklinke und drückte sie nach unten. Mit einem lauten Knarren öffnete sich die Haustür, die nicht gerade in bestem Zustand war. Vorsichtig trat ich ins Haus ein. Nichts passierte. Niemand wartete auf mich, um mir etwas über den Schädel zu schlagen oder mir dumme Fragen zu stellen. Im Innern erhellte eine triste Funzel an der Decke das Treppenhaus. Die Birne war offenbar kurz davor, den Geist aufzugeben, denn sie knisterte verdächtig in unregelmäßigen Abständen vor sich hin. Im Treppenhaus war niemand zu sehen. Ich blieb einen Augenblick stehen und wartete auf Geräusche. Ein, zwei Stockwerke höher hörte ich eine Tür schlagen. Ich schaute nach oben. Im nächsten Augenblick stand ich im Dunkeln. Das Licht hatte offenbar eine Zeitschaltung, um Stromkosten zu sparen.

Ich schaltete die Treppenhausbeleuchtung wieder an und fasste mir danach kurz unter die Achsel. Meine .38er war griffbereit an ihrem Platz, was mich beruhigte. Ich ging im Dunkeln langsam ein Stockwerk höher und klapperte jede Tür ab, die in eine Wohnung führte, und lauschte kurz. Hinter jeder Holz-, Kunststoff- oder Was-auch-immer-Tür war es still. Hier in dieser Absteige war nicht viel Leben. Nicht um diese Uhrzeit. Aber das Haus schien, im Gegensatz zu Aarons Bleibe, bewohnt. Weil sich die Beleuchtung im Treppenhaus schon wieder ausgeschaltet hatte, holte ich mein Handy heraus und leuchtete jede der Türen und die Wände drum herum ab. Namen von den Leuten, die hinter den Türen wohnten, fand ich nur wenige. Hier liebte man offenbar die Anonymität.

Auch im nächsten Stockwerk machte ich im Dunkeln die obligatorische Runde. Plötzlich hörte ich Lärm. Hinter einer der Türen waren zwei Menschen wohl nicht einer Meinung. Von Partystimmung konnte man jedenfalls nicht reden, das Geschrei war nicht von Fröhlichkeit geprägt. Ein dumpfer Schlag, ein Aufstöhnen, dann war Ruhe. Im nächsten Augenblick wurde die Wohnungstür aufgerissen.

»He, du Ratte, das nächste Mal will ich mehr Geld sehen«, blökte eine Stimme.

Der Typ stand noch auf der Türschwelle und sprach mit jemandem, der in der Wohnung war. Die Antwort auf seine Forderung glich eher einem Wimmern. Ich verzog mich sofort über das Treppenhaus nach oben.

»Hast du verstanden?«

Wieder folgte nur ein Wimmern.

Der Typ trat schließlich ohne jedes weitere Wort ins Treppenhaus und schaltete die Beleuchtung ein. Im trüben Licht sah ich, dass es mein alter Bekannter mit Quadratschädel war. In der nächsten Sekunde stürmte er nach unten. Ich folgte ihm. Vielleicht konnte ich herausfinden, wo er zu Hause war. Könnte von Vorteil sein. Doch meine Bemühungen waren nicht so schnell von Erfolg gekrönt, wie ich mir erhofft hatte. Als ich das Erdgeschoss erreicht hatte, öffnete sich wenige Meter vor mir plötzlich die Haustür. Allerdings stand nicht Mister Quadratschädel vor mir, was ich eigentlich jetzt erwartet hätte, sondern ein anderer Typ, den ich noch nie zuvor gesehen hatte. Zu der Junkie-Fraktion zählte der auch nicht, dafür war er nicht blass genug. Und Höflichkeit war für ihn offenbar ein Fremdwort.

»He, Arschloch, wo willst du hin?«

Er sprach mit einem deutlichen Akzent.

Der Typ mit dunklem Teint trug Jeans und eine Bomberjacke, in denen seine beiden Hände steckten. Sein Kopf war fast kahl rasiert. Dafür trug er einen Vollbart. Gleichzeitig hörte ich hinter mir ein Geräusch. Aus den Augenwinkeln nahm ich eine kurze Bewegung war. Mein Freund war offenbar nicht alleine gekommen. Das versprach Abwechslung.

»Nach draußen, wenn du Fratze mir aus dem Weg gehst.«

Auch ich konnte unhöflich sein.

»Hey Alter, was willst du hier? Und Fresse voll? Kann ich dir gleich besorgen.«

Ein fettes Grinsen erschien auf seinem Gesicht. Das war eine Ansage. Der Typ war aggro. In einem solchen Fall half Reden wohl nicht viel weiter. Ich musste allerdings schnell reagieren, wenn ich nicht in Bedrängnis kommen wollte.

»Geh mir aus dem Weg, Glatzkopf, sonst puste ich zuerst dich und dann die Vogelscheuche hinter mir um.«

Nur keine Schwäche zeigen. Das verlängerte meine Reaktionszeit, denn der Typ vor mir war es offenbar nicht gewohnt, solche Antworten zu erhalten. Er gab sicher meist selber den Ton an. Sein Zucken am linken Auge verriet mir, dass er leicht verunsichert war. Ich wartete eine Sekunde, dann trat das ein, worauf ich gewartet hatte. Das Licht im Treppenhaus ging aus.

Ich hatte mir die Position des Glatzkopfes zuvor genau eingeprägt und stürmte auf ihn los. Auf eine so schnelle Aktion war er nicht vorbereitet. Er stand noch an genau demselben Platz wie vorher, als ihn meine Rechte mitten ins Gesicht traf. Ich hörte ein Krachen, was wahrscheinlich von seiner gebrochenen Nase herrührte, und ein lautes Aufstöhnen. Dann ging er vor mir zu Boden. Ich versetzte ihm einen kurzen Tritt als Nachbereitung, drehte mich sofort um, zog dabei meine .38er aus dem Holster und ballerte zwei Schüsse in die Dunkelheit, weil ich nicht wusste, was der andere Typ vorhatte. Eine Kugel traf ihr Ziel, die andere suchte sich irgendeine Stelle im Treppenhaus. Im gleichen Augenblick ging das Licht an. Jetzt sah ich den Helfershelfer des Glatzkopfes in voller Größe. Ein dürrer, aber drahtiger Typ. Ein gutes Bild gab er nicht ab. Sein Gesicht war schmerzverzerrt. Er hielt sich seinen rechten Arm, aus dem an einer Stelle Blut sickerte und der immer noch wie erstarrt auf dem Lichtschalter lag. Ich hatte ihn mit meinem Streifschuss vorübergehend außer Gefecht gesetzt. Er war mit seiner Wunde beschäftigt, nicht mehr mit mir. Und das war gut so. Vor ihm lag ein Messer, das wohl aus seiner Linken gefallen war, als ihn meine Kugel erwischt hatte. Linkshänder, musste ich mir merken.

Zwei Stockwerke höher hörte ich eine Tür aufgehen.

»Bleib in deiner Bude. Hier gibt's nichts zu sehen«, schrie ich nach oben.

Um meine Argumentation zu verstärken, gab ich einen weiteren Schuss ab, was den Typen vor mir völlig erstarren ließ. Er traute sich nicht mehr sich zu bewegen. Er hielt sich weiter den Arm und starrte mich mit großen Augen an, die Furcht erkennen ließen. Ein Gefühl, das er wohl bisher nicht allzu oft erlebt hatte.

Der Glatzkopf unter mir stöhnte weiter leise vor sich hin. Er hielt sich die Nase. Durch seine Hand sickerte ebenfalls Blut.

»Verdammt, du hast mir die Nase gebrochen«, wimmerte er.

»Das war wegen deines schlechten Benehmens, du Honk«, sagte ich nur.

Eine Antwort bekam ich keine. Als er sich langsam aufrichten wollte, versetzte ich ihm einen Tritt, damit er unten blieb.

»Du bleibst, wo du bist.«

Er fügte sich in sein Schicksal.

»Zu welchen Idioten gehört ihr?«, fragte ich.

»Halt's Maul, Arschloch. Von mir erfährst du nichts«, sagte der Mann unter mir.

Seine Lebensgeister kamen langsam zurück. Ich musste meine Erziehungsmaßnahmen fortsetzen. Ein weiterer Fußtritt ließ ihn erneut aufstöhnen.

Im gleichen Augenblick öffnete sich erneut die Haustür. Verstärkung für den Idioten hier unter mir? Wohl eher nicht. Vor mir stand ein relativ schmächtiger Mann, nicht allzu groß, mit einem schwarzen Hoodie, dessen Kapuze er über seinen Kopf gezogen hatte. So schnell, wie sein Gesicht in der Tür erschienen war, so schnell war es auch wieder nach draußen verschwunden. Er war offenbar überrascht, eine so große Ansammlung von Menschen hier im Treppenhaus vor sich zu haben. Also keine Verstärkung. Aber irgendwo hatte ich die Visage schon einmal gesehen. Sie kam mir bekannt vor, aber vielleicht täuschte ich mich auch. Der Auftritt des Typen war zu kurz, um eine Antwort in meinem Gedächtnispalast finden zu können. Außerdem war das Licht hier im Treppenhaus viel zu trübe, um sein Gesicht in Erinnerung behalten zu können.

Apropos Licht. Das war mit einem Schlag wieder ganz ausgegangen. Dies war für mich der Augenblick, besser nach draußen zu verschwinden, denn die beiden Typen im Gang würden sich sicher nicht wieder so überraschen lassen, auch wenn sie deutlich angeschlagen waren. Ich verabschiedete mich mit einem Tritt, der allerdings ins Leere ging, und stürmte aus dem Haus. Der Hoodie-Mann war draußen nicht mehr zu sehen. Er hatte sich offenbar schnellstens verdrückt. Auch die Harley war weg. Ich rannte die Straße entlang zu meinem Auto, versteckte mich dahinter und beobachtete die ganze Häuserzeile. Nichts regte sich, ich hatte keine Verfolger. Die beiden Gestalten, die sich mir in den Weg gestellt hatten, mussten wohl zuerst ihre Wunden lecken und dann dem Quadratschädel Bericht erstatten. Ich war mir sicher, sie gehörten zu ihm. Ich hörte noch keine Sirenen, offenbar hatte im Haus niemand die Polizei verständigt.

Ich stieg in mein Auto. Es war Zeit für einen Johnnie.

Die nächsten beiden Tage passierte nicht viel. Außer dass mich schon wieder ein Typ von der Stadt anrief. Langsam ging mir das Lebensretter-Gesülze auf den Wecker. Ich brauchte keine Ehrenmedaille. Auch nicht, wenn sie mir der Oberchef im Rathaus persönlich um den Hals hängen wollte. Ich lehnte dankend ab, auch wenn vom anderen Ende der Leitung lautstarker Protest kam. Öffentlicher Rummel war nichts für mich. Ein Privatdetektiv ist nicht mehr sehr privat, wenn die ganze Stadt seine Visage aus der Zeitung kennt und er auf der Straße von jedem freundlich als Lebensretter gegrüßt wird. Jedes Wort am Telefon war eins zu viel. Ich legte auf.

Ach, dass ich es nicht vergesse. Ich erhielt einen weiteren Auftrag. War richtig was los in meinem Office. Am Nachmittag des dritten Tages tauchte eine Lady bei mir auf. Nettes Fahrgestell, der Rest war nicht sonderlich erwähnenswert. Außer dass ihre Augen verheult aussahen. Sie war der Meinung, dass ihr Göttergatte sie betrüge. Und ich solle ihm hinterherspionieren und herausfinden, ob ihre Befürchtungen einen Grund hätten. Ja, ich fass es nicht. Warum rannten mir die Klienten denn jetzt auf einmal die Bude ein? Ja, ist denn schon Weihnachten? Sie lieferte eine Erklärung. Eine Freundin habe ihr meinen Namen genannt und mich empfohlen. Gut so. Auch wenn sie mir nicht sagte, welche Freundin das gewesen sein soll. Ich ergriff die Gelegenheit beim Schopf und nahm den Auftrag der schönen Beine an. Geld kann ich immer gebrauchen und in dreckiger Wäsche herumzuwühlen, das war schließlich meine Profession. Und wer ihr den Tipp gegeben hatte, konnte ich mir letztlich auch denken. Die Gute erzählte mir, dass ihr Mann früher an der Uni gearbeitet habe, inzwischen aber in die Wirtschaft gewechselt sei. Und sie nannte mir natürlich auch die Firma, wo er zu finden sei. Aber alles müsse sehr diskret sein. Klar, Diskretion ist mein zweiter … Moment, das sagte ich schon.

Ich musste jetzt also zweigleisig fahren. Zuerst zapfte ich meine Kontakte in der Szene an. Vor ein paar Jahren hatte ich einmal einen aggressiven Drogendealer aus dem Verkehr gezogen. Er war erst im Krankenhaus, dann im Knast gelandet. Einige seiner damaligen Kunden, denen er immer schlechten Stoff angedreht hatte, waren mir bis heute dankbar und versorgten mich mit Informationen, wenn es nötig war. Und jetzt war es nötig. Ich wollte wissen, wo der tätowierte Kleiderschrank hingehörte. Meine Quellen waren sehr zurückhaltend, was darauf hinwies, dass bei diesem Typ Vorsicht geboten war. Aber ich bekam doch einen kleinen Hinweis, der mir vielleicht weiterhelfen konnte. Eddie.

Am Abend suchte mich Betty auf. Sie wollte wissen, was ich bisher herausgefunden hatte. Ich konnte mir vorstellen warum. Ihre Späher hatten mich wohl aus den Augen verloren, als ich schneller als erlaubt durchs Städtchen gekurvt war. So ein Pech aber auch. Ich erzählte Betty einiges, nicht alles, sie war zufrieden, ich auch – es war ein netter Abend.

Am nächsten Tag nahm ich, leicht verkatert, meine Arbeit wieder auf. Als ich nach einem kurzen Besuch in meinem Office zu meinem Auto ging, rannte ein Mädchen in mich hinein.

»He, he, pass doch auf, wo du hinläufst«, raunzte ich und sah dann, dass es meine Kleine von gegenüber war.

»'tschuldigung«, sagte sie nur.

»Schon gut. Wie geht's dir?«, fragte ich.

»Gut.«

»Was machst du um diese Zeit hier auf der Straße?«

»Spielen.«

»Keine Schule heute?«

»Nein, schon vorbei.«

»Okay. Und wo ist dein kleiner Freund? Ich seh ihn nirgendwo.«

»Der ist noch in der Schule.«

»Aha. Und wie geht's deiner Mutter?«

»Die ist nicht da.«

»Schon wieder nicht?«

»Die ist selten da.«

»Wohnt ihr noch bei deiner Tante?«

»Ja. So schnell können wir nicht in unsere Wohnung zurück. Ist immer noch alles kaputt.«

Im gleichen Augenblick hörte ich eine weibliche Stimme. Meine Gesprächspartnerin wurde gerufen.

»Ist das deine Tante?«

»Ja.«

»Ich glaube, sie hat Sehnsucht nach dir.«

»Das glaube ich nicht.«

Die Kleine drehte sich um und rannte über die Straße. Auf der anderen Seite blieb sie kurz stehen, drehte sich um und winkte mir zu. Ich winkte zurück. Dann rannte sie weiter bis zu einem Haus unten an der Straße, in dem sie verschwand.

Nette Kleine, dachte ich. Ein richtiges Energiebündel. Aber das mit ihrer Mutter gefiel mir gar nicht. Doch es war nicht mein Problem. Musste meine lange Nase, die ich von meiner Mutter geerbt habe, nicht in alles stecken. Ich stieg in mein Auto ein und fuhr los.

Ich hatte ein volles Programm für den Tag und für die Nacht. Ich wollte einerseits meine Kontakte in die Drogenszene ausweiten und andererseits den Göttergatten, der anscheinend auf Abwegen war, genauer unter die Lupe nehmen. Zuerst war eine kleine Parkanlage mit See am Rande der Altstadt mein Ziel. Dort trieben sich in letzter Zeit häufig Drogendealer herum. In der Nähe von drei Schulen. Gar nicht gut.

Mein Auto stellte ich auf dem Lehrerparkplatz der Schule ab, die nur ein paar Schritte vom Park entfernt war. Ich spazierte langsam am See entlang und spielte, mehr oder weniger auffällig, den Stoff-Suchenden. Es dauerte nicht lange, bis ein spindeldürrer Typ mit fettigen, langen Haaren und einem alten Parka mich ansprach.

»He, Alter, brauchst du was? Ich hab was für dich.«

Treffer. Ging schneller als gedacht.

»Was hast du denn im Angebot?«, heuchelte ich Interesse vor.

»Komm mit.«

Er zeigte in Richtung eines dichten Gestrüpps. Ich ging mit ihm mit. Als wir den Platz erreichten, auf den er gezeigt hatte, zog er plötzlich ein Messer und hielt es mir vors Gesicht.

»He, Alter, ich brauch Geld. Du hast doch sicher welches. Und das gibst du mir jetzt.«

Seine Hand zitterte. Er war offensichtlich auf Entzug. Kein ebenbürtiger Gegner.

»Ja, klar, kein Problem, Moment.«

Ich zog einen Schein aus meiner Jackentasche und hielt ihn dem Junkie vor die Nase.

»Hier.«

Als er danach griff, war er einen Augenblick unaufmerksam, womit ich gerechnet hatte. Ich schlug mit der Linken die Messerhand beiseite und mit der Rechten dem Typen mitten ins Gesicht. Ich bin bekannt für meine Rechts-links-Kombinationen. Der Typ schrie kurz auf und ging zu Boden. Dabei ließ er das Messer fallen. Ich kickte es beiseite.

»Ja, Pech gehabt, du solltest deinen Gegner immer genau im Auge behalten und dich nicht durch Kleinigkeiten ablenken lassen. Sonst geht es dir so wie jetzt.«

Der Kerl hielt sich die angeschwollene Nase. Er wimmerte

leise. Ich bückte mich, nahm das Messer an mich und hielt es nun ihm vors Gesicht, während ich mich langsam auf seinem Brustkorb niederließ.

»So, nun drehen wir das Ganze mal um.«

»Ich habe kein Geld«, jammerte der Typ.

»Ich will kein Geld, ich will eine Information von dir. Wo finde ich Eddie?«

»Kenne keinen Eddie.«

Ich verstärkte den Druck auf seiner Brust und verpasste ihm mit der Linken eine Ohrfeige.

»Falsche Antwort, mein Junge, und ich hab nicht viel Zeit.«

»Ich kann dir das nicht sagen, sonst krieg ich Stress.«

»Keine Angst, ich sag's nicht weiter, dass du gesungen hast. Aber wenn ich jetzt nichts höre, kriegst du erst mal von mir Stress. Und wie. Also, schieb mir die Infos rüber, die ich brauche. Und dann mach ich das mit deiner Nase auch wieder gut.«

Ich zog einen weiteren Geldschein aus meiner Tasche und wedelte damit vor seinen Augen herum. Das veränderte die Situation völlig. Es war nicht zu übersehen, er brauchte dringend Nachschub. Dafür verrät ein Junkie auch seine Großmutter. Aber von der wollte ich nichts. Nur von Eddie. Und die Informationen erhielt ich nun.

Ich steckte ihm den Geldschein in den Parka, stand auf, warf das Messer in den Teich und ging.

»Danke, bis zum nächsten Mal«, verabschiedete ich mich.

»Darauf kann ich verzichten«, hörte ich noch hinter mir, dann war ich weg.

Ich konnte mein Auto dort stehen lassen, wo es geparkt war. Die Adresse, die mir der Typ genannt hatte, war nicht weit weg. Ich schlenderte langsam Richtung Altstadt, bis ich das Haus erreicht hatte. Ich lehnte mich gegenüber an die

Hauswand und blieb eine Weile vor dem Gebäude stehen. Es war ein altes Fachwerkhaus, frisch renoviert. Eine gute Adresse. Hier sollte der Dealer wohnen? Würde man nicht vermuten. Sah eher wie eins der vielen netten Spießerhäuser aus. Ich drückte auf sämtliche Klingeln, als der Summer ertönte, öffnete sich die Tür und ich ging ins Haus. Gleich hinterm Eingang klappte eine Tür einen Spaltbreit auf und ein alter Mann mit weißen Haaren streckte mir seinen Kopf entgegen.

»Ich such einen Mann namens Eddie. Wo find ich den?«, fragte ich.

Der alte Mann sah mich nur an, deutete auf eine Tür am Ende des Flurs und zog sich ohne ein Wort in seine Wohnung zurück. Man muss nicht immer viele Worte verlieren, es geht auch so. Ich ging bis zum Ende des Ganges und klopfte an die Tür, die mir der Alte gezeigt hatte.

Es tat sich erst einmal nichts. Dann hörte ich Geräusche hinter der Tür. Ich holte meine .38er aus dem Holster und steckte meine Hand mit der Waffe in meine rechte Jackentasche.

Die Tür öffnete sich. In dem Türspalt sah ich einen Kopf, der mir skeptisch entgegenblickte.

»Eddie?«, fragte ich.

»Was willst du?«

»Hardy schickt mich. Ich brauche Stoff. Dringend.«

Ich kannte keinen Hardy, war ein Fantasiename. War mir kein besserer eingefallen.

Und auch mein Gesprächspartner war nicht sehr fantasievoll.

»Kenn keinen Hardy. Hab keinen Stoff. Und jetzt hau ab.«

Mit der Antwort hatte ich gerechnet.

»Aber ich brauch was. Komm, ich hab genug Kohle.«

»Ich kenn dich nicht. Hau ab.«

Ach, Mann, immer diese unkooperativen Typen. Jetzt musste wieder Plan B her. B wie brachial. Und das bedeutete: ein kräftiger Tritt gegen die Tür, die nach innen aufschlug und Eddie voll aus dem Gleichgewicht brachte. Der Typ taumelte zurück, und noch ehe er sich erholen konnte, hatte er meine linke Hand am Hals und die rechte mit meiner .38er vor der Stirn.

»He, langsam, ich hab hier wirklich keinen Stoff. Ich heb das Zeug doch nicht in meiner Bude auf. Ich bin doch nicht verrückt.«

»Das Zeug kannst du dir sonst wohin stecken. Diesen Teil meiner Anfrage kannst du jetzt vergessen. Jetzt kommt der wichtigere Teil meines Besuches.«

»Kenn ich nicht, weiß ich nicht, sag ich nicht«, meinte Eddie, noch bevor ich meine eigentliche Frage stellen konnte.

Das hatte ich heute so ähnlich schon einmal gehört.

»Oh, Mann, ihr macht es einem aber auch schwer. Muss ich jetzt erst wieder grob werden, bevor du mir sagst, was ich wissen will?«

Ich drückte meine Hand an seinem Hals etwas fester zu und verpasste ihm einen kleinen Schlag mit meiner silbernen Freundin.

»Was willst du wissen?«, antwortete er schnell.

»Na, bitte, geht doch. Ich gebe dir jetzt eine Personenbeschreibung und du sagst mir, wer das ist und wo ich ihn finde.«

Ich beschrieb ihm den Quadratschädel mit der Tätowierung. Täuschte ich mich oder wurde Eddie vor mir oder besser unter mir nun etwas blasser um die Nase?

»Was willst du von dem?«

»Privatsache.«

»Von dem würde ich die Finger lassen«, krächzte Eddie, der nicht genug Luft bekam, um deutlicher zu sprechen.

»Ist auch meine Sache. Wer ist das?«

Eddie war nun recht gesprächig und sehr offen, weshalb ich meinen Griff lockern konnte. Der Quadratschädel gehörte zu einer Rockergang, die offenbar gerade dabei war, den Drogenmarkt in der Gegend zu übernehmen. Doch nicht nur den. Auch im Rotlichtmilieu war die Gang nach Aussage Eddies seit einiger Zeit ganz dick im Geschäft. Jetzt verstand ich auch, warum sich der Quadratschädel die Harley leisten konnte. Und dabei war er nach den Worten Eddies offensichtlich nicht mal der Chef des Clubs. Der kam, wie die meisten in der Gang aus dem Libanon, wie Eddie mir erklärte. Gehörten alle einer großen Familie an. Einer sehr großen. Die wollte ganz nach oben, eine große Nummer werden, ohne Rücksicht auf die bisherigen Platzhirsche zu nehmen, wie Eddie mir berichtete.

Ist wohl gesünder, mir nicht gleich den ganzen Clan zum Feind zu machen, dachte ich. Vorsicht und behutsames Vorgehen waren angesagt. Behutsamer als ich jetzt gerade war. Trotzdem wollte ich mir die Moped-Truppe mal näher anschauen. Und dafür brauchte ich eine Adresse. Und die zu erhalten, war gar nicht so schwer, denn auch die Gangs hierzulande gründen immer schön brav einen Verein. Aus Steuergründen. Auch die harten Rocker hatten dieser Versuchung nicht widerstehen können. Und: Jeder Verein braucht ein Vereinsheim oder zumindest irgendeine Kneipe, wo sich die Mitglieder regelmäßig treffen. Und diese Adresse nannte mir Eddie. Die Versammlungsstätte der Motorradrocker lag in der Nachbarstadt, nicht weit vom Zentrum entfernt. Der Name der Kneipe sagte mir etwas. War früher mal eine dunkle Spelunke von üblem Ruf gewesen. Dass die Rocker sie nun übernommen und zu ihrem Vereinsheim gemacht hatten, hatte den Ruf nicht gerade verbessert.

»Okay, Eddie, ich danke dir für die umfangreiche, mehr

oder weniger freiwillige Auskunft. So können wir ja fast noch Freunde werden.«

Der blass-bläuliche Eddie bekam nun, nachdem ich meine Hand von seinem Hals genommen hatte, auch wieder richtig Farbe im Gesicht.

Eddie brummte einen Fluch in irgendeiner fremden Sprache vor sich hin. Eddie war nicht von hier. Ich verstand kein Wort. Wahrscheinlich war es auch kein Fluch gewesen, sondern eher eine Beleidigung, aber man darf so was nicht zu eng sehen. Ich hatte ja, was ich brauchte, und ich war nicht nachtragend. Nie. Ich verließ Eddies Zuhause.

»Einen schönen Tag noch«, sagte ich im Gehen.

Ich hörte noch irgendwas wie »hoffentlich polieren sie dir die ...«. Den Rest verstand ich nicht mehr, weil ich Eddies Haustür bereits hinter mir geschlossen hatte.

Jetzt brauchte ich allerdings mein Auto, denn ich wollte nun den anderen Teil meiner To-do-Liste abarbeiten und mir den Göttergatten, der möglicherweise in fremden Gewässern fischte, vorknöpfen. Schließlich war ich dafür bezahlt worden. Seine Angetraute, die bei mir gewesen war, hatte mir erzählt, dass er vorgab, jeden Tag Überstunden machen zu müssen, was sie ihm aber nicht glaubte. Sie hielt es für eine Ausrede. Also machte ich mich auf zur Arbeitsstelle des Göttergatten. Sie lag auf der anderen Seite der Altstadt in einem Büroturm mit viel Glas. Import-Export. Der Typ war deshalb sicher viel unterwegs und unterwegs lauerten viele Versuchungen. Vielleicht war er einer davon erlegen.

Von seiner Frau wusste ich, was für ein Auto der Typ fuhr. Einen roten Alfa Romeo. Der Herr hat Geschmack, sagte ich mir. Ich fuhr über den kleinen Firmenparkplatz neben dem Glasturm und entdeckte sofort die rote Kiste. Er war also noch bei der Arbeit. Ich parkte in der Nähe, sodass ich das

Auto immer im Blick hatte, und wartete. War meine Lieblingsbeschäftigung in letzter Zeit. Aus dem Handschuhfach holte ich meine Kamera, die dort neben meinem Johnnie lag. Große Handschuhfächer sind immer von Vorteil.

Ich musste letztlich gar nicht so lange auf den Herren warten, wofür ich dankbar war. Etwa eine halbe Stunde später kam der Göttergatte aus dem Haus und ging geradewegs zu seinem roten Flitzer, startete den Wagen und fuhr davon. Ich heftete mich an seine Fersen. Er schien es nicht eilig zu haben oder er war einfach nur ein gesetzestreuer Autofahrer, der sich genau an die Geschwindigkeitsbegrenzungen in der Stadt hielt. Und das war gar nicht so einfach, denn alle paar Meter änderte sich die erlaubte Geschwindigkeit. Mal 30, mal 40, mal 50. Verwirrend. Um dem folgen zu können, musste man schon ein Uni-Studium besitzen.

Was Herr Alfa dagegen nicht einhielt, war die Route nach Hause. Von seiner Frau wusste ich, wo das gemeinsame, traute Familienheim lag, und dorthin war er nicht unterwegs. Er fuhr über Land bis in die nächste Stadt flussaufwärts. Eine gut katholische Stadt, aber unser Göttergatte wollte sicher nicht den Herrn Bischof besuchen. Er stellte sein Auto in einer Parkgarage ab und trollte sich ins Zentrum. Ich folgte ihm. Bis zu einer Kneipe.

Entschuldigung, das Wort Kneipe trifft es nicht richtig. Es war ein Luxusschuppen erster Klasse. Nobel. Nicht meine Preisklasse. Bei meinem Aussehen hätte der Chefkellner sicher die Nase gerümpft. Mein Zielobjekt dagegen fiel in dem Schuppen nicht unangenehm auf. Sein edles Büro-Outfit passte sehr gut zum Rest der Gesellschaft, die sich hier wohlfühlte. Dunkler Anzug, dezente Krawatte, schwarze Schuhe, perfekt. Da konnte ich nicht mithalten. Deshalb blieb ich draußen und beobachtete das Ganze in der einsetzenden Dämmerung durch die hohen Fenster.

Der Göttergatte schien erwartet zu werden. Aber es war keine Dame, sondern ein Herr, so ähnlich gekleidet wie mein Beobachtungsobjekt. Ein Zweiertisch. Der Göttergatte wird doch nicht plötzlich ans andere Ufer übergewechselt sein. Das schien eher nicht so. Kein Austausch irgendwelcher Zärtlichkeiten oder Tätscheleien. War wohl ein geschäftliches Zusammentreffen. Ich schaute mir das Diner noch etwas länger an. Aber es war ereignislos, zumindest für mich. Ich verstand ja von hier draußen auch kein einziges Wort.

Deshalb ließ ich meinen Blick über den Rest der Gäste wandern. Milieustudie. Bringt mich in meinem Beruf weiter. Es waren fast nur ältere Semester anwesend, fünfzig aufwärts, würde ich schätzen. Nichts Prickelndes dabei. Oder doch? Moment. Das eine Gesicht kam mir sehr bekannt vor. Ja gibt's denn das? Was für ein Zufall. Der Herr Professor war auch anwesend. Ja, klar, der passte in diese Nasenhoch-Gesellschaft sehr gut. Fein gekleidet. Und ihm gegenüber. Ja, schau, nicht die Frau Professor, sondern ein recht junger Hüpfer, bestimmt über zwanzig Jahre jünger als der alte Knabe. Könnte glatt seine Tochter sein, wenn die nicht im Krankenhaus liegen würde. Sie saßen in einer Ecke, die vom Rest des Lokals gut abgeschirmt war. Quasi ein Chambre séparée, um mit meinen Fremdsprachenkenntnissen zu glänzen.

Die Begleitung des Herrn Professors, die mir den Rücken zuwandte, war makellos gekleidet, so viel konnte ich erkennen. Und die Ringe trug sie an den Fingern und nicht im Gesicht. Auch wenn ich ihr Gesicht nicht so recht sehen konnte. Ich beobachtete das Pärchen genüsslich. Der Herr Professor balzte ganz schön. Das war keine intellektuelle, von hohem Geist getragene universitäre Diskussionsrunde. Ganz im Gegenteil. Da stand eher das Körperliche im Vordergrund. Die eine Hand des alten Knaben rutschte öfters über den Tisch zu seiner Tischpartnerin und krallte sich dort an ihrem zarten Händchen ganz ungeniert fest. Die andere suchte irgendetwas unter dem Tisch. Interessant, was der Herr Professor da trieb, der alte Lustmolch. Vielleicht sollte ich seine Gattin davon unterrichten. Dann hätte es sich vielleicht ausgemolcht. Obwohl, so devot, wie sich die Frau Professor ihrem Gatten gegenüber immer verhalten hatte, würde sie wohl auch diese Demütigung hinnehmen. Außerdem hatte sie genug Sorgen derzeit mit ihrer Tochter.

Ich blieb noch eine Weile auf meinem Beobachtungsposten. Die Geschichte war unterhaltsam. Da brauchte ich keine Soap mehr in der Glotze zu schauen, das war Real Life. Das war spannender. Vier Gänge, Champagner, der Herr Professor ließ ordentlich auftischen. Und das junge Gemüse wurde immer lockerer und offenherziger. Das Kleid hatte einen ordentlichen Ausschnitt, vorne wie hinten. Oder war's eher ein Ausschnitt mit etwas Kleid drum herum? Egal. Der Herr Professor hatte jedenfalls ordentlich etwas zu bestaunen.

Am anderen Tisch beim Göttergatten ging es dagegen sehr ruhig und seriös zu, man könnte es auch langweilig nennen. Da konnte ich der misstrauischen Ehefrau nicht viel berichten. Zumindest vorerst. Ich verlor mehr und mehr das Interesse an diesem Job. Der Herr Professor bot mir mehr. Da war wesentlich mehr los.

Nach einer Stunde war das ungleiche Pärchen schließlich am Ende seines Diners angelangt. Der Herr Professor bezahlte und die beiden machten sich recht schnell auf, während der Göttergatte noch weiter mit seinem Partner plauderte. Ich hatte das untrügliche Gefühl, da tat sich nicht mehr viel heute Abend. Morgen war auch noch ein Tag. Ich hatte jetzt andere Interessen. Was der Herr Professor wohl noch vorhatte?

Ich zog mich etwas in die Dunkelheit zurück und wartete, bis das Pärchen, interessanterweise durch die Hintertür, aus dem Luxusschuppen kam. Sie hatte sich bei ihm eingehakt und stöckelte aufgekratzt neben ihm her. Und er gab ganz den Charmeur, der alte Bock. Er war guter Stimmung, strich sich laufend mit einer Hand durchs Haar und lachte lauthals durch die Nacht.

Ich folgte den beiden. Ich wollte sehen, was heute noch im Terminkalender stand. Das Pärchen strebte keiner der Tiefgaragen zu, sondern schlenderte eine Straße Richtung Innenstadt entlang. Ich hielt entsprechenden Abstand, immer darauf bedacht, dass ich genügend Schatten hatte. Plötzlich blieben die beiden stehen. Im nächsten Augenblick fiel sie regelrecht über ihn her. Ihre Hände waren überall. Mann, ging die zur Sache, hier direkt bei den Katholiken, gleich hinter dem Dom. Kam mir irgendwie komisch und deplatziert vor. Dieses nette, junge Mädel sollte so sexwild auf den alten Molch sein, mit seiner präsidialen Kopfhaarfrisur? Das konnte ich mir nicht vorstellen. So viel monetäre Aura konnte der Typ gar nicht ausstrahlen, dass das Mädel hier so abging.

Bisher hatten mich mehr die tiefen Einblicke in die Körperformen der jungen Dame in den Bann gezogen, doch jetzt während des flotten Zweier-Getümmels, das mich fast rot werden ließ, fiel kurz ein Lichtstrahl auf das Gesicht der wilden Maid. Moment, dachte ich, die Dame kommt mir doch bekannt vor. Andere Haarfarbe, Lippen, die nicht so aufgespritzt sind, normale Klamotten. Mensch, verdammt – sorry, hier so hinter dem Dom soll man nicht laut fluchen –, aber das konnte doch nicht sein, oder? Ja, holla, die Waldfee, das war doch Pippa, oder? Ja, ich weiß, komischer Name, Spitzname halt, aber er passte zu ihr. Ihr Hintern war auch royal. Und Seide liebte sie ebenfalls, wenn sie geschäftlich unterwegs war wie heute Abend, deshalb hatte sie ja den Spitznamen. In Wirklichkeit hieß sie Ruby und arbeitete normalerweise für einen Escort-Service. Astrein. Und diskret. Sehr diskret. Ich hatte bei einem Fall einmal Pippas Dienste in Anspruch genommen. Mussten als Pärchen auftreten, um nicht aufzufallen. Weil sie Spaß dabei hatte, gab sie mir dafür sogar Rabatt. Auch nach Feierabend. Mann, die gute Pippa! Diesen Hintern erkannte ich unter jedem Kleid. Die verstand ihr Handwerk. Der Herr Professor bekam sicher keinen Rabatt. Der durfte ordentlich löhnen, da war ich mir sicher. Aber es traf ja keinen Armen.

Ganz Gentleman wollte ich die beiden nun nicht mehr weiter stören. Aber ich konnte es mir nicht verkneifen, nahe an dem Pärchen vorbeizulaufen. Er bekam nichts davon mit, er war zu sehr mit seiner Fummelei beschäftigt, mindestens auf Blutdruck hundertachtzig und inzwischen wahrscheinlich völlig taub. Er musste alle seine Sinne auf das Eine konzentrieren. Pippa dagegen stellte ihre Aktivitäten kurz ein, als sie meine Schritte auf dem Kopfsteinpflaster hörte. Sie hatte offenbar ein gutes Personengedächtnis, was ich an dem hochgestreckten Mittelfinger, den sie mir entgegenreckte, erkennen konnte.

»Einen schönen Abend noch«, sagte ich, als ich an den beiden vorüber war.

Der Herr Professor bekam immer noch nichts mit. Er war zu sehr beschäftigt. Im nächsten Augenblick war ich in der Seitenstraße verschwunden. Ich schlug einen großen Bogen durch die nette Altstadt am großen Fluss und ging zu meinem Auto zurück. Zeit, dem Feierabend, der bei mir oft bis in den frühen Morgen reicht, entgegenzublicken. Joe wartete sicher schon auf mich.

Endlich schien wieder einmal die Sonne. Es versprach ein schöner Tag zu werden. Schon um die Mittagszeit war es recht warm. Es war Zeit aufzustehen. Der Kneipenbesuch wie auch der Johnnie-Genuss am Vorabend waren nicht ausgeufert. Ich fühlte mich nicht so verkatert wie sonst. Und auch mein Bett hatte ich die ganze Nacht für mich alleine gehabt. Was für meine Kondition immer hilfreich war.

Als Erstes drehte ich auf Joggingschuhen meine Runde durch Feld, Wald und Flur. Danach stellte ich mich ausgepumpt, aber zufrieden unter die Dusche. Der Tag oder besser der Nachmittag konnte beginnen.

Und er begann mit der Fahrt in die Nachbarstadt, nicht in die am großen Fluss, sondern in die Großstadt am Fuß der blauen Berge. Ich wollte mir die Rockerbande in ihrer trauten Heimstatt genauer ansehen. Natürlich war Vorsicht geboten, denn die Herren konnten ungemütlich werden, wenn man sie reizte. Was dann immer bedeutet, sie rücken gleich in Mannschaftsstärke an, um das Problem zu klären. In Kurzform: Wir nehmen dein Heim auseinander und hauen dir dabei auf die Nase.

Ich stellte mein Auto in der Nähe des Vereinsheims ab und schlenderte zu dem Häuschen der Motorradfreunde. Dass die Heimstätte beliebt bei Bikern war, konnte man schon von Weitem erkennen. Eine Reihe von schweren Maschinen stand vor der Kneipe – wie die Pferde vor einem Saloon. Ich machte es mir auf einem Mäuerchen in der Nähe bequem und harrte der Dinge, die da kommen sollten. Vor allem wollte ich sehen, wer dort ein und aus ging. Eine halbe Stunde später knatterte die Harley samt Quadratschädel heran. Der Kleiderschrank stellte sein edles Teil schön ordentlich in die Reihe der anderen Maschinen, ging dann auf ein paar Kollegen, die vor dem Eingang der Kneipe standen, zu und klatschte sie ab wie Fußballspieler, wenn sie ein Tor geschossen haben. Bei einem hielt er sich aber zurück. Die Begrüßung war ernsthafter, wie, sagen wir, ein Untergebener seinen Chef begrüßt. Ich prägte mir das Gesicht und die Gestalt des Mannes, so gut wie es aus dieser Entfernung ging, ein. Wobei die äußere Form des Typen sehr ähnlich der des Quadratschädels war. Modell Kleiderschrank eben.

Die beiden verdrückten sich sofort ins Innere der Kneipe. Sie hatten offenbar etwas Wichtiges miteinander zu besprechen. Ich blieb noch eine Weile sitzen. Vor der Kneipe tat sich nicht mehr viel. Die Raucher trotteten einer nach dem anderen wieder ins Vereinslokal, nachdem sie ihren Lungen genügend Zigarettenrauch verpasst hatten. Der letzte von ihnen hielt kurz vor der Tür an, drehte sich um und starrte direkt in meine Richtung. Meine linke Augenbraue zuckte. Verdammt, hatte er mich entdeckt oder war es Zufall? An Zufälle glaube ich nicht so recht, aber jetzt wollte ich gerne an einen solchen glauben. Ich bewegte mich nicht und versuchte, mich völlig unbeteiligt zu verhalten. Ob das wirkte, vermochte ich nicht zu ergründen, denn der Typ drehte sich wieder um und ging ins Haus. War wohl besser, sich jetzt aus dem Staub zu machen oder zumindest den Beobachtungsposten zu wechseln. Aber ich hatte eigentlich schon gesehen, was ich sehen wollte. Trotzdem schlenderte ich langsam die Straße entlang bis zu dem Vereinsheim. Der Begriff »dunkle Spelunke« war berechtigt, denn durch die Fenster konnte man nicht ins Innere schauen. Sie waren abgedunkelt. Ich nahm mein Handy in die Hand und fotografierte aus der Hand die Bikes in Reih und Glied. Vielleicht konnte ich über die Nummernschilder mehr über die Besitzer der Motorräder erfahren. Vor dem Haus tat sich nichts. Kein Trupp stürmte aus der Tür auf mich zu. War wohl doch ein Zufall gewesen. In einem großen Bogen ging ich zurück zu meinem Auto. Unterwegs scannte ich die Bürgersteige hinter mir. Ich hatte nicht das Gefühl, dass mich jemand verfolgte. Aber man kann sich manchmal auch täuschen. Wobei ich mich selten täusche.

Während der Fahrt zurück in meine Zuckerbäcker-Fachwerkstadt summte mein Handy. Ich hielt es mir vor die Augen und erkannte Bettys Nummer. Jetzt nicht, sagte ich mir und drückte auf den roten Hörer. Ich stellte mein Auto wie üblich auf einem Anwohnerparkplatz ab und legte meine gefakte Berechtigungskarte hinter die Windschutzscheibe. Wenige Minuten später erreichte ich mein Office. Hier blinkte mein Anrufbeantworter. Er zeigte mir zwei Nachrichten an. Die erste war von Betty. Sie müsse mich unbedingt sprechen, meinte sie.

»Kann warten«, sagte ich zu dem AB.

Die zweite Nachricht war von der Ehefrau, die sich betrogen fühlte. Sie war offenbar sehr ungeduldig und wollte unbedingt erste Hinweise und Neuigkeiten erfahren.

»Kann auch warten«, wiederholte ich.

Ich hatte ja noch keine Neuigkeiten. Vielleicht heute? Ich verließ mein Office wieder und ging zu meinem Auto, dem sich gerade eine Politesse näherte. Ich war vor ihr am Ziel, stieg ein, wedelte aus ausreichender Entfernung mit meinem Anwohnerausweis, lächelte sie an und fuhr davon.

Der Alfa stand noch auf dem Parkplatz. Also das gleiche Spiel wie gestern: Warten, bis der Typ sein Büro verlässt, und dann hinterher. Ich betrachtete in der Langeweile auch das Firmenschild, das über dem Eingang prangte. *Hogman – Import-Export*. Ich fragte mich, was die Firma wohl im- und exportierte. Vielleicht Whisky? Vielleicht Johnnie Walker? Ich bekam Durst.

Diesmal ließ der Typ mich warten. Eine Stunde. Zwei Stunden. Offenbar machte der Ehegatte Überstunden. Als ich kurz vorm Wegdämmern war, schoben sich die zwei

Flügel der großen gläsernen Eingangstür auf und der Alfa-Mann kam herausstolziert. Der schien ganz in Gedanken, weshalb er auch keinen Blick in meine Richtung warf. Schließlich saß ich in einem Fahrzeug, das nicht auf diesen Parkplatz gehörte, aber es interessierte ihn überhaupt nicht.

Ich folgte dem Alfa durch die Stadt. Offensichtlich suchte er wieder nicht den direkten Weg zu seiner treu sorgenden Ehefrau. Weil die Hauptverkehrsachse durchs Zentrum in Nord-Süd-Richtung nur für Busse offen war, nahm er den Umweg durch die Vorstadt. Der Verkehr war immer noch recht dicht, weshalb er nur langsam vorankam und es mir nicht schwerfiel, mich an seine Fersen zu heften. Wir fuhren eine Zeit lang auf der vierspurigen Straße Richtung Bahnhof. Und fast hätte ich den Blinker übersehen, den er gesetzt hatte. Er bog wenige Meter vor mir ab auf einen Parkplatz, zu schnell für mich. Ich konnte keine Vollbremsung einlegen, das wäre aufgefallen. Deshalb fuhr ich weiter und bog zweihundert Meter weiter verbotenerweise in die Ausfahrt des Parkplatzes ein. Ich fuhr in die nächste Parkbucht, stieg aus, schnappte mir den Strafzettel, der unter dem Scheibenwischer meines Nachbarn klemmte, und steckte ihn unter meinen Wischer. Dann folgte ich dem Alfa-Mann.

Der Parkplatz war für Bahnreisende gedacht, die dort ihr Auto abstellten und auf den Zug umstiegen. Ich sah mich um und entdeckte Mister Alfa gerade noch, wie er in der Unterführung Richtung Bahngleise verschwand. Ich folgte ihm. Es war gerade ein Zug angekommen, denn mir kamen viele Menschen, einige große Koffer hinter sich her rollend, entgegen. Ich musste mich mit Macht durch die Menschenmenge drängeln, um nicht den Alfa-Mann aus den Augen zu verlieren. In der nächsten Sekunde bog er nach rechts ab, die Treppe zu einem der Bahngleise hinauf. Ich folgte ihm weiter und wäre an der Ecke fast in ihn hineingerannt.

Nicht nur in ihn, auch in eine aufgedonnerte Brünette. Sie hatte sich schick gemacht und einen dunklen Teint im Gesicht. Die war nicht von hier. Definitiv. Alles an ihr war gut ausgebaut. Donnerwetter. Sie fiel wirklich auf unter den vielen blassen Feierabendleuten, die um sie herum waren. Ich murmelte kurz eine Entschuldigung vor mich hin, weil ich die beiden angerempelt hatte, und ging rasch weiter. Der Alfa-Mann nahm mich gar nicht wahr, denn er hatte nur Augen für seine Begleiterin. Konnte ich verstehen.

Ich wartete ein paar Sekunden, dann drehte ich um und folgte ihnen in gebührendem Abstand, damit ich nicht auffiel. Sie gingen Richtung Parkplatz, aber ohne sich körperlich näherzukommen. Ich lief zu meinem Auto und legte mich auf die Lauer. Kurze Zeit später fuhr der rote Alfa an mir vorüber, wie erwartet mit zwei Personen besetzt. Ich startete den Motor, parkte aus und folgte ihnen. Er hatte es offenbar eilig, denn er drückte ordentlich auf die Tube. Sie fuhren durch den Tunnel Richtung Stadtgrenze. Als sie die letzten Häuser erreicht hatten, bogen sie ab. Es ging ein Stück den Berg hinauf. Ich hatte immer noch gute Sicht auf den Alfa. Da einige Wagen vor mir waren, war ich mir sicher, dass er seinen Verfolger nicht bemerkte. Außerdem, der Typ hatte mit seinen Augen sicher sowieso gerade andere Dinge im Blick als die Autos hinter ihm.

Ein paar Hundert Meter weiter bog er ab und hielt Minuten später auf dem Parkplatz eines Hotels an. Ich stellte meine Karre am Straßenrand ab und sah, wie die beiden zusammen ins Hotel gingen. Interessant. Ein Schäferstündchen am Rande der Stadt, mit Blick aufs romantische Tal, durch das, ganz idyllisch, ein kleiner Bach floss. Aber Moment, mir war das Hotel nicht gerade als Stundenhotel bekannt. Aber wenn man genügend Geld hat, ist jedes Hotel in der Auswahl.

Ich stieg aus und lief zum Hoteleingang. Von hier aus konnte ich durch die Glastür die Hotelrezeption sehen. Die beiden hatten gerade eingecheckt und verschwanden auf ihr Zimmer. So ist's recht. Nur keine Zeit verlieren. Ich wartete ein paar Minuten und eilte dann die paar Treppenstufen hinauf zum Eingang und näherte mich schließlich der Rezeption. Vielleicht konnte ich hier irgendwie den Namen der Begleiterin des Alfa-Manns erfahren.

»Wie kann ich Ihnen helfen?«, säuselte es mir entgegen.

Ein freundliches Gesicht hinter der Rezeptionstheke strahlte mich an.

Ich überlegte mir eine Story, wie ich einen Blick auf ihren Computer werfen konnte, in den sie die Anmeldung eingetippt hatte. Aber eine solche Story brauchte ich gar nicht.

»Hey, was machst du denn hier?«, schallte es mir entgegen.

Das Gesicht wurde freundlicher, das Lächeln noch attraktiver.

»Was?«, stammelte ich.

»Erkennst du mich denn nicht? Ich bin's, Leah. Wir haben doch vor einem Monat eine Nacht zusammen verbracht. Die kannst du doch nicht vergessen haben. Die war wirklich …«

»Na, klar, nie könnte ich die vergessen«, unterbrach ich sie und lächelte so charmant ich konnte.

Ich hatte keine Ahnung, wer da vor mir stand.

»Oh, das ist lieb von dir. Es war wirklich schön«, flötete sie.

»Ja, da hast du recht, Lena.«

»Leah.«

»Ja klar, Leah, sag ich doch.«

Ich schüttelte empört den Kopf, dass sie mich angeblich falsch verstanden hatte, aber ich hatte immer noch keine Ahnung. Muss sehr dunkel gewesen sein, damals, oder Johnnie musste mir den Blick vernebelt haben. Hier im Hellen hatte die Lady ein Augenpaar, das man wirklich nicht so schnell vergessen konnte. Und alles andere auch nicht, auch wenn das in einer wenig kleidsamen Hoteluniform steckte.

»Aber wie kommst du denn jetzt hierher? Und was willst du?«

»Ach, Lena, meine große Liebe. Ich wollte dich einfach wiedersehen und dich fragen …«, sagte ich.

»Lügner«, unterbrach sie mich.

»Nein, wirklich. Du bist mir die ganze Zeit nicht mehr aus dem Kopf gegangen, Lena.«

Ich schaute mich kurz um, und als ich niemanden im Raum entdecken konnte, schob ich mich um die Rezeptionstheke herum. Ich schritt auf sie zu und legte meine Hände an ihre Hüfte. Sie bekam eine leichte Rötung im Gesicht.

»Du weißt doch gar nicht, dass ich hier arbeite. Ich hab dich doch damals angeschwindelt und gesagt, ich würde an der Uni arbeiten.«

»Ach, weißt du, ich bin doch Privatdetektiv und finde einfach alles heraus.«

»Privatdetektiv? Mir hast du aber gesagt, du wärst …«

»Siehst du, jetzt sind wir quitt. Wir haben uns beide beim Lügen ertappt.« Ich lächelte, zog sie zu mir her und umarmte sie. »Schön, dich wiederzusehen, Lena«, sagte ich.

Dabei blickte ich auf den Computer. Der Bildschirmschoner hatte sich zum Glück noch nicht eingeschaltet. Auf der Seite war die letzte Anmeldung markiert, die Anmeldung des Alfa-Männchens mit seiner Tusse. Ich entdeckte aber nur einen Namen, ihren Namen. Sie hatte offenbar das Zimmer allein für sich gebucht. Rosa Flores. Schöner Name und klang gar nicht einheimisch. Mittelamerika, schätzte ich, vielleicht Mexiko.

»Nicht doch, wenn jetzt jemand reinkommt«, sagte meine Umschlungene.

»Das ist mir egal«, log ich.

»Aber mir nicht. Ich will meinen Job nicht verlieren. Wir dürfen nichts mit den Gästen anfangen.«

»Nicht? Das ist aber schade.«

Ich ließ sie los. Sie stieß mich dabei noch etwas von sich.

»Aber wir könnten uns bald mal wiedersehen. Nicht hier. Vielleicht bei dir …«, sie legte eine kleine, vielsagende Pause ein und fügte dann schnell hinzu, »oder irgendwo in der Stadt.«

Ihr Gesicht strahlte wieder, leicht gerötet. Mann, dieses mordsmäßige Teil konnte ich doch nicht bei Joe getroffen haben. Solche Kaliber tauchten dort normalerweise nicht auf. Sie war wirklich hübsch – und nett. So was gibt sich normalerweise nicht mit mir ab. Aber ich konnte mich beim besten Willen nicht daran erinnern, wo ich sie schon einmal getroffen hatte. Man wird alt oder ich sollte vielleicht einige Zeit dem Alkohol abschwören. Sorry, Johnnie, war nicht so gemeint. Das Letzte musste ich wohl vor mich hingemurmelt haben, denn sie fragte mich:

»Was hast du da gerade gemurmelt?«

»Nichts. Ich wollte nur sagen, ich bin ganz deiner Meinung, wir sollten uns dringend mal wiedersehen, wo auch immer, Lena.«

Ein solches Rendezvous versprach einiges, nicht zuletzt mehr Informationen über den gerade eingetroffenen Hotelgast aus Mexiko. Olé, gehen wir's an. Was macht man nicht alles für seinen Job.

Ich zog mich wieder vor die Theke der Rezeption zurück. Wir turtelten noch kurz miteinander und verabredeten uns dann für den übernächsten Tag. Nicht bei Joe. Für sie musste ich mir etwas anderes überlegen. Etwas Besseres. Sorry, Joe.

Ich verabschiedete mich. Als ich die Glastür erreichte hatte, hörte ich ihre Stimme hinter mir.

»Und übrigens, ich heiße Leah, mit a und h.«

»Klar, weiß ich doch«, sagte ich und versuchte wieder, ein charmantes Lächeln aufzusetzen.

Ich winkte ihr zu und verließ das Hotel. Verdammt, mein Gedächtnis ist einfach nicht mehr das beste.

Draußen ging ich direkt zu meinem Auto und stieg ein. Ich fuhr aber nicht los, denn ich wollte warten, ob das Pärchen zuerst auf dem Zimmerchen sein Wiedersehen feierte und danach ausging oder umgekehrt. Bisher hatte ich ja meinen Voyeurismus noch nicht genügend befriedigen können. Die beiden hatten vor meinen Augen keine Zärtlichkeiten ausgetauscht. Außerdem fand ich es seltsam, dass, wenn die Mexikanerin seine Geliebte war, sie sich gerade hier trafen und nicht in irgendeiner anderen Stadt. Ich wartete und wurde enttäuscht. Nicht beide kamen aus dem Hotel, sondern das Alfa-Männchen alleine für sich. Ich folgte dem roten Flitzer und stellte schnell fest, dass der Typ nach Hause zu seinem Frauchen fuhr. Damit war die Arbeit für heute für mich erledigt.

Man macht sich hin und wieder Gedanken über das, was man so den Tag über erlebt hat. Und zum Grübeln passt immer ein Johnnie. Weil Joe keinen antialkoholischen Whisky hatte, nahm ich mit dem Original vorlieb. Nun, ich gebe es zu. Das Grübeln hielt an und deshalb blieb es auch nicht bei einem Johnnie. Der Tag war heute einfach nicht so verlaufen, wie ich es mir erhofft hatte. Die Beobachtung der Biker hatte mich nicht wesentlich vorangebracht. Und was trieb das Alfa-Männchen für ein Spiel mit Miss Mexiko und vor allem, woher kannte ich Lena, Verzeihung, ich meine natürlich …, wie war doch noch mal gleich ihr Name? Ach Johnnie, hilf. Aber er half mir nicht.

Schon wieder Mitternacht. Mann, wie die Zeit vergeht. Es war nicht mehr viel los bei Joe und ich merkte, dass er heute früher Schluss machen wollte. Er sah müde aus. Ja, wir werden halt alle einmal älter. Die Kondition lässt nach.

Ich verließ Joe, stolperte über das Kopfsteinpflaster des Marktplatzes Richtung Heimat. Auf den Treppenstufen zum Brunnen saßen ein paar junge Leute, die mit Bier nachglühten. In einem der Fachwerkhäuser ging im obersten Stockwerk ein Licht an. Das Fenster wurde aufgerissen, jemand reckte seinen Kopf ins Freie und brüllte irgendetwas nach unten. Offenbar waren die jungen Leute gemeint, die allerdings längst nicht so laut waren, wie der Schreihals am Fenster. Ein Licht im Nachbarhaus ging ebenfalls an. Auch dort wurde ein Fenster aufgerissen. Das Gebrüll von oben gab es jetzt in Stereo. Allerdings stritten sich jetzt die beiden Fenstergucker miteinander, während die Jugendlichen vor dem Brunnen gemütlich weitertranken.

Ich bog in die nächste Gasse ab und merkte bald, dass ich mich im Unterbewusstsein auf den Weg Richtung Office gemacht hatte. Auch gut, dort gibt es ebenso eine Schlafgelegenheit. Als ich die mir so vertraute Straße erreichte, klingelte mein Handy. Auf dem Display erschien wieder Bettys Name. Jetzt auch nicht, dachte ich. Bin zu müde. Gleichzeitig sah ich auf dem Display, dass sie schon mehrmals in den vergangenen Stunden versuchte hatte, mich zu erreichen. Die kleine Ziffer neben dem Hörersymbol zeigte eine Sechs. Um ungestört mich mit Johnnie unterhalten zu können und genügend Zeit zum Grübeln zu haben, hatte ich vom Boden abgehoben und auf Flugmodus geschaltet. Erst als ich Joe und seine Kneipe hinter mir gelassen hatte, war ich wieder gelandet. Manchmal braucht der Mensch einfach seine Ruhe vor seinem ständigen Begleiter – und diesmal meine ich nicht meine silberne .38er.

Heute nicht mehr, Betty, morgen ist auch noch ein Tag, sagte ich zu mir und steckte das Handy weg. Ach, wie sollte ich mich getäuscht haben. Ich sah Betty schneller als erwartet.

Heute Nacht kam mir die Straße, in der mein Office lag, dunkler vor als sonst. Ich schaute hinauf zum Himmel und sah die schmale Mondsichel. Abnehmend, bald würde er ganz verschwunden sein. Im Kranz des Mondes konnte man aufziehende Wolken sehen, die ihn wohl bald ganz verdecken würden.

Als ich fast den Hauseingang, der zu meinem Office führte, erreicht hatte, hörte ich ein seltsames Geräusch. Es kam ganz aus meiner Nähe und klang wie ein Wimmern. Ich hielt an, schaute mich um, sah aber niemanden. Vielleicht hatte ich mich getäuscht. Gerade als ich weitergehen wollte, vernahm ich dasselbe Wimmern. Wer oder was war das? Ich versuchte, das leise Wimmern zu lokalisieren. Wenn es von einem menschlichen Wesen und nicht von irgendwelchen Geistern stammte, konnte dieses Wesen nicht weit entfernt sein. Ich machte zwei Schritte nach vorne. Plötzlich bewegte sich etwas zwischen zwei parkenden Autos am Straßenrand. Ich zuckte zurück und ging hinter einem Fahrzeug in Deckung. Im Zwielicht der Straßenlaternen hatte ich nicht richtig erkennen können, was sich da bewegt hatte. Es war ein Schatten gewesen, nicht sehr groß und nicht allzu schnell. Es musste ein Mensch sein, kein Geist, der sich da hinter den Autos versteckte und der nicht von mir gesehen werden wollte. Zumindest vorerst. Vorsichtig ging ich weiter. Ich griff in meine Achselhöhle, aber meine treue Begleiterin lag noch zu Hause auf dem Esstisch. Ich hatte ihr eine Pause gegönnt. Also musste ich mich auf meine Körperkräfte verlassen. Das konnte ich meist sehr gut. Auch keine schlechte Wahl. Ich spannte die Muskeln an, um einsatzbereit zu sein.

Was war dieses Etwas? Wenn es aus der Abteilung Attacke

stammen würde, hätte es mich längst schon angegriffen. Meine Spürnase witterte im Augenblick keine allzu große Gefahr, trotzdem blieb ich in Lauerstellung. Ich wartete ein paar Sekunden und schlich dann weiter von Auto zu Auto, konnte aber nichts entdecken. Mir kam eine Idee. Ich hatte diese Version erst vor Kurzem im Fernsehen gesehen. Aber eigentlich hätte ich als Privatdetektiv selber draufkommen können. Ich ging einen Schritt vor auf die Straße, kniete nieder und schob meinen Kopf so weit nach unten, dass ich unter die geparkten Fahrzeuge schauen konnte. Zwei Autos weiter sah ich eine undeutliche Bewegung. Es war einfach zu dunkel, um Genaueres erkennen zu können. Daran war nicht nur der Mond schuld, auch die Straßenlaternen. Jede zweite von ihnen war um diese Zeit ausgeschaltet, damit die Stadt Geld sparen konnte. Keine gute Idee für mich jetzt, aber auch für Frauen, die nach Mitternacht auf dem Heimweg sind.

Ich wollte keine Zeit verschwenden, sprang auf und stürmte nach vorne auf das Etwas zu. Der Schatten bewegte sich blitzschnell von mir weg. Ich rannte hinterher.

»Halt. Stehen bleiben«, rief ich.

Und hatte überraschenderweise Erfolg. Plötzlich blieb das Etwas stehen und bewegte sich nicht mehr. Das Etwas war noch kleiner, als ich gedacht hatte.

»Wer bist du?«

Keine Antwort.

Ich wenigen Schritten war ich bei dem dunklen Schatten, der immer mehr Konturen annahm. Jetzt wusste ich, wer mich da zu den sportlichen Leistungen zu so später Zeit angetrieben hatte. Es war die Kleine von gegenüber. Ich atmete tief durch und entspannte meine Muskeln.

Die Kleine? Um diese Uhrzeit? War das nicht etwas spät? Sollte sie jetzt nicht im Bett liegen? Die Vernunft eines Erwachsenen setzte bei mir ein.

»He, Kleine, was machst du hier um Mitternacht auf der Straße? Du solltest um diese Zeit längst schon mit Clara an der Matratze horchen.«

Ich bekam wieder keine Antwort, nur ein leises Schluchzen. Aus meiner Strenge wurde sofort Mitgefühl. Ja, auch zu so etwas bin ich fähig.

»He, Kleine. Ganz ruhig. Was ist denn los?«, versuchte ich sie zu beruhigen.

Ich war mir sicher, dass sie mich erkannt hatte. Langsam ging ich auf sie zu und legte meine Hand auf ihre Schulter. Die Kleine drehte sich um, klammerte sich an mir fest und begann, hemmungslos zu schluchzen.

»He, easy, Kleine. Jetzt erzähl mir mal, was passiert ist. Warum heulst du nachts so auf der Straße rum?«

Es dauerte ein paar Sekunden, bis sich mein Klammeräffchen einigermaßen gefasst hatte.

»Wieso bist du hier noch unterwegs? Bist du von zu Hause abgehauen?«

Mehr als diese Fragen fiel mir nicht ein. Kleines Kind, um Mitternacht auf der Straße, heulend. Was sollte ich tun? Ich fühlte mich überfordert.

Mein Fragenkanon war allerdings noch nicht ausgeschöpft. Was sollte ich auch sonst machen.

»Soll ich dich nach Hause bringen? Zu deiner Mutter? Oder zu deiner Tante? Oder zu beiden? Oder wohin auch immer?« Kurze Pause. Keine Frage mehr. »Deine Mutter macht sich sicher Sorgen um dich.«

Wieder kurze Pause und weiterhin festes Klammern. Dann folgte doch eine Antwort auf meine Fragerei.

»Mama geht es nicht gut«, kam es zwischen zwei Schluchzern heraus.

»Wieso, was ist passiert?«

»Mama und meine Tante Holly haben sich gestritten.«

Die Kleine brachte den Satz nur mit Mühe heraus. Ich musste genau zuhören, damit ich überhaupt etwas verstand.

»Komm. So schlimm ist das doch auch nicht. Erwachsene streiten sich immer mal wieder. Ich bin auch sehr gut darin. Das ist nicht Besonderes. Deshalb musst du doch nicht von zu Hause abhauen.«

»Doch. Die wollen mich meiner Mama wegnehmen. Ich will aber nicht weg. Ich will bei Mama bleiben.«

»Wer will dich wo, wann, wie wegnehmen? Deine Tante?«

»Diese Leute. Ich weiß nicht, wie die heißen. Die waren schon ein paar Mal bei uns und sagen immer, weil Mama krank ist, kann sie sich nicht genügend um mich kümmern. Das stimmt aber nicht. Sie kümmert sich um mich. Ich will nicht weg. Ich will auch nicht zu meiner Tante. Die redet Mama auch immer ein, dass sie mich hergeben soll.«

Hergeben? Was für ein bitteres Wort für so einen kleinen Menschen.

»Was hat denn deine Mama?«

»Ich weiß es nicht. Sie sagen mir nichts. Niemand erklärt mir was.« Ein kurzes Schluchzen. »Die Leute lügen. Mama ist immer lieb zu mir. Sie nimmt mich immer in den Arm. Tröstet mich, wenn mir was wehtut.« Kurze Pause. Dann leicht trotzig: »Und diese Leute sind blöd. Ich mag sie nicht.« Ein kurzes Zögern, dann ganz leise: »Früher, da war Mama manchmal so seltsam. Dann konnte ich nicht mit ihr reden, sie saß nur da und träumte. Und dann musste ich immer zu meiner Tante. Aber das ist doch lange her. So ist sie nicht mehr. Nur heute …«

»… haben sie wieder gestritten? Deine Tante und deine Mutter?«

»Ja. Die fremden Leute waren wieder da. Heute Nachmittag. Ich glaube, es ging um den Brand in unserer Wohnung. Und als die weg waren, ging's los.«

»Und dann bist du abgehauen?«

»Nein.«

»Mama ist abgehauen. Sie hat sich so über meine Tante und die fremden Leute aufgeregt, dass sie weggerannt ist. Und ich bin ihr hinterher. Sie konnten mich nicht festhalten, ich war schneller.«

Das Schluchzen der Kleinen hörte langsam auf. Es war gut, dass sie reden konnte. Und ich ließ sie reden.

»Aber Mama war plötzlich verschwunden. Ich hab sie nicht mehr gesehen. Ich bin die ganze Zeit in der Stadt herumgelaufen, bis ich sie gefunden habe. Aber sie hat wieder geträumt und hat gar nicht gemerkt, dass ich da bin. Sie war so komisch. Das war, nachdem dieser komische Mann bei ihr war. Vor dem hatte ich Angst. Mama nicht. Ich hab mich versteckt und gesehen, wie er ihr irgendwas zugesteckt hat und dann gleich wieder weg ist.«

Die Tränen kamen zurück.

Mein Gott, ziemlich viel für so eine Kleine, dachte ich.

»Und wo ist deine Mama jetzt? Die steht doch sicher nicht irgendwo auf der Straße herum. Sie ist doch sicher wieder nach Hause und macht sich jetzt große Sorgen, weil du nicht da bist.«

Das sagte ich, obwohl ich nicht daran glaubte.

»Nein. Mama ist nicht nach Hause.« Die Kleine klammerte sich noch fester an mich. »Sie liegt da vorne. Dort hinter der Hecke. Wo dieser kleine Garten ist, der niemandem gehört. Sie hat mir gesagt, ich solle mir keine Sorgen machen, alles sei in Ordnung. Dann ist sie eingeschlafen. Sie träumt sicher wieder. Aber ich mache mir Sorgen. Es ist Nacht. Und kalt.«

Hatte ich das gerade richtig verstanden? Meine Gedanken schossen kreuz und quer durch meinen Kopf.

»Was? Wo liegt deine Mama?«, stieß ich hervor, mein Pulsschlag ging auf einhundertachtzig.

»Dort hinter der Hecke, wo der kleine Garten ist. Hinter den Mülltonnen.«

Ich löste mich von der Kleinen.

»Zeig mir sofort, wo deine Mama ist«, sagte ich.

Sie nahm mich an der Hand und führte mich die Straße entlang. Ich hatte kein gutes Gefühl.

Mein Gott, bitte nicht, sagte ich leise vor mich hin. Ich bin nicht gerade gläubig, aber in solchen Momenten wünscht man sich doch eine höhere Macht, die alles schnell wieder in Ordnung bringt.

Schließlich hatten wir den kleinen Garten erreicht. Das kleine Stück Grünland hier mitten in der Innenstadt war mir vorher noch gar nicht so aufgefallen.

»Da«, sagte sie und zeigte ins Dunkle.

Ich kniff meine Augen zusammen, um besser sehen zu können, und entdeckte in einer Ecke des Gartens die Umrisse einer Gestalt. Sie lag halb auf dem Boden, halb lehnte sie mit dem Rücken an einem Baum.

Es war keine Zeit mehr zu verlieren, schnelles Handeln war angesagt, das konnte ich auch bei dieser Dunkelheit erkennen. Ich holte mein Handy heraus und schaltete die Taschenlampen-App an.

»Du bleibst kurz hier stehen. Ich bin gleich wieder zurück.«

Ich drückte mich durch den kleinen Garten, bis ich die Gestalt erreicht hatte. Ich leuchtete sie von oben herab an. Es war tatsächlich eine Frau. Die Kleine hatte die Wahrheit gesagt und nicht nur einen bösen Traum gehabt. Ich kniete mich nieder und fühlte den Puls der Person. Er war schwach, aber er war noch vorhanden. Ein Stein fiel mir vom Herzen. Ich schüttelte die Frau an den Schultern.

»He, aufwachen«, rief ich.

Mir fiel nichts Besseres ein. Als Antwort erhielt ich ein leises Stöhnen. Wenig, aber für den Augenblick reichte es.

»Wie geht's Mama?«, hörte ich die Kleine hinter mir wimmern.

»Gut. Fein. Alles okay«, log ich.

Nichts war gut, nichts war okay. Der Frau vor mir ging es nicht sonderlich gut. Was mit ihr genau los war, konnte ich in der Dunkelheit nicht erkennen. Meine medizinischen Fachkenntnisse sind sehr begrenzt. Einschussloch in der Stirn. Tot. Oder: Nase schief, gebrochen. Das kann ich gerade noch diagnostizieren. Dann aber hört's schon auf. Hier war es nicht so einfach. Kein Loch in der Stirn, keine schiefe Nase.

Aber eines war klar: Die Frau musste weg von hier. Und zwar sofort. Schon allein der Temperaturen wegen, die in den kommenden Stunden noch weiter sinken würden. Sie musste ins Krankenhaus. Auf dem schnellsten Weg. Dort war sie am besten aufgehoben.

Ich zog meine Jacke aus, legte sie über die Frau, damit es ihr wärmer wurde, und ging zu der Kleinen zurück.

»Was ist mit Mama?«, fragte sie ängstlich.

Ich kniete mich zu ihr hinunter und fasste sie mit beiden Armen.

»Deine Mama fühlt sich nicht wohl. Sie träumt wieder. Aber ich hab sie aufgeweckt und sie hat mir gesagt, du sollst dir keine Sorgen machen und …«, ich suchte nach Worten, »… auf mich hören.« Was sollte ich auch sonst sagen, als: »Ich bin mir sicher, ihr geht es bald wieder besser.«

»Wirklich? Lügst du auch nicht?«

»Nein, bestimmt nicht. Ich lüge nie«, log ich.

Die Kleine sah mich an.

»Ich schwöre.«

»Ich glaube dir«, antwortete sie leise.

Ich hob sie hoch, sodass ich ihr in die Augen schauen konnte. Das dauernde Bücken tat meinem Rücken nicht gut.

»Aber ich denke, es ist sicherer, wenn ich jetzt den Doktor rufe, und der kümmert sich dann um sie. Sie braucht jetzt erst einmal ein warmes Bett und viel Schlaf. Und jemand, der dabei immer nach ihr schaut. Dann ist sie ganz schnell wieder auf den Beinen und kann dich in den Arm nehmen und trösten.«

Wieder ein innerliches Stoßgebet. Bitte alter Mann mit weißem Bart dort oben, lass mich jetzt einmal die Wahrheit sagen, murmelte ich vor mich hin. Und wenn das klappt, trete ich wieder in die Kirche ein.

Die Kleine starrte mich mit großen Augen an, Tränen standen in ihren Augen. Offenbar hatte ich sie nicht ganz überzeugen können. Ich erhob mich, nahm mein Handy, das ich noch in der Hand hielt, und rief den Notarzt.

»Gleich kommt Hilfe«, sagte ich zu der Kleinen und legte meine Hand auf ihre Schulter.

Sofort klammerte sie sich wieder an mir fest, so fest, als wollte sie mich nie mehr loslassen.

Minuten später waren Notarzt und Krankenwagen vor Ort. Die ganze Straße war wieder in Blaulicht gehüllt. Schien zum Dauerzustand zu werden. Vielleicht sollte ich nach einer ruhigeren Adresse für mein Office suchen.

Es war übrigens kein Notarzt, sondern eine Notärztin, mit langen, roten Haaren und ebenso langen Beinen, die kein Ende zu nehmen schienen. Ich führte sie zu der Mutter der Kleinen. Auch die beiden Sanis kamen jetzt mit einer fahrbaren Trage angerannt.

»Oh, schon wieder als Lebensretter unterwegs? Scheint für Sie eine Dauerbeschäftigung zu werden.«

Es war meine Rettungssanitäterin mit den rehbraunen Augen.

Ich zuckte nur mit den Schultern.

»Ja, sieht so aus«, murmelte ich als Antwort.

»Wenn Sie mich unbedingt wiedersehen wollen, müssen Sie sich nicht immer solche dramatischen Geschichten ausdenken. Das geht auch einfacher«, sagte sie trocken und lief mit ihrem Kollegen an mir vorüber.

Ich blieb mit der Kleinen, die mich nun fest an der Hand hielt, stehen und sah dem Trio hinterher, das sich intensiv um die Mutter am Boden kümmerte. Wir beide mussten ein seltsames Bild abgeben, der Große mit der Kleinen, Hand in Hand, im Twilight der Straßenlaternen, bis nach Mitternacht.

Kurze Zeit später tauchten die drei wieder aus dem Garten auf. Die Mutter der Kleinen lag nun auf der Trage, hatte eine Infusionsflasche am Arm und wurde zum Krankenwagen geschoben.

»Und?«, fragte ich die attraktive Notärztin.

»Wir müssen sie noch genauer untersuchen, aber nach meinem ersten Eindruck ist es nicht so schlimm, wie es vielleicht aussieht. Sie braucht jetzt etwas Ruhe und wird bald wieder auf den Beinen sein, da bin ich mir ziemlich sicher. Wir müssen nur das Gift aus ihrem Körper rausholen. Aber gut, dass Sie uns gerufen haben. Ich weiß nicht, ob sie die Nacht bei diesen Temperaturen überstanden hätte.«

Es folgte eine kurze Pause, in der mich die lange Rothaarige eingehend musterte. Sie war fast einen Kopf größer als ich.

»Was haben Sie eigentlich mit der Frau zu tun? Sind Sie ihr Ehemann?«, fragte sie mich streng.

Ich winkte ab.

»Nein, nein. Ich hab sie nur gefunden. Besser gesagt, die Kleine hier hat sie gefunden.«

Ich zeigte auf das Mädchen neben mir.

»Was? Die Kleine hier? Was macht die so spät noch auf der Straße, die gehört ins Bett.« Wieder der strenge Blick. »Ist das Ihre Tochter?«

»Nein, nicht meine Tochter, ihre Tochter«, korrigierte ich sie und zeigte dabei auf den Krankenwagen, in dem die Mutter der Kleinen lag.

»Da haben wir jetzt ein Problem. Wer kümmert sich um das Mädchen? Ich muss mit der Mutter in die Klinik. Je schneller umso besser. Und die Kleine kann ich nicht mitnehmen. Was soll sie auch im Krankenhaus. Es muss jemand nach ihr schauen.«

»Ja«, antwortete ich.

»Sie?«

»Wer? Ich?«

»Ja, warum nicht.«

Ein sehr karger Dialog, der aber zielführend war.

Wir liefen zusammen Hand in Hand Richtung Krankenwagen. Ich meine, die Kleine und ich. Nicht die Große. Die beiden Sanis waren gerade dabei, die Tür zu schließen.

»Ja, okay, alles klar. Ich kümmere mich um sie. Ich bringe sie zu ihrer Tante, dort wohnt sie gerade mit ihrer Mutter, weil ihre Wohnung ausgebrannt ist.«

Ich erzählte der Notärztin mit den langen Beinen kurz von dem Feuer im Nachbarhaus.

»Ja, ja, ich weiß. Ich war damals auch im Einsatz. Aber ich hab jetzt keine Zeit mehr, Ihnen zuzuhören. Ich brauche aber noch Ihre Personalien und Ihre Adresse.«

Ich gab ihr alles, was sie wollte. Auch meine Telefonnummer.

»Ich verlasse mich auf Sie. Ich weiß, wer Sie sind. Ich gebe alles an die Polizei weiter. Die wird sich bei Ihnen oder bei der Tante melden. Wenn hier irgendetwas Schräges abläuft, werde ich Ihnen die Hölle heißmachen«, meinte sie und schaute mir weiter in die Augen.

»Okay. Alles klar. Keine Angst, hab alles im Griff.«

Die Rothaarige schaute kurz auf die Kleine.

»Dein Freund bringt dich jetzt nach Hause. Ist das okay für dich?«, fragte sie das Mädchen.

Die Kleine nickte.

»Sie scheint ja viel Vertrauen in Sie zu haben. So wie sie sich an Sie klammert. Ich glaube, sie mag Sie.«

Ich schaute nach unten, in zwei große Augen, die alles bestätigten, was die Ärztin gerade gesagt hatte.

Die Rothaarige drehte sich um und ging zu ihrem Fahrzeug. Die Rettungssanitäterin hatte gerade die Tür des Krankenwagens geschlossen. Sie kam auf mich zu und baute sich vor mir auf.

»Ach ja, noch etwas, die Mutter war kurz bei Bewusstsein. Sie hat irgendwas vor sich hingemurmelt. Klang so wie Elli. Das ist wahrscheinlich der Name der Kleinen. Gut, sagen Sie der kleinen Elli, dass sie morgen ihre Mutter sehen kann. Dann geht es ihr sicher wieder besser. Da bin ich mir sicher.«

Die Mittelgroße lächelte erst mich, dann die Kleine neben mir an.

»Moment, Elli ist aber nicht ihr …«, stammelte ich.

Weiter kam ich nicht.

»Sorry. Keine Zeit mehr. Wir müssen wirklich los.« Sie beugte sich noch mal zu der Kleinen hinunter und strich ihr zärtlich über den Kopf. »Mach dir keine Sorgen, Elli. Wird alles wieder gut«, sagte die Sanitäterin zu dem Mädchen, das mich immer noch fest an der Hand hielt, drehte sich dann um und stieg in das Fahrzeug ein.

Ich stand sprachlos da und schaute den beiden Wagen hinterher, wie sie immer noch mit Blaulicht, aber ohne Sirene davonfuhren. Hatte ich das jetzt richtig verstanden?

»Moment.«

Ich schaute die Kleine von oben herab an.

»Heißt du Elli, wie die …?«, fragte ich sie und zeigte etwas unbeholfen in Richtung Office.

Das Mädchen sah mich verständnislos an.

»Nein, ich heiße Clara«, unterbrach sie mich.

Die Antwort verwirrte mich noch mehr. Clara war doch der Name ihrer Puppe oder hatte ich das falsch in Erinnerung. Ich runzelte die Stirn und sah die Kleine fragend an.

Elli? Clara? Das Namenschaos war schwer zu entschlüsseln. Wer alles hieß jetzt Elli und wer Clara?

Ich lief mit der Kleinen an der Hand durch die frische Nachtluft. Es war höchste Zeit, dass sie ins Bett kam. Ich wollte sie zu ihrer Tante bringen, auch wenn der Kleinen das nicht gefiel. Und was mir nicht gefiel, war, dass ich der Tante beibringen musste, was geschehen war. Aber, vielleicht sollte ich dieser Tante auch mal ins Gewissen reden. Ich hatte das Gefühl, irgendetwas passte da nicht zusammen. Streit zwischen den beiden Frauen, die Kleine auf der Straße, da lief einiges schief.

Wir gingen ein paar Schritte weiter, aber, he, Mann, wo liefen wir eigentlich hin? Es konnte doch nicht so weit sein, ich hatte sie doch vor einer Weile einmal in einem der Häuser hier verschwinden sehen. Sie musste hier in der Nähe wohnen, schließlich war die Kleine nach dem Brand nie aus meinem Gesichtsfeld verschwunden. Die Kleine war merkwürdig ruhig gewesen, die vergangenen paar Sekunden. Sie musste mir die genaue Adresse sagen. Aber zuerst wollte ich schnell das Namensrätsel mit Elli und Clara lösen. Das konnte doch nicht so schwer sein, war es aber doch.

Rätsel eins.

»Also, meine Kleine, jetzt darfst du dem lieben Onkel an deiner Hand etwas erklären. Als ich dich aus der brennenden Wohnung geholt habe, da haben wir doch auch deine Puppe mitgenommen. Die wolltest du nicht zurücklassen. Und soweit ich mich erinnere, nanntest du deine Puppe Clara – oder bringe ich da etwas durcheinander?«, fragte ich, während wir so dahin spazierten.

Die Kleine antwortete mir nicht. Sie stellte mir stattdessen eine Gegenfrage, was mich nicht verwunderte, weil Frauen gerne so reagieren, auch die kleinen, wenn ihnen ein Thema unangenehm ist. Früh übt sich.

»Wo gehen wir hin?«

»Na, das ist wohl nicht schwer zu erraten. Ich bringe dich zu deiner Tante, auch wenn dir das nicht passt. Ich muss mit ihr wegen deiner Mutter reden und außerdem musst du ins Bett. Dringend. Jetzt. Sofort. Auf der Stelle.«

Sie sah mich mit großen Augen an.

»Da müssen wir aber in die andere Richtung gehen«, sagte sie leise.

Ich blieb kurz stehen, mit dem Mädchen immer noch an der Hand und atmete tief durch.

»Und das sagst du mir erst jetzt?«

»Ich wusste doch nicht, wo du hinwillst«, sagte sie.

Da hatte sie irgendwie recht. Ich hatte ihr ja nichts gesagt.

»Gut, dann drehen wir uns jetzt um, gemeinsam, und gehen in die entgegengesetzte Richtung. Und du zeigst mir dann ganz genau, wo deine Tante wohnt.«

»Ich will nicht zu meiner Tante.«

»Das weiß ich. Aber bei mir kannst du nicht bleiben. Und du musst jetzt dorthin, wo dein Bett steht.« Und nach einer kurzen Denkpause: »Warum magst du deine Tante nicht? Sie hat euch doch aufgenommen, als ihr eure Wohnung verloren habt. Und sie meint es sicher nur gut mit deiner Mutter.«

Ich bekam wieder keine Antwort. So stumm war das Kind

die ganze Nacht noch nicht gewesen. Dieses Mal stellte ich gleich eine Frage, um ihr zuvorzukommen.

»Sag mir, warum es dir dort nicht gefällt?«

»Nein.«

»Warum, nein?«

Wieder blieb das Mädchen stumm und das gefiel mir gar nicht. Ich musste mir diese Tante wirklich mal genauer anschauen. Aber ich kam nicht dazu, die Kleine weiter auszufragen, denn jetzt geschahen zwei Dinge gleichzeitig. Das Mädchen hielt an und zeigte auf einen Hauseingang, der in fünf Metern Entfernung lag.

»Da wohnt meine Tante«, sagte die Kleine.

Na endlich.

In derselben Sekunde klingelte mein Handy. Ich zog es aus meiner Tasche. Auf dem Display stand wieder Bettys Name. Sie war wirklich hartnäckig, hatte wohl große Sehnsucht nach mir. Wenn sie so spät noch versuchte, mich zu erreichen, dann war es wichtig. Und ganz wollte ich es mir mit ihr nicht verscherzen. Ich blieb mit der Kleinen stehen, drückte auf den grünen Hörer und nahm das Gespräch an.

»Moment, Kleine«, sagte ich.

Dann widmete ich mich Betty. Sie war ziemlich geladen, was ich durchaus verstehen konnte.

»Wo treibst du dich rum? Ich versuche dich schon seit Stunden zu erreichen. Du sollst mich doch auf dem Laufenden halten. Wir haben eine Abmachung. Hast du das vergessen? Außerdem hast du meine Aufpasser abgehängt, was mir gar nicht gefällt. Du hättest ja so tun können, als ob du sie nicht bemerkst. Jetzt sind die beiden ganz geknickt, vielleicht liegt das auch nur an meiner einfachen, aber direkten Ansprache. Diese Pflaumen, die sollten mal wieder auf Streife gehen. Mit dem Fahrrad durch die Südstadt.«

Es folgten danach noch einige Schimpfwörter durchsetzt

mit einer Litanei von Verhaltensregeln. Man könnte fast meinen, Betty war sauer auf mich.

»Ich kann jetzt nicht mit dir reden. Ich stehe hier nach Mitternacht auf der Straße, Hand in Hand mit meiner kleinen Freundin, da willst du uns doch nicht stören, oder?«, sagte ich.

Zuerst herrschte kurz Stille, dann folgte:

»Mit wem?«

»Mit meiner kleinen Freundin. Eifersüchtig?«

Es bereitete mir Vergnügen, Betty hochzunehmen.

Es folgten ein, zwei Schimpfwörter, von denen ich gar nicht wusste, dass Betty sie kannte, geschweige denn in den Mund nahm. Ich hoffte, dass die Kleine neben mir diese Kombination von Wörtern nicht gehört hatte. Um keine weiteren Risiken beim Jugendschutz einzugehen, erzählte ich Betty kurz, wo ich war, was vorgefallen war und wer da an meiner Hand hing. Mehr aber auch nicht. Ich wollte hier auf der Straße nicht all meine Erlebnisse und Vermutungen ausposaunen. Man weiß nie, wer alles zuhört, und damit meinte ich dieses Mal nicht die Kleine.

»Und was gibt's bei dir Neues?«, fragte ich Betty.

Es gab eine wichtige Neuigkeit. Betty erzählte mir, dass die Ärzte Elli am nächsten Tag wieder ins Hier und Jetzt zurückholen wollten, weil sich ihre Körperwerte inzwischen stabilisiert hätten. Was mich endgültig ernster werden ließ, denn jetzt konnte Elli mir endlich berichten, was sie von mir gewollt hatte und was in meinem Office vorgefallen war. Damit könnten wir wahrscheinlich das ganze Rätsel um die Ringe-Lady endlich lösen. Ich fragte Betty, um welche Uhrzeit ich bei ihr vorbeikommen sollte, um anschließend gemeinsam Elli im Krankenhaus aufzusuchen. Ich rechnete jetzt fest damit, dass Betty mich kalt abblitzen lassen würde und lieber allein mit der Altmetall-Sammlerin reden wollte, aber zu meiner Überraschung erklärte sie, dass sie mich dabeihaben wollte und ich um zehn Uhr, also gleich nach Sonnenaufgang, bei ihr sein sollte. Ja, Frauen sind immer für eine Überraschung gut.

Beim Namen Elli fiel mir die Bemerkung der Sanitäterin wieder ein, die geglaubt hatte, dass die Kleine auch so hieß. Ich wollte Betty davon erzählen, aber ich kam nicht dazu, weil die Kleine mich an der Hose zupfte.

»Jetzt nicht, Kleine. Ich muss noch weiter mit meiner großen Liebe reden.«

Was ich danach aus dem Telefon hörte, klang gar nicht so sehr nach großer Liebe. Aber wer wird schon jedes Wort auf die Goldwaage legen.

Die Kleine hörte nicht auf mit Zupfen.

»Was ist?«, fragte ich leicht genervt, während Betty in mein Ohr brüllte, was denn nun los sei.

Männer können nicht zwei Dinge gleichzeitig tun und schon gar nicht zwei Frauen gleichzeitig zuhören, also widmete ich mich jetzt zuerst der Kleinen. Betty musste einen Augenblick warten oder auflegen. Und es war durchaus angemessen, dass ich mich jetzt auf die Kleine konzentrierte. Während ich mit Betty geredet hatte, hatte die Kleine gelangweilt in der Gegend herumgeschaut. Und sie hatte etwas entdeckt, was ich eigentlich hätte wahrnehmen sollen. Auf dem Bürgersteig näherten sich uns drei dunkle Gestalten, auf die die Kleine jetzt zeigte.

»Ich hab Angst«, sagte die Kleine und drückte meine Hand noch fester.

»Kann ich verstehen.«

Das Trio sah wirklich nicht gerade wie die Heilsarmee aus. Schwarz gekleidet, muskelbepackt, Sturmhauben über dem Schädel und Baseballschläger in der Hand. Und es sah nicht so aus, als ob die drei jetzt zum Training wollten, um ein paar Bälle zu schlagen. Schlagen wahrscheinlich schon, aber keine Bälle, vermutete ich. Auch war die Aufmachung etwas ungewöhnlich für eine Sportstunde. Und ich konnte mir sicher sein, dass hier nicht gerade der Baseballclub Wie-auch-immer auf einem Stadtrundgang unterwegs war und mich zu mitternächtlicher Stunde nach dem Weg zum Schloss Hohendingsbums fragen wollte. Was eindeutig war: Wir, die Kleine und ich, waren das Ziel des Trupps. Bei genauerem Hinsehen dann doch vielleicht eher ich, vermutete ich mal. Ich glaubte nicht, dass es sich um Klassenkameraden der Kleinen handelte, die ihres Intellekts wegen öfters sitzen geblieben waren und sich wegen geklauter Lineale oder frecher Bemerkungen an ihr rächen wollten.

Normalerweise hätten mir die drei nicht unbedingt Angst eingejagt. Ich war schon öfters in solchen Situationen gewesen und hatte sie mehr oder weniger unbeschadet überstanden. Aber mit der Kleinen an der Hand war ich nicht so beweglich, nicht so flexibel, wie jetzt notwendig gewesen wäre. Und außerdem wollte ich nicht, dass das Mädchen zwischen die Fronten geriet und etwas abbekam. Es hatte schon genug für heute erlebt.

»He, was ist los, rede mit mir«, röhrte es aus dem Telefon direkt in mein Ohr, Betty war noch immer in der Leitung.

»Jetzt nicht. Ich kriege gerade Besuch, um den ich mich zuerst kümmern muss.«

Betty hörte sofort die Anspannung in meiner Stimme. Sie war eine Expertin in Sprachanalyse. Brachte ihr Beruf mit sich.

»Was passiert bei dir gerade? Wo bist du genau? Brauchst du Hilfe?«

Warum müssen Frauen immer so viele Fragen auf einmal stellen? Ich fasste mich kurz. Sehr kurz. In einem Satz erklärte ich ihr, wo und was sich vor mir abspielte.

»Ich glaube, du brauchst Hilfe. Du hast verdammtes Glück, mein Junge. Ich bin ganz in deiner Nähe. Zusammen mit zwei Kollegen. Wir machen uns sofort auf den Weg zu dir. Mit Blaulicht?«

»Mit Blaulicht und Tatütata. Das könnte ausnahmsweise sehr von Vorteil sein.«

Ich unterbrach die Verbindung und steckte das Handy weg. Musste die Hand freihaben, am besten beide, und mir in Sekundenschnelle einen Plan überlegen, um die Zeit zu überbrücken, bis die Kavallerie eintraf. Zuerst musste ich die Kleine loswerden, um mir die nötige Bewegungsfreiheit zu verschaffen.

»Renn zu der Tür da und drücke alle Knöpfe, veranstalte eine ordentliche Klingelpartie, das gefällt dir doch sicher«, sagte ich zu der Kleinen und stieß sie von mir weg.

So hatte ich freie Bahn und die Kleine konnte vielleicht für etwas Aufruhr hier in der Straße sorgen. Sicher lebten hier nur ehrbare Menschen, die schon lange im Bett lagen und die durch das Geklingel mitten aus ihrem gesunden Tiefschlaf gerissen wurden. So etwas konnten sie nicht hinnehmen. Um diese Zeit? Ruhestörung? Das ging gar nicht, da mussten sie sich beschweren und sofort die Polizei holen. Oder eine Bürgerinitiative gründen. Moment, die Polizei mussten sie ja gar nicht mehr holen, die war ja schon unterwegs.

Während die Kleine wild Sturm klingelte, darin hatte sie, was man sehen konnte, offenbar Übung, kamen die drei Typen immer näher. Sie waren fast schon in Reichweite.

»Was wollt ihr?«, fragte ich laut.

Eigentlich eine überflüssige Frage, weil ich mir denken konnte, was die drei von mir wollten, aber was sollte ich sonst mit ihnen reden. Über das Wetter? Wohl kaum.

Ich erhielt auch keine Antwort. Die drei formierten sich

zu einer Angriffsreihe. Einer der Schädel vor mir kam mir bekannt vor. Er war offenbar der Anführer und wollte in dem Spiel gerne die Eröffnung machen. Er trat einen Schritt nach vorne. Im selben Augenblick zeigte die Klingelpartie Wirkung. Im Haus gingen viele Lichter an, der Summer an der Tür ertönte und ein Fenster im dritten Stock wurde aufgerissen.

»Was ist los da unten. Wisst ihr eigentlich, wie spät es ist, ihr Idioten?«, schrie eine Stimme von oben.

Es hilft manchmal, wenn Leute so reagieren, wie man es von ihnen erwartet. Das Muskelpaket zuckte kurz zusammen und war eine Sekunde abgelenkt. Er schaute nach oben, was er nicht hätte tun sollen. Nun, normalerweise greife ich nicht zu weiblichen Abwehrmethoden, aber neben Kratzen und Beißen gibt es eine, die doch sehr wirkungsvoll sein kann, wenn ein Mann vor dir steht, der Böses von dir will: Ich meine damit den klassischen Tritt zwischen die beiden großen Zehen. Und diese Taktik nutzte ich jetzt und trat mit voller Wucht zu. Hab auch mal Fußball gespielt, als falsche Neun oder so was, in grauer Vorzeit, als ich noch Bundestrainer werden wollte. Der Typ war von meiner trittfesten Aktion nicht sehr begeistert, das sah und hörte man deutlich. Ich hatte direkt ins Tor getroffen. Er stöhnte auf und sank langsam nach Luft schnappend auf die Knie. Um nicht ganz auf die Straße niederzusinken, stützte er sich auf seinem Baseballschläger ab. Zu was ein solches Sportgerät alles gut sein kann.

»Funktioniert immer noch ganz gut, diese Technik«, sagte ich zu ihm.

Er sah irgendwie verstört aus.

»Tut's auch ordentlich weh?«, fragte ich besorgt nach, hielt mich aber mit meinem Torjubel etwas zurück.

Er nickte zwar nicht, aber ich konnte sehen, dass wir einer

Meinung waren. Es war wirklich ein Volltreffer gewesen. Gelernt ist eben gelernt. Die beiden anderen hinter ihm erstarrten kurz. Trotz der Sturmhauben konnte man erkennen, dass es in ihren Köpfen ratterte. Sie überlegten fieberhaft, was sie jetzt tun sollten. Ihr Chef auf den Knien, von oben immer noch Geschrei und im Hintergrund ertönte eine Sirene. Hier in der Straße war jetzt richtig was geboten, was den beiden wie auch den inzwischen immer mehr werdenden Zuschauern im oberen Rang gar nicht gefiel. Auch der Anführer auf den Knien wirkte nicht gerade begeistert, auch wenn die Schnappatmung langsam nachzulassen schien. Sie hatten offensichtlich keinen Plan B für den Fall, dass der erste Angriff nicht so verlief wie geplant.

Der Quadratschädel mit Haube erhob sich langsam, immer noch etwas schwer atmend und raunte seinen beiden Kumpels in einer fremden Sprache etwas zu. Es war wohl der Befehl zum geordneten Rückzug. Nun, geordnet konnte man ihn nicht gerade nennen. Die beiden Lakaien nahmen ihre Beine in die Hände und rannten, was das Zeug hielt. In apartes Blaulicht gehüllt verschwanden sie gemeinsam mit dem quadratischen Schädel in einer Seitengasse. Der war allerdings noch leicht humpelnd unterwegs, er hatte Mühe, ihnen zu folgen. Seine Bewegungen waren etwas unkoordiniert, irgendetwas schmerzte ihn und ich konnte mir durchaus vorstellen, was.

»In den nächsten Stunden etwas Vorsicht beim Sex«, rief ich ihm hinterher.

»Was meinst du damit?«, hörte ich eine zarte Stimme neben mir.

Es war die Kleine, die mich mit großen Augen anstarrte.

»Ach, weißt du, die Bienen haben so einen Stachel, und der… ach, was, das verstehst du nicht, noch nicht. Das erzähle ich dir etwas genauer, wenn du groß bist«, sagte ich.

Ich nahm sie auf den Arm. Die Angst war aus ihrem Gesicht gewichen. Aber sie zitterte immer noch am ganzen kleinen Körper.

»Danke, Partner«, sagte ich zu ihr und klatschte sie ab, während neben uns ein Polizeiwagen quietschend zum Stehen kam.

Selten war ich so froh, Betty zu sehen. Begleitet vom Geschrei aus den oberen Stockwerken, kam Betty auf mich zu, zwei Kollegen im Schlepptau.

»Rechtzeitig?«, fragte sie.

»Ja, sehr rechtzeitig. Gut gemacht. Die Typen sind weg. In die nächste Gasse abgebogen.«

Betty schickte ihre beiden Sklaven hinterher. Weil es von oben immer noch nicht ruhig wurde und Begriffe wie »Unverschämtheit« und »asoziales Pack« fielen, wandte sich Betty ihren Mitbürgern zu.

»Sie können wieder ins Bett gehen und weiterschlafen. Hier gibt's nichts mehr zu gaffen. Die Polizei ist hier und wir verhaften die Bösen und stecken sie für immer ins Loch«, rief sie nach oben.

Noch ein paar Flüche folgten und danach gingen alle Fenster wieder zu. Ja, Betty ist und bleibt halt eine Respektsperson. Und sie sah auch in Blaulicht gehüllt sehr gut aus.

Gut, hier stand ich nun, ein Mann zwischen zwei Frauen. Wie sollte das weitergehen? Es ging weiter, ganz einfach und normal. Während ich mich mit Betty unterhielt, ihr Bericht vom Geschehen erstattete und ihr auch die Kennzeichen der Motorräder weitergab, die ich vor Kurzem in der Nachbarstadt notiert hatte, zupfte mich die Kleine wieder an der Hose.

»Ich bin müde«, sagte sie, was ich verstehen konnte.

Ihre Augen sagten alles. War ein bisschen viel für die Kleine.

»Okay, komm, jetzt zeigst du mir mal, wo deine Tante wohnt«, sagte ich zu ihr.

Wir gingen gemeinsam zu der Haustür, an der sie die Klingelpartie professionell ausgeführt hatte. Betty begleitete uns die paar Schritte.

»Süß, die Kleine«, sagte sie.

Ihre beiden Sklaven von der Trachtengruppe waren inzwischen von der Verfolgungsjagd zurückgekehrt. So viel hatte es eigentlich gar nicht zu verfolgen gegeben. Das Schläger-Trio war über alle Berge oder besser durch alle Gassen auf und davon. Die hatten sich wahrscheinlich auf ihren »Mopeds« aus dem Staub gemacht und die Welt im Viertel war nun wieder ganz in der Hand von Recht und Ordnung und die Ruhe wiederhergestellt. Alles war gut.

War es nicht. Nicht ganz. So sehr die Kleine auch klingelte, es kam keine Reaktion. Kein Summer ertönte, kein Fenster ging auf. Die Tante war wohl nicht zu Hause. Vielleicht suchte sie in der Stadt nach der Kleinen. Oder sie war schwerhörig.

Betty rief die Wache an. Dort hatte sich niemand gemeldet, der ein kleines Mädchen suchte. Allerdings hatte eine Notärztin eine Nachricht hinterlassen, die sich Betty interessiert anhörte.

»Kennst du eure Telefonnummer?«, fragte ich die Kleine. »Vielleicht hat deine Tante einen festen Schlaf und hört die Türklingel nicht. Probieren wir es mit dem Telefon.«

»Nein, ich weiß die Telefonnummer nicht. Und sie ist sicher nicht zu Hause. Sie ist öfters unterwegs. Ich glaube, ich muss heute Nacht bei dir bleiben«, antwortete die Kleine, etwas zu schnell nach meinem Empfinden.

Ich ging nicht darauf ein.

»Fangen wir mal mit den einfachen Dingen an. Wie heißt denn deine Tante?«, fragte ich nach.

»Holly.«

»Und wie noch?«

»Weiß ich nicht. Hab ich vergessen. Ist so ein komischer Name. Sie heißt jedenfalls nicht wie meine Mama. Ganz anders.«

Wieso fühlte ich mich plötzlich auf den Arm genommen? Ich sah die Kleine streng an, was mir offenbar nicht sehr gut gelang.

»Iss so. Wirklich«, sagte die Kleine. »Ich bin so müde«, fügte sie noch hinzu, mit entsprechendem Blick.

»Ich werde mal sehen, ob das Jugendamt hier einen Notdienst hat. Irgendwo bringen wir sie jetzt schon noch unter. In einer Pflegefamilie.«

Der Vorschlag gefiel mir gar nicht. Und außerdem hatte ich doch der attraktiven Notärztin versprochen, mich um die Kleine zu kümmern. Die Kleine war auch nicht gerade begeistert. Dicke Tränen schossen ihr in die Augen und sie sagte laut und vernehmlich:

»Nein! Nicht zu den Leuten.«

Und klammerte sich noch fester an mich.

Betty beugte sich zu dem Mädchen hinunter.

»Was soll ich denn sonst mit dir machen?«

Das Mädchen krallte meinen Arm und sah an mir hoch.

»Nein, das geht nicht. Ich kann dich nicht bei dem Chaoten lassen. Da krieg ich Ärger.«

»Ich will aber. Sonst geh ich nirgends hin.«

Die Kleine konnte richtig trotzig werden.

»Moment …«, sagte ich.

»Du hältst dich da raus«, fuhr mir Betty dazwischen.

»Ich pass auf sie auf«, sagte ich zu ihr. »Das wird doch ein

Riesen-Act, bis du was gefunden hast. Du bringst alle durcheinander. Vor allem die Kleine hier. Die hat schon genug für heute erlebt. Sie muss jetzt ins Bett.«

Betty sah mir in die Augen, dann wieder auf die Kleine hinunter und seufzte tief.

»Ich komm in Teufelsküche. Und wenn das rauskommt, werdet ihr darin gegrillt.«

Das Gesicht der Kleinen hellte sich auf, trotz der Warnung.

»Okay. Ich pass auf sie auf«, sagte ich.

Betty drehte sich um.

»Wir waren heute nicht hier. Ist das klar?«, redete sie auf ihre beiden Sklaven ein.

Sie hatten offenbar keine andere Wahl, als zu nicken. Dann wandte sich Betty noch einmal an mich.

»Wenn irgendetwas schräg läuft, bist du dran. Was ich dann mit dir mache, das willst du dir gar nicht vorstellen.«

So etwas Ähnliches hatte ich vor kurzer Zeit schon einmal gehört.

»Alles klar, Chef.«

Ich salutierte und grinste, aber richtig wohl war es mir nicht in meiner Haut. So schnell kann man zu einem Kind kommen. Auf diese Erfahrungen hätte ich aber liebend gerne verzichtet. Das hatte noch Zeit. Aber was sollte ich machen?

»Ich fahr euch beide nach Hause«, sagte Betty.

Die Miene der Kleinen hellte sich weiter auf.

»Ich wollte schon immer mal in einem Polizeiauto fahren«, freute sie sich.

Ich gab auf.

»Also gut, Frau Kommissarin, dann fahren Sie uns mal ins traute Heim heim. Aber mit Tatütata, bitte.«

Betty schaute mich an und schüttelte den Kopf. Aber sie ließ trotzdem die Sirene kurz aufheulen, allein schon um die

Leute in der Straße noch einmal kurz aus ihrem Schlaf zu reißen. Sie konnte schon ein Biest sein.

Die Stadt ist nicht groß. Minuten später waren wir zu Hause, bei mir.

»Kommst du zurecht mit der Kleinen?«, fragte mich Betty, als ich gerade dabei war, mit dem Mädchen an meiner Hand auszusteigen.

»Sicher. Wir trinken ein paar Gläser Whisky zusammen, dann schläft sie wie ein Murmeltier«, antwortete ich.

»Au« war mein nächstes Wort. Es rührte vom Schlag auf meinen Rücken her, den mir Betty verpasst hatte.

»Nein. Alles klar. Ich kümmere mich um sie. Und bitte nicht wieder hauen. Ich bin so empfindlich.«

»Weichei. Während du nun in Sachen Kinderbetreuung unterwegs bist, schaue ich mir bei Gelegenheit mal die Daten ihrer Mutter näher an. Ich bin mir sicher, dass wir bei uns im Computer etwas über sie haben. So wie die an dem Zeug hängt, ist sie bei uns sicher registriert. Und ich hör mich mal wegen der Tante um. Hier in diesem ehrenwerten Kaff ist alles recht überschaubar. Da kennt man seine Pappenheimer-Sternchen-innen. Wir haben den Überblick. Meistens. Oft. Hin und wieder.«

Betty lächelte.

Wir verabschiedeten uns. Der nächste Morgen wartete. Die Krankenhausbesuche standen an. Ich war gespannt, was uns Elli berichten konnte. Und die Kleine würde ich zu ihrer Mutter begleiten. Mit dem ganzen Gift im Blut lag sie sicher in derselben Abteilung wie Elli. Vielleicht sogar Zimmer an Zimmer.

»Pass mir wirklich auf die Kleine auf. Du bist jetzt für sie verantwortlich. Auf jeden Fall für diese Nacht«, hörte ich noch hinter mir.

In meiner Wohnung angekommen, verfrachtete ich das Mädchen in mein Bett, gab ihr ein T-Shirt von mir als Nachthemd und verzog mich auf die Sperrmüll-Couch im Wohnzimmer. Alles in meiner Wohnung und im Office stammte von der Resterampe. War ganz praktisch, denn wenn mir das Zeug nicht mehr gefiel, dann stellte ich es einfach wieder auf die Straße zurück.

Als die Kleine schließlich im Bett lag, kniete ich mich neben sie.

»Danke«, sagte sie leise und nahm mich in den Arm. »Heute Nacht schlafe ich sicher gut.«

Mein Gott, gut, dass ich kein Vater bin, so etwas halte ich emotional nicht sehr oft aus.

»Sag mal, da wir jetzt dicke Freunde sind, kannst du mir auch sagen, wie du wirklich heißt.«

Ich erhielt keine Antwort. Die Kleine drehte sich in ihre Bettdecke und gähnte.

»Ich bin so müde. Ich muss schlafen«, sagte sie.

Sie wollte mir keine Antwort geben. Und nach dem, was sie in den vergangenen Stunden erlebt hatte, wollte ich sie jetzt in Ruhe lassen.

»Ja, ich weiß. Und mach dir keine Sorgen. Deine Mutter ist in guten Händen. Die Ärzte kümmern sich um sie und machen sie wieder gesund. Morgen hast du sie wieder. Wir besuchen sie gleich morgen früh im Krankenhaus.«

Die Kleine nickte.

»Clara ist traurig. Sie fühlt sich immer so alleine«, flüsterte die Kleine kaum hörbar.

Ich nahm ihre Hand. Verdammt, hörte das mit den Gefühlen denn nie auf?

»Aber heute Nacht geht es ihr gut«, versuchte ich sie zu beruhigen.

Die Kleine lächelte mich an. Dann drehte sie sich zur Seite.

»Sag mal, Clara. Sagt dir der Name Elli etwas?«, flüsterte ich.

Die Kleine war schon fast weggedriftet. Eine kleine Bewegung mit dem Kopf. War das jetzt ein Nicken? Oder hatte ich das falsch interpretiert?

»Clara?«

Keine Antwort mehr. Die Kleine schlief tief und fest. Morgen war auch noch ein Tag. Ich ging zu meiner Couch und schenkte mir einen Johnnie ein. Den hatte ich mir als Leihvater verdient. Außerdem spürte ich auf diese Weise die unförmigen Sprungfedern der alten Couch nicht so sehr in meinem Rücken. Es war völlig still draußen. Aus dem Schlafzimmer hörte ich ein gleichmäßiges Atmen. Dem wollte ich mich jetzt anschließen. Gute Nacht Clara. Gute Nacht John-Boy. Gute Nacht Mary-Ellen. Moment, die letzten beiden Sätze hatte ich mir nur eingebildet. Oder waren sie schon Teil meines Traumes? Keine Ahnung. Ist mir auch egal. Licht aus!

Der Vormittag verlief nicht so, wie ich es mir erhofft hatte. Natürlich hatte ich prompt verschlafen. Die Nacht war einfach zu kurz gewesen. Ich war es nicht gewohnt, so früh aufzustehen. Im Gegensatz zu mir war die Kleine putzmunter. Offenbar war sie schon viel früher aus den Federn gekrochen, hatte sich aber so leise verhalten, dass ich nichts mitbekommen hatte. Gut erzogen, die Kleine. Ich hätte auch noch länger geschlafen, wenn mich nicht mein Handy geweckt hätte.

Memo: Für die Morgenstunden muss ich mir unbedingt einen sanfteren Klingelton aussuchen. AC/DC ist zu laut.

Am anderen Ende der Leitung war Betty. Sie fragte mich, wo ich denn bleibe. Gute Frage. Sie stehe schon vor der Klinik, sagte sie, und warte seit einer Viertelstunde auf mich. Ich solle gefälligst meinen Arsch in Bewegung setzen und herkommen, das waren ihre Worte. Gutes Argument, aber schlechte Sprache. Aber die Kleine hörte mir eh nicht zu.

»Bin sofort da«, murmelte ich verschlafen.

Ich schälte mich widerwillig aus der Sofadecke und stand auf. Einige Knochen in meinem Leib knackten verdächtig. Eine kleine Joggingrunde wäre jetzt angebracht gewesen, um auf Betriebstemperatur zu kommen. Doch dafür war keine Zeit.

Um die Kleine brauchte ich mich nicht mehr zu kümmern. Sie war schon angezogen, hatte sich ein paar leere Whiskygläser genommen und spielte ein Spiel, das ich nicht verstand. War auch egal. Ich schnappte mir ein paar frische Klamotten, spritzte mir etwas Wasser ins Gesicht und war bereit für den neuen Tag, sagen wir, mehr oder weniger.

Ich fuhr mit der Kleinen zur Klinik. Als wir im Foyer standen und ich mich hilflos umsah, in welchen der vielen Gänge wir jetzt gehen mussten, kam mir Betty entgegengeeilt. Eine Haarsträhne hing ihr ins Gesicht. Nett.

»Ausgeschlafen?«, begann sie mit der Begrüßung. »Ich sag dir, die Kleine sieht wesentlich wacher aus als du. Und hübscher, was allerdings keine große Kunst ist.«

»Danke, mir geht es gut – und dir?«, antwortete ich nur.

»Bis du kommst, ist der Markt verlaufen. Wie soll ich mit so jemandem zusammenarbeiten?«, fuhr Betty fort. »Ich hab schon alles erledigt. Ein kurzes Briefing gefällig?«

Ich nickte nur.

»Ich war bei Elli am Krankenbett. Sie ist wach, aber noch nicht so richtig. Ich hab sie kaum verstanden, da spricht ja Till Schweiger deutlicher. Allerdings ist der auch nicht an so viele Schläuche angeschlossen. Ich habe sie jedenfalls gefragt, was in deinem Chaos-Büro …«

»Office«, unterbrach ich sie.

»… wegen mir auch dort, passiert ist. Aber ich muss dich enttäuschen. Sie kann sich im Moment an nichts erinnern – was dich jetzt auch nicht entlastet, mein Lieber. Ich habe mit dem, übrigens sehr gut aussehenden, Arzt gesprochen, der nicht so ein verknittertes Gesicht hat wie du, eher so wie … ach egal. Er hat mir gesagt, die Erinnerungslücken, das ist nicht außergewöhnlich. Sie können dauerhaft sein, meinte er. Aber sie können sich auch auflösen. Möglich, dass die Erinnerung wieder zurückkommt. Wir müssen warten, geduldig sein.«

»Wenn ich zu ihr gehe, kommt die Erinnerung vielleicht zurück.«

»Keine Chance. Da wacht wieder der Drache an ihrem Bett, an dem kommst du nicht vorbei, der speit Feuer. Die zehn Minuten bei Elli musste ich mir richtig erkämpfen. Ja, tut mir leid, im Augenblick bringt uns Elli nicht weiter. Wir müssen woanders ansetzen.«

»Ach, Scheiße«, wollte ich gerade sagen, aber als vorübergehender Erziehungsberechtigter antwortete ich mit: »Das ist aber gar nicht gut.«

»Genau.«

Ihr Blick fiel auf die Kleine, die an meiner Hand hing. Betty zog mich etwas zur Seite und sprach so leise, dass die Kleine nicht alles verstehen konnte. Aber sie war gerade sowieso vom Trubel, der um uns herum herrschte, abgelenkt.

»Ach ja, ich habe heute Morgen, als du noch faul im Bett herumgelegen bist, mit unserer Polizeipsychologin gesprochen. Du hast mir doch gesagt, dass die Kleine ihrer Puppe ihren eigenen Namen Clara gegeben hat. Das ist offenbar nicht ungewöhnlich für ein Kind, das traumatische

Erlebnisse hinter sich hat. Und das kann ich mir bei der Kleinen gut vorstellen. Sie hat sicher schon einiges erlebt, was so ein kleines Kind nicht erleben sollte. Das, was gestern passiert ist, gehört sicher jetzt auch dazu. Mit ihrer Puppe kreiert sie sich dann ihre eigene Welt, in der alles heil ist. Die Puppe, der sie ihren eigenen Namen gegeben hat, übernimmt ihre Rolle. So kann sie der Realität entfliehen, in der eben nicht alles gut ist.«

Ich schaute nach unten. Zwei große Augen blickten mich an. Gefolgt von einem Ziehen an der Hand.

»Gehen wir jetzt zu meiner Mama«, sagte die Kleine.

»Ja, sofort.«

»Ich hab mich auch dort umgesehen, wo ihre Mutter liegt«, sagte Betty. »Ich habe jetzt ihren Namen. Damit werde ich sicher auch den Namen und die Adresse der Tante herausfinden. Und weil ich ja nicht viel anderes zu tun habe, werde ich mich vor den Polizeicomputer setzen und sehen, was ich noch so alles finde.«

»Super. Wir sind schon ein tolles Team«, sagte ich.

Betty lachte laut auf. Das war ihre ganze Antwort auf mein Lob. Versteh einer die Frauen. Ich nicht.

»Ich bringe die Kleine zu ihrer Mutter«, sagte ich.

»Tu das. Und pass auf dich auf. Ich kann dich nicht immer aus der Scheiße holen wie gestern Abend. Die Kavallerie ist nicht immer gerade in deiner Nähe. Ich denke, du bist auf dem Radar dieser Typen. Und du warst nicht gerade freundlich zu ihnen. Das nächste Mal werden sie einen besseren Plan haben.«

»Alles klar, Mutter Teresa. Bis später.«

Ich nahm die Kleine und zog los. Nach zwei Schritten drehte ich mich um.

»Wo muss ich denn überhaupt hin?«, fragte ich Betty.

Ich fühlte mich reichlich verloren in diesem Monumentalbau, der voller Kranker und Weißkittel, die es immer eilig zu haben schienen, war. Es war auch ein Ort, an dem ich mich nicht so gerne aufhielt. Betty sah mich mitleidig lächelnd an und beschrieb mir den Weg.

Als wir das Krankenzimmer betraten, klammerte sich die Kleine fest an mich. Im ersten Bett lag offenbar ihre Mutter. Sie richtete langsam ihren Kopf auf. Ein Lächeln kam in ihr Gesicht, auch wenn es leicht gequält aussah. Die Frau, die recht jung wirkte, streckte ihre Hand in Richtung der Kleinen aus. Ich konnte Tränen in ihrem Gesicht sehen.

Doch meine kleine Freundin rührte sich nicht vom Fleck. Sie klammerte sich noch fester an mich, wollte mich gar nicht mehr loslassen.

»Geh nur zu deiner Mutter«, sagte ich leise.

Die Kleine ließ zögerlich meine Hand los und ging mit langsamen Schritten zum Bett ihrer Mutter. Die letzten paar Schritte rannte sie und warf sich in die Arme ihrer Mutter. Wenn ich nicht so ein harter Typ wäre, hätte ich jetzt richtig emotional werden können. Allerdings hatte ich dazu keine Zeit, denn ich spürte einen heißen Atem in meinem Nacken, bildlich gesehen. Ich drehte mich um, es war nicht der Drachen aus Ellis Zimmer. Es gab in diesem Haus offenbar nicht nur Drachen. Dieser Typ Krankenschwester war … ach, lassen wir das, sonst könnte man meinen, ich sei ein alter Chauvinist. Was ich nun ganz bestimmt nicht bin. Smiley, Smiley, Smiley.

»Sind Sie der Vater?«, fragte mich die Kittel-Aphrodite.

»Nein, ein sehr entfernter Verwandter«, log ich.

»Ach so, aber nicht so lange bleiben, sie braucht Ruhe.«

Ich wollte das Mutter-Tochter-Knäuel im Tränensee nicht stören, aber ich brauchte ein paar Informationen. Ich näherte mich langsam dem Krankenbett. Die Mutter der Kleinen schaute mich an. Ein flehender Blick. Ich sollte wohl das kurze Glück nicht stören, so interpretierte ich jedenfalls diesen Blick.

»Ich kümmere mich um Clara. Und ich rede mit meiner Tante Holly«, sagte sie leise und beantwortete mir damit gleich zwei Fragen.

Die dritte löste sich auf, als ich auf das Krankenblatt schaute. Da stand der Name der Mutter. Ja, gut, ich schien hier überflüssig und wollte mich gerade zum Gehen wenden, als die Kleine sich umdrehte und mich anschaute. Ihr Blick sagte alles. Es war sozusagen ein Auftrag für den Privatdetektiv, sich weiter um diesen Fall zu kümmern. Ich nahm ihn an und verzichtete dabei ausnahmsweise mal auf mein Honorar.

Endlich aus dem Krankenhaus draußen, war mein erstes Ziel meine bescheidene Wohnung. Dort zog ich mich um und lief ein paar Runden in freier Natur, um den Kopf frei zu bekommen. Danach war noch ein Kurztraining im Gym angesagt. Ich nahm an, dass ich meine vollen Körperkräfte bald brauchen könnte. Ein Gedanke, der schneller als mir lieb war, Realität werden sollte.

Als ich bereit für den weiteren Tag war, rief ich Silberlockes Frau an. Schließlich gab es ja Erfreuliches zu berichten. Elli war wieder unter den Lebenden. Und wie ich vermutete, Frau Professor freute sich. Sie wollte mich sehen, sofort. Der Herr Professor war gerade auf Reisen. Wahrscheinlich war er mit Pippa unterwegs, Händchen oder was auch immer haltend. Ich sagte zu, hatte ja nichts Besseres zu tun. Ich fuhr zur Professoren-Villa. Die Krähe hatte wohl ihren freien Tag, denn Frau Professor empfing mich persönlich und ließ mich über die Zugbrücke schreiten. In ihre Kemenate durfte ich allerdings nicht, ich musste draußen bleiben, in einer Ecke des Gartens, wo man von außer-, aber auch von innerhalb der Burgmauern nicht hinsehen konnte. Männerbesuch war in der Professorenvilla wohl nicht erwünscht. Vor allem, wenn der Burgherr ausgeflogen war. Mir egal. Und das Wetter passte.

Wir nahmen in dem lauschigen Eckchen Platz. Rattanmöbel, schick und nicht von der billigen Discounter-Sorte. Trotzdem unbequem. Aber ich war ja nicht zum Ausruhen hierhergekommen. Wir tranken was Gespritztes, was lecker schmeckte und mit allerhand Gemüse dekoriert war. Ein Johnnie wäre mir lieber gewesen, aber es gibt Momente, in denen man nicht so wählerisch ist. Und das war ein solcher. Ich erstattete Bericht. Ich hatte zwar Elli nicht zu Gesicht bekommen, berichtete aber Frau Professor die Geschichte so, als wenn ich sie selbst erlebt hätte und nicht einfach Bettys Erzählungen wiedergeben würde. War besser fürs Geschäft.

Ich erzeugte Freude, was man an dem Tränchen in Frau Professors Auge ablesen konnte.

»Ich möchte sofort zu ihr«, sagte sie plötzlich fest entschlossen.

Jawohl, jeder Aufstand gegen Silberlocke war mir willkommen.

»Das können Sie jederzeit«, sagte ich.

»Ich trau mich nicht alleine.«

»Nur Mut. Sie schaffen das!«, ermunterte ich sie.

»Kommen Sie bitte mit. Ich bezahle Sie auch dafür.«

Gut. Nächstenliebe war mein zweiter Vorname. Und wenn sie Geld einbringt, auch gleich mein dritter.

»Können wir machen«, bestärkte ich Frau Professor.

Vielleicht war im Beisein der Mutter, mehr aus Elli herauszuholen. Aber das würde sicher wieder sehr emotional werden. Die Soap versprach weiterzugehen.

Und dann hatte ich eine plötzliche Eingebung. Für plötzliche Eingebungen war ich berüchtigt.

»Sagt Ihnen der Name Jessica etwas? Jessica Martin.«

Das war der Name von Claras Mutter, den ich am Krankenbett abgelesen hatte.

Frau Professor überlegte. Zuerst schüttelte sie den Kopf, dann zögerte sie und sagte:

»Irgendwie kommt mir der Name bekannt vor. Aber wo habe ich den schon einmal gehört? Mir fällt es nicht ein. Moment. Vielleicht …« Kurze Pause. »Nein, doch nicht, oder warten Sie …«

Mein Gott, die Spannung war ja nicht auszuhalten. Oder wollte Frau Professor das traute Beisammensein mit mir in der lauschigen Ecke nur verlängern.

»Kein Problem, ich hab Zeit«, sagte ich.

»Ich glaube, es hat mit Elli zu tun. Ich bin mir ganz sicher, es hat mit meiner Tochter zu tun. Und zwar während der Zeit, in der sie Drogen nahm.«

Das würde passen, dachte ich.

»Ich rufe Sie an, wenn es mir einfällt. Jetzt aber ist es besser, wenn Sie gehen. Nicht, dass noch einer der Nachbarn, die hier alle sehr neugierig sind, etwas von Ihrem Besuch mitbekommt.«

»Alles klar, das wollen wir doch sicher nicht«, sagte ich mit einem Lächeln, bevor wird uns für den nächsten Tag verabredeten, um gemeinsam Elli zu besuchen.

Ich verließ heimlich und mit hochgeschlagenem Kragen die Professoren-Villa durch den Dienstbotenausgang. Als ich mich langsam von dem Anwesen entfernte, fiel mir ein Wagen auf, Marke Luxus. Es war nicht Silberlocke, aber das Gesicht in dem Wagen kam mir bekannt vor, ich konnte es aber nicht sofort einordnen. Als der Wagen an mir vorüberfuhr, sah der Fahrer mich irritiert an. Er schien mich besser zu kennen als ich ihn. Seinem Beifahrer ging es ähnlich. Auch er starrte mich an. Als der Wagen die Professoren-Villa erreicht hatte, verringerte er seine Geschwindigkeit und blieb schließlich stehen. Langsam öffnete sich wie von Geisterhand das Garagentor in der Burgmauer und die Luxuskarosse verschwand im Innern des Gemäuers. Die Garage war so groß, dass eine vierköpfige Familie darin untergekommen wäre.

Jetzt fiel es mir ein. Der Typ in dem Auto war der Herr Sohn. Ich hatte ihn bei meinem ersten Besuch in der Villa gesehen. Aber eines wunderte mich nun doch etwas. Der Herr Sohn schien um einiges älter als Elli. Vielleicht war sie das Nesthäkchen, das aus Versehen noch hinterhergekommen war. Einmal nicht aufgepasst – und schon ist es passiert. So was kommt auch in den besten Professorenfamilien vor.

Von der Höhe fuhr ich hinunter in die Unterstadt. War gar nicht so leicht, einen Parkplatz zu ergattern. In dem Städtchen war an allen Ecken und Enden gerade ein Schokoladenmarkt aufgebaut. Seltsam, was es alles gibt. Der Markt war sehr beliebt. Das war nicht zu übersehen. Die Massen schoben sich durch die engen Gassen der Altstadt. Das ganze Umland war hier eingefallen und badete sich in Süßigkeiten. Wenn auch widerwillig badete ich der Abwechslung halber mit und ließ mich mit dem Strom treiben. Vielleicht fand ich eine Schokolade, die perfekt zu meinem Johnnie passte. Schokolade und Whisky, das passt sehr gut zusammen, ein sündiges Vergnügen.

Ein Stand fiel mir ins Auge. *Mohrenköpfe selfmade* stand auf dem Schild über der Verkaufsfläche. Oh, Mann, in Sekundenschnelle saß ich in der Zeitmaschine, die mich zurück in meine Jugendzeit transferierte. Wie hatte ich diese Dinger geliebt. Und wie hatte ich meine Mutter genervt, wenn wir an solchen Ständen vorbeikamen. Und dann so ein Ding zwischen einem Brötchen. Negerkussbrötchen nannte man diese Kombination damals, in Zeiten, als noch nicht alles politisch korrekt zuging. Lecker.

Magisch angezogen ging ich zu dem Stand, um meine sündige Vergangenheit zurückzuholen. Aber ich kam gar nicht dazu, denn eine ältere Frau drängte sich an mir vorbei und ging ohne jegliche Vorwarnung auf den Verkäufer los. Der schaute ganz verdutzt, als die Standpauke über Mohrenköpfe, Kolonialismus, Unterdrückung, Sklaverei und politische Korrektheit über ihn hereinbrach.

Die Lust auf die … was auch immer war mir vergangen. Ich entzog mich dem Disput, wobei es eher ein Monolog war, denn der Verkäufer kam gar nicht mehr zu Wort. Es war an der Zeit weiterzuziehen.

Als ich mich umdrehte, stand ein Hemd vor mir, ein sehr breites Hemd, um genauer zu sein. Meine Augen waren jedenfalls direkt auf die Brusthöhe meines Gegenübers fixiert. Ein Riese hatte sich vor mir aufgebaut. Bevor ich meine Blicke nach oben richten konnte, legten sich zwei Pranken Marke Klodeckel um meinen Körper. Eine liebevolle Umarmung, wie nett. Wäre schön zu wissen, wer mich da so schmerzvoll herzte. Ich schaute nach oben.

Jetzt sah ich das Gesicht des Riesen. Es war rabenschwarz und es trug ein breites, freundliches Grinsen. Es war Babou, genauer Baboucar, ein alter Kumpel, der mir mal bei einer Schlägerei aus der Patsche geholfen hatte.

»Willst du noch eine Umarmung?«, fragte er mich, als er mich kurz losgelassen hatte.

»Nein, danke, ich freue mich zwar auch, dich wiederzusehen, aber man muss es ja nicht gleich mit der Freude übertreiben, Babou.«

Die Frau am Mohrenkopfstand war kurz irritiert durch

unsere Verbrüderung und vergaß für Sekunden ihre Standpauke. Auch der Verkäufer schaute zu uns herüber und freute sich sichtlich über die kurze Verschnaufpause. Was sich dort weiterentwickelte, bekam ich nicht mehr mit, denn Babous rechte Hand ließ sich auf meiner Schulter nieder und zog mich vom Stand weg Richtung Marktplatz.

»Mensch, ich hab dich ja lange nicht mehr gesehen. Erzähl mir, was du in letzter Zeit angestellt hast«, sagte Babou.

Vielleicht sollte ich an dieser Stelle kurz erklären, wer Baboucar war. Der dunkelhäutige Mitmensch stammte ursprünglich aus Gambia, war aber vor vielen Jahren mit seinen Eltern aus dem afrikanischen Land nach Deutschland geflüchtet und letztlich hier in dieser Provinzstadt gelandet. Weil er als Kind so schnell in die Höhe geschossen war und er zudem gerne mit Bällen spielte, landete er beim Basketballteam dieser Stadt. Ja, so etwas hat dieses Provinzkaff auch. Baboucar war erfolgreich und schnell der Liebling der Zuschauer. Er verließ das Team, ging in eine andere Stadt zu einem anderen Verein, weil er dort wesentlich mehr verdiente, machte auch ordentlich Kohle mit seinem Sport, kam aber wieder zurück und ließ seine Karriere hier ausklingen.

So die gute Seite des Märchens. Nun die andere. Nach seiner Karriere investierte er sein süßsauer verdientes Geld. Irgendwo musste er ja hin mit der Kohle. Leider steckte er sie, von dubiosen Freunden schlecht beraten, in einen Nachtclub in der Nachbarstadt. Babou bewegte sich plötzlich in Kreisen, die wohl nicht die besten für ihn waren. Er bekam sein neues Leben nach dem Sport nicht so recht in den Griff. Nahm auch selbst ab und zu Drogen, meist Kokain. War Mode damals. Für mich hatte dieser Wandel eine praktische Seite. Über ihn erhielt ich Einblicke in die Szene, was mir bei meiner Arbeit immer wieder half. Als Babou eines Tages einmal mit der Polizei Stress bekam, was mich nicht wunderte, glättete ich mit meinen Beziehungen die Wogen. Und als ich einmal Stress bekam, stand er an meiner Seite. Ein Schrank von einem Mann, den niemand so schnell aus den Socken holte. In den vergangenen Jahren hatte er sein Leben wieder auf die Reihe bekommen, wenn man seinen Aussagen Glauben schenken durfte. Aber die Kontakte besaß er immer noch.

Es war ein Wiedersehen unter Freunden, das einen Johnnie verdient hatte. Auch Babou liebte das braune Gesöff. Und so zogen wir zu Joe und leerten seinen Whiskyvorrat. Als nichts mehr da war, verlagerten wir unsere Vergangenheitsbewältigung in mein Office, denn dort gab es noch eine Flasche, die dringend geöffnet werden musste, ehe sie schlecht wurde.

Als wir mein Office erreicht hatten, wartete eine Überraschung auf uns. Es war nicht mehr das Office, so wie ich es vor nicht allzu langer Zeit zurückgelassen hatte. Es sah anders aus, völlig anders. Jemand hatte es in seine einzelnen Bestandteile zerlegt. Die Möbelreste lagen verstreut im Zimmer herum. Mist, jetzt muss ich wieder den nächsten Sperrmüll plündern.

Das sah mir ganz nach Racheakt aus. Und ich konnte mir denken, wer dahintersteckte. Ich war sauer. Und Baboucar auch, denn dem Racheakt war auch der Johnnie zum Opfer gefallen. Und das war nicht zu verzeihen. No, nay, never, no nay, never, no more!

Wir setzten uns zwischen die Trümmer und dachten nach. Und wurden langsam nüchtern dabei. Ich erzählte Baboucar von meinem »Freund« Quadratschädel und seinen beiden Kumpels und von den Begegnungen, die ich mit ihnen gehabt hatte.

Babou wurde nachdenklich.

»Unseren Johnnie so respektlos zu behandeln, das geht

gar nicht. Das schreit nach Rache«, sagte er wütend. Und fuhr dann umso leiser, aber bedrohlicher fort: »Das gefällt mir gar nicht. Und Freunden von mir tut man so etwas nicht an. Ich hör mich mal um, was die Jungs, von denen du erzählt hast, für eine Rolle in der Szene spielen«, murmelte er nur.

So hatte ich es mir gedacht. Babou hatte also nach wie vor Kontakte in die Szene, in der, wie man gerüchteweise hörte, auch Landsleute von ihm mitmischten. Leider, muss man sagen. Einer ihrer Treffpunkte war der alte Botanische Garten am Rande der Innenstadt, auch kurz Bota genannt. Aber ich konnte die Lebensgeschichte der Jungs durchaus nachvollziehen. Es waren Leute, die in ihrem Land kaum genug zu beißen hatten und so leichte Beute für die Drogenlords wurden. Diese Großdealer gingen keine großen Risiken ein. Sie hielten sich immer im Hintergrund, waren für die Polizei hier bei uns nicht zu greifen. Sie köderten ihre Botengänger mit finanziellen Versprechungen, schickten sie hierher, um mit Drogen zu dealen, einige getarnt als Flüchtlinge, was sie ja genau genommen auch waren. Das meiste Geld aus den Geschäften steckten die Hintermänner, die in Afrika lebten, ein. Den Laufburschen vor Ort blieb nicht viel vom Gewinn. Ab und an wurde einer geschnappt und ins Gefängnis gesteckt. Ersatz war meist sofort zur Stelle. Die Drogenszene im »Bota« hatte für Schlagzeilen in der Stadt gesorgt, weil es leider Menschen gab, die alle Leute mit gleicher Hautfarbe einfach in einen Topf warfen. Aber das ist eine andere Geschichte.

Babous Wut über die Zerkleinerungsaktion in meinem Office hielt nicht lange an. Wir lagen uns schließlich aus Wiedersehensfreude wieder in den Armen, betrauerten den dahingeschiedenen Johnnie und versprachen uns, uns so bald wie möglich wiederzusehen. Was auch zutreffen sollte.

Vielleicht anders als gedacht. Wenn wir zum klaren Denken in dieser Nacht überhaupt noch in der Lage gewesen waren.

Babou verabschiedete sich, wankte zur Tür hinaus und ließ mich in den Trümmern zurück.

Am nächsten Morgen wachte ich mit Schmerzen im Rücken auf. Ich hatte meinen Rausch auf dem Sofa ausgeschlafen oder besser auf dem, was früher mal ein Sofa gewesen war. Die aufgeschnittene Sitzfläche und die Sprungfedern, die hervorschauten, hatten meiner Wirbelsäule die Beachtung entgegengebracht, die sie nicht verdiente. Wieder knackten sämtliche Knochen, als ich mich erhob und ausgiebig streckte. Jetzt bei Tageslicht entdeckte ich auch eine eindeutige Botschaft an der Wand, die mir gestern Nacht gar nicht aufgefallen war. Dort stand in großen, farbigen Lettern:

Das nächste mal bist du tod, Hurenson

Ja, auch meiner Mutter hätte diese Schmiererei sicher nicht gefallen. Sie war sehr kritisch gewesen, was eine ordentliche Rechtschreibung betraf. Aber das half mir jetzt nicht weiter und auch mit den Rechtschreibfehlern hatte ich die Botschaft durchaus verstanden.

Ich renkte meine Knochen an die richtige Stelle, wo sie hingehörten, und betrachtete mir das Trümmerfeld genauer. Jetzt im Hellen wirkte das Chaos auch nicht freundlicher, aber ich sah, dass nicht alles demoliert war. Ein paar Gegenstände hatten die Wüterei der Wüteriche überstanden. Und der Rest? Der fliegt raus, ich hatte meine alte Einrichtung sowieso nicht mehr leiden können. War aus der Mode gekommen. Neues Mobiliar, neue Lebensfreude oder so ähnlich. Der Mensch braucht Abwechslung.

Im selben Augenblick klingelte mein Handy. Es war Betty.

»He, Alter, kann man wach sein«, dröhnte es aus dem Lautsprecher. Sie war offenbar guter Laune.

»Nicht so laut, bitte. Und nicht so fröhlich.«

»Oh, ich höre eine durchzechte Nacht aus deinen Worten heraus. Gut, dass wir noch kein Geruchstelefon haben.«

»Danke, sehr verständnisvoll.«

Ich brachte Betty ohne weitere Umschweife auf den neusten Stand der Dinge, wobei das Trümmerfeld im Vordergrund stand.

»Ach, komm, deine Möbel waren doch voll hässlich, Alter. War sowieso höchste Zeit für ein Office-Update.«

Betty lachte, zu laut für meinen Kopf. Und zu fröhlich und gut gelaunt. Und ihre Sprache gefiel mir auch nicht.

»Das schreit nach Gegenbesuch. Meine Moped-Freunde werden nicht so einfach davonkommen«, murmelte ich vor mich hin.

»Das hat Zeit, Digger.« Mein Gott, was war denn in Betty gefahren. »Hör dir erst mal an, was ich für dich habe. Ich habe unsere Computerdateien durchforstet. Und da ist doch gleich der Name Jessica Martin aufgesprungen. Die Mutter der Kleinen hat tatsächlich bei uns eine Akte. Hat Drogen genommen, dann auch ein wenig gedealt, um ihren täglichen Bedarf decken zu können. Wurde ein paarmal erwischt und schließlich vom Gericht gemaßregelt, will sagen, sie kam in den Entzug. Danach war sie eigentlich sauber, da gibt es jedenfalls nichts mehr bei uns über sie. Bis jetzt. Das gestern muss ein Rückfall gewesen sein. Was ziemlich häufig vorkommt. Aber das tut mir echt leid, vor allem für die Kleine.«

»Sie hat einen Entzug hinter sich?«, fragte ich.

»Ja, sie war über ein Jahr in einer Klinik.«

»Wo war das?«

»Gar nicht weit weg von hier.«

Ich konnte mir denken, wo. In dem kleinen Ort in den Bergen, da gab es nur ein paar Wohnhäuser und neben einer riesigen Klosterkirche eben auch die Psycho-Klinik, die fast so groß wie das ganze Dorf war. Dort kamen alle Junkies aus der Umgebung früher oder später einmal hin. Wenn sie ihre Sucht bis dorthin überlebt hatten.

»Und Elli?«, fragte ich.

»Da haben wir nicht viel. Um nicht zu sagen, gar nichts. Meine Kollegen hatten sie mal auf dem Schirm. Mehr nicht.«

»War sie auch im Entzug?«

»Weiß ich nicht, kann sein, kann nicht sein, dazu steht jedenfalls nichts bei uns im Computer.«

»Hat mir aber die Frau Professor erzählt.« Mir kam ein Gedanke. »Vielleicht kennen sich Elli und Jessica aus dem Entzug.«

»Das wäre aber ein Zufall.«

»An Zufälle glaube ich nicht.«

»Ich kann versuchen, durch unsere Spezialisten noch mehr herauszufinden.«

»Ja, mach mal.«

Ich berichtete Betty auch davon, dass ich in ein paar Stunden mit der Professoren-Gattin das Töchterchen in der Klinik besuchen würde.

»Da bin ich aber mal gespannt, ob dich der Drache durchlässt.«

»Mit meinem Charme.«

Betty lachte laut auf. Damit war das Gespräch für mich beendet.

Ich steckte mein Handy ein, griff mir einen Besen und kehrte ein paar Trümmer beiseite, schaffte eine Art Korridor, der zum Ausgang führte. Der Besen war übrigens eines der Teile, die heil geblieben waren. Warum auch immer. Nach meiner Säuberungsaktion verließ ich mein Office. Auf der Straße schaute ich mich nach allen Seiten um, denn ich wollte auf alles gefasst sein. Aber es war nichts Verdächtiges zu entdecken. Ich ging auf Umwegen in meine Wohnung. Und zu meiner Freude war die tatsächlich noch als Ganzes vorhanden. Dort hatte sich kein Demolition Man in meiner Abwesenheit ausgetobt. Ich sprang unter die Dusche, kleidete mich neu ein und war bereit für weitere Aktionen.

Die erste war der Krankenbesuch. Betty hatte recht. Der Drache ließ mich nicht rein. Da nützte auch mein Charme nichts.

»Nur eine Person auf einmal. Mehr verträgt sie noch nicht«, fauchte der Drache und ließ nur die Mutter ein.

Ich wartete ein paar Sekunden darauf, dass sich das Untier entfernte, um dann heimlich doch ins Krankenzimmer zu schlüpfen, aber der Drache bewegte sich nicht von der Stelle und schärfte offenbar auch noch seine Krallen.

»Ach, da fällt mir ein, ich hab ja noch einen Patienten hier im Haus«, sagte ich. »Da nutze ich doch mal die Zeit und springe dort vorbei.«

Als Antwort erhielt ich nur Fauchen und Knurren. Vielleicht war ja bei meiner Rückkehr das Feld frei.

Das Zimmer von Jessica war gar nicht weit weg. Ich klopfte vorsichtig an und hörte ein leises »Herein«. Ich öffnete die Tür und trat ein. Die Kleine war nicht da, nur die Mutter. Sie lag alleine im Zimmer und sah noch ziemlich blass um die Nase aus.

»Hallo«, stöhnte sie.

Ich ging zu ihr ans Bett. Sie lächelte mich an.

»Endlich lerne ich Sie kennen. Sie haben Clara das Leben gerettet und sich auch gestern um sie gekümmert …« Kurze Pause, dann ganz leise: »… und um mich. Danke. Ich weiß nicht, wie ich das wieder gutmachen kann.«

Tränen flossen. Nachdem ich den See aufgewischt hatte, konnten wir reden.

»Ich weiß, wie Sie das wiedergutmachen können. Indem

Sie das Dreckszeug für immer weglassen. Das bringt Sie nur in Schwierigkeiten. Oder letztlich auf den Friedhof. Das wollen Sie doch nicht. Die Kleine braucht Sie. Sie hängt an Ihnen. Lassen Sie sie nicht im Stich. Denken Sie auch an ihre Zukunft. Apropos Kleine, wo ist sie überhaupt jetzt?«

»Sie ist bei meiner Tante.«

Kurzes Stirnrunzeln meinerseits.

»So wie Clara mir das gesagt hat, ist sie dort nicht gerne.«

»Ich weiß. Meine Tante ist sehr streng. Aber wo soll sie denn hin, einer muss sich doch um Clara kümmern. Sie muss in die Schule.«

Ich zuckte mit den Schultern. Vielleicht war Strenge in dem Fall ja gut, damit sie in der Bahn blieb.

»Nehmen Sie sich ein Beispiel an Ihrer Tochter. Wie sie das alles wegsteckt, ist phänomenal. Aber eins ist klar: Wenn Sie so weitermachen, dann sind Sie die Kleine los. Das Jugendamt nimmt sie Ihnen weg und steckt sie in eine Pflegefamilie. Wollen Sie das?«

»Nein, natürlich nicht.«

Jessica blickte nach unten auf die Bettdecke. Ich ließ nicht locker.

»Sie haben doch die Entgiftung durchgehalten. Waren clean. Ich verstehe es nicht, warum ausgerechnet jetzt der Absturz?«, fragte ich sie.

Jessica schwieg eine Weile. Es fiel ihr offenbar schwer, darüber zu reden. Ich wollte die Pause nicht zu lange werden lassen.

»Übrigens, Clara hat mich als Privatdetektiv engagiert«, sagte ich plötzlich. »Also reden Sie mit mir. Ich brauche ein paar Hintergrundinformationen. Wo hatten Sie den Stoff her? Wer war Ihr Lieferant?«

Ich versuchte, Druck aufzubauen.

»Aber Clara ist doch zu jung, um Sie …«

»Ach, vergessen Sie's. Wenn Sie mich nicht als Privatdetektiv akzeptieren, dann sehen Sie mich einfach als Ihren Beichtvater an, dem Sie alles erzählen wollen.«

Ich weiß nicht, meine Verhörmethoden waren auch nicht mehr die besten. Ich verlor zu schnell die Geduld. Oder ich kam mit Frauen nicht zurecht. Nein, das war es wohl nicht.

»Ich kann nicht darüber reden. Verstehen Sie doch.« Jetzt war Jessica laut geworden. Sie sah mich an und merkte, dass sie falsch reagiert hatte. Wesentlich leiser fuhr sie fort. »Ich möchte nicht darüber reden. Aber helfen Sie Clara, solange ich hier drin bin. Ich weiß, sie mag Sie.«

»Aber wie?«

»Sie sind doch der Privatdetektiv.« Ein Lächeln huschte über ihr Gesicht. »Clara hat mir viel von Ihnen erzählt. Schauen Sie nach ihr, dass ihr nichts passiert. Ich komme wahrscheinlich nicht so schnell wieder hier heraus.« Wieder eine kurze Pause, dann: »Ich kann Sie aber nicht bezahlen.«

»Kein Problem. Sozialtarif. Ich kann ihr aber nur helfen, wenn Sie mir etwas über sich erzählen.«

»Ich kann Ihnen nicht sagen, woher ich den Stoff habe.«

»Angst?«

Sie nickte.

»Dann erzählen Sie mir von früher.«

Jessica schien froh zu sein, einen Menschen vor sich zu haben, bei dem sie ihren ganzen Lebensballast abladen konnte. Sie sei durch ihren Ex-Freund in die Drogenszene geraten, erzählte sie. Sie sei damals sehr verliebt gewesen. Doch er habe sie nur ausgenutzt. In der Beziehung sei es hin und her gegangen. Trennung, zusammen, wieder Trennung. Sie habe zwischendurch auch andere Beziehungen gehabt und schließlich sei sie schwanger geworden.

Ich war ein geduldiger Zuhörer und hatte den Eindruck,

dass sie mir alles, auch das, was jetzt passiert war, im Detail erzählen wollte, doch ich hatte Pech. Plötzlich ging die Zimmertür auf und die Tagschwester kam herein. Es war leider nicht die hübsche Blonde von gestern. Es war eher eine Art Feldwebel.

»Was machen wir denn hier?«

»Krankenbesuch.«

»Aber nicht um diese Zeit. Wir haben jetzt gleich Visite. Der Chefarzt persönlich schaut vorbei. Da müssen Sie weg sein. Kommen Sie am Nachmittag wieder.«

»Zu Befehl«, antwortete ich.

Die Aufforderung duldete keinen Widerspruch. Ich verließ das Schlachtfeld. Ja, wenn der Chefarzt kommt, da müssen die Untertanen das Feld räumen. Doch ich wollte noch eine Antwort auf die wichtigste Frage, die ich hatte.

»Noch eine Frage, Jessica. Warum jetzt der Absturz? Sie hatten es doch geschafft«, fragte ich sie, bevor ich mich aus dem Staub machte.

Sie blickte wieder nach unten und antwortete ganz leise.

»Ich weiß. Es hätte nicht passieren dürfen. Mein Ex ist plötzlich aufgetaucht. Wie aus dem Nichts. Er wollte wissen, wie es mir geht und was ich so mache. Keine Ahnung, wie er an meine Adresse gekommen ist. Ich erzählte ihm von Clara. Er wollte wissen, ob das Kind von ihm sei. Ich konnte es ihm nicht sagen. Ich wollte es ihm nicht sagen, ich hab mit dem allem, auch mit ihm, abgeschlossen. Wir verabredeten uns für den nächsten Tag, aber er kam nicht. Ich hab ihn danach nicht wieder gesehen. Und dann geschah der Brand, ich war völlig durcheinander, glaubte, ich bekomme mein Leben nie auf die Reihe.« Nach einer Pause ganz leise: »Und dann fühlte ich mich plötzlich so wie früher.«

Oh, Mann, diesen Burschen würde ich mir gerne mal vorknöpfen.

»Und wo hatten Sie das Zeug her. Sie waren doch nicht mehr in der Szene.«

»Er hat mir bei unserem Treffen was gegeben. Nicht viel. Aber, wenn man einmal wieder damit anfängt, dann…« Sie konnte den Satz nicht vollenden, weil es ihr sichtlich schwerfiel, darüber zu reden. Dann fuhr sie doch fort: »Er hat mir gesagt, wo ich noch mehr davon bekommen kann. Günstig. Weil er Beziehungen habe. Hat damit angegeben. Ich solle sagen, ich käme von ihm, dann müsste ich für die ersten paar Gramm nichts bezahlen. Als ich nach dem Brand dann völlig von der Rolle war, hab ich mir das Zeug besorgt. Ich weiß, es war ein großer Fehler. Vor allem, weil der Stoff nicht okay war. Ich vermute, der Typ hatte noch etwas anderes daruntergemischt.«

»Wer hat Ihnen das Zeug gegeben?«

»Ich kenne ihn nicht. Er war mir auch nicht sympathisch. Ein ziemlich stämmiger Kerl…«

Weiter kam sie nicht, denn der Feldwebel unterbrach uns.

»Jetzt aber raus!«

»Schon gut, ich verschwinde ja«, bellte ich zurück. »Wie soll man da wieder gesund werden.«

Ich verließ das Zimmer. Gerade rechtzeitig. Der Halbgott in Weiß mit seiner Entourage rauschte, nein schwebte heran. Oh, wie sie ihn bewunderten, den großen Meister. Das war nur schwer zu ertragen. Ich machte mich vom Acker.

Als ich zurück zu Elli kam, wachte der Drache immer noch über seinen Bau. Vielleicht sollte ich den Drachen mal mit dem Feldwebel bekannt machen. Das wäre sicher ein nettes Pärchen. Sekunden später ging die Tür auf und Frau Professor kam heraus. Sie kam gleich auf mich zu.

»Wie geht's ihr?«, fragte ich.

»Noch nicht so gut. Aber es war schön, mit ihr zu reden. Ich gehe morgen wieder hin, egal was mein Mann sagt.«

»Ja, das wird Elli freuen. Die Polizei hat mir gesagt, dass sie sich nicht erinnern kann, was in meinem Office geschehen ist. Hat sie Ihnen etwas gesagt?«

»Nein, es ist alles weg. Sie weiß nur, dass Sie zu Ihnen wollte, aber warum, das fällt ihr nicht ein. Aber sie ist auch noch sehr schwach. Sie war so leise, ich hab sie kaum verstanden. Nach einer halben Stunde ist sie eingeschlafen. Deshalb gehe ich jetzt auch und lasse sie in Ruhe. Aber das wird sicher mit jedem Tag besser.«

»Sicher.«

»Ist Ihnen wegen Jessica Martin noch was eingefallen?«, fragte ich, während wir dem Ausgang zustrebten.

»Stimmt, das hätte ich ja Elli fragen können. Ich weiß, ich kenne den Namen. Ich kann ihn nur von Elli haben. Es könnte sein, dass sie die Frau vom Entzug her kennt. Aber ich bin mir nicht sicher.«

Dann sah mir Frau Professor direkt in die Augen und griff nach meiner Hand.

»Bitte finden Sie den Typen, der ihr das angetan hat. Er soll dafür büßen.«

»Mach ich. Kein Problem.«

Wir gingen zusammen aus der Klinik. Ich atmete auf. Endlich in Freiheit.

Es erschien mir wichtig, herauszufinden, ob sich Elli und Jessica kannten. Deshalb entschloss ich mich, zu der Entzugsklinik zu fahren, in der Jessica gewesen war. Vielleicht brachte mich das weiter. Allerdings wusste ich nicht, wie ich das vor Ort anstellen sollte. Aber ich verließ mich auf meine Kreativität, die sich sicher einstellen würde, wenn ich dort war.

Ich fuhr durch die Nachbarstadt, kletterte mit meiner Karre eine steile Steige hinauf bis auf das Hochplateau. Es war eine karge, aber schöne Landschaft. Steinige Äcker, Wachholderweiden und kleine Wälder. Es war alles sehr grün hier oben. Aber an den Dörfern sah man, dass die Menschen in früheren Zeiten hatten hart arbeiten müssen, um zu überleben. Die Dörfer strahlten keine Fröhlichkeit aus. Sie waren einfach, duckten sich in die Mulden, um dem Wind zu entgehen, und wirkten spröde und abweisend.

Schließlich erreichte ich den Ort, zu dem ich wollte. Eine Straße mit Serpentinen führte ins Tal hinunter. Schon von Weitem sah ich die große Kirche, die das Dorf komplett dominierte. Wahrscheinlich sollte das riesige Gebäude die Menschen hier jeden Tag an ihre Sünden erinnern, die sie begangen hatten. Tagsüber und auch nachts.

Wär nichts für mich, sagte ich mir. Ich käme vor lauter Erinnern zu gar nichts anderem mehr.

Ich stellte mein Auto im Ortszentrum ab und schlüpfte in die Rolle des Touristen, um nicht aufzufallen. Es gab einige von dieser Sorte hier, die es vor allem ins Münster und in die bekannte Dorfbrauerei, eine Straße weiter, zog.

Ich sah mir das Münster an. Es strotzte nur so vor barocker Üppigkeit. Überall Fresken, in Gold gefasst. Und Engel, wohin man nur sah. Die Bilder und Figuren sollten den Wallfahrern Ehrfurcht vor der höheren Macht einflößen. Mir drängte sich aber viel mehr der Gedanke auf, was das hier wohl alles gekostet und wer das Geld dafür aufgebracht hatte.

Ich hielt es nicht lange in der Kirche aus. Ich musste nach draußen, nicht nur des Weihrauchs wegen, der einem den Atem nahm. Draußen schlenderte ich ein paar Schritte weiter und sah mir das Nachbargebäude, die psychiatrische Klinik, an. Doch viel mehr als die Dächer und die hohe Mauer, die das Areal umgab, konnte ich nicht erkennen. Ich versuchte mein Glück an der Pforte, aber man ließ mich nicht ins Innere. Mein Charme half mir auch nicht weiter. Niemand hatte Zeit für mich und niemand wollte mit mir reden, wahrscheinlich war ich zu normal.

Ich musste auf eine andere Art da reinkommen. Bei Tageslicht war das allerdings nicht möglich. Also wartete ich, bis es dunkel war. Ich vertrieb mir die Zeit in der Brauereigaststätte. Als ich die Kneipe verließ, entdeckte ich im hinteren Bereich neben einem großen Tor hohe Stapel mit leeren Bierkästen. Vielleicht konnten sie mir in einer Art Baukastensystem über die Mauer helfen. Ich konnte es jedenfalls versuchen, wenn ich sonst nichts Passendes, wie eine Leiter zum Beispiel, fand.

Als es spät war und die Bürgersteige im Ort hochgeklappt waren, ging ich auf Erkundungstour. Ich schlich mich im Dunkeln an der Mauer der Anlage entlang, um mir eine geeignete Stelle zu suchen, an der ich sie überwinden konnte. Doch meine Suche war schneller und auf andere Weise beendet, als ich gedacht hatte. Es war kein Problem mehr, ins Innere der Klinik zu gelangen, denn als ich an einer Tür in der Außenmauer vorbeikam, wurde diese plötzlich aufgerissen und zwei Männer stürmten heraus. An ihrer Kleidung und ihrer Eile konnte man sofort erkennen, dass sie nicht zum Personal gehörten. Es konnte sich nur um Insassen handeln, die mit ihrem Aufenthalt in der Klinik wohl nicht mehr einverstanden waren und die sich nun ihren Weg in die Freiheit selbst suchten. Sie konzentrierten sich dabei so auf ihre Flucht, dass sie mich gar nicht wahrnahmen.

»Danke, sehr liebenswürdig«, murmelte ich den beiden hinterher und war gerade dabei, durch die offen gelassene Tür zu treten, als ich in einen dritten Flüchtling rannte.

»Scheiße, Mann«, brüllte der mir entgegen, als er sich wieder aufgerappelt hatte.

Er war einfach an mir abgeprallt und zu Boden gegangen.

Ich hatte mich als der Standhaftere von uns beiden erwiesen. Kein Wunder, denn der Typ vor mir war nur eine halbe Portion.

»Sorry, aber du solltest dir Schwächere zum Anrempeln aussuchen«, sagte ich zu ihm.

Der Typ sah mich verwundert an, nahm eine aberwitzige Kampfeshaltung ein und musterte mich danach von Kopf bis Fuß.

»Wer bist du? Ein Bulle?«

»Nein. Kannst ganz locker bleiben, du Spargel.«

Er entspannte sich sofort.

»Gut.«

»Wie man's nimmt.«

»Was willst du hier? Mitten in der Nacht.«

»Ich will da rein.«

Ich deutete in Richtung Klinik.

»Da rein?«

Ich nickte. Er schüttelte den Kopf.

»Du bist verrückt.«

»Ja, könnte man wahrscheinlich so sagen.«

»Gut, wenn das so ist, dann tauschen wir doch einfach die Plätze. Ich geh da raus und du da rein. Okay?«, schlug der Typ vor.

Ja, manchmal kann Logik so einfach sein.

»Einverstanden«, sagte ich und schob den verdutzt dreinblickenden Menschen einfach beiseite. »Vielleicht kannst du mir freundlicherweise noch zeigen, wo die Drogenabteilung ist. Da will ich nämlich hin.«

»Was willst du dort? Du siehst mir nicht wie ein Junkie aus. Ach, egal. Folge einfach den offenen Türen«, sagte er zu mir.

Dann machte er sich aus dem Staub, was ich verstehen konnte. Ort und Zeit waren nicht gerade dafür geeignet, einen längeren Plausch abzuhalten und Erfahrungen auszutauschen.

Ich ging durch die Tür ins Innere der Psycho-Anlage. Der Typ hatte mir den richtigen Tipp gegeben. Ein paar offene Türen weiter und ich war an der richtigen Stelle, was ich auch den Schildern, die an den Wänden und Eingängen angebracht waren, entnehmen konnte.

Gut. Wohin jetzt, flüsterte ich vor mich hin.

Gestört wurde meine Detailsuche durch ein Klopfen und seltsame Geräusche hinter einer der Türen in meiner Nähe. Ich konnte mir denken, was das bedeutete. Das Trio hatte die Nachtschicht überwältigt und hier eingesperrt. Allerdings konnte ich mich jetzt nicht um die Pfleger kümmern, sie mussten noch einen Augenblick auf ihre Freiheit warten, bis ich das gefunden hatte, wonach ich suchte. Im nächsten Zimmer fand ich es. Eine Wand voller großer Aktenschränke. Hier war die Digitalisierung offenbar noch nicht sehr weit vorangeschritten. Oder sie hatten hier einen Hang zur Romantik. Ja, die guten alten Zeiten. Alles war schön katalogisiert. Alphabetisch und chronologisch. Wie für mich gemacht. So hatte ich recht schnell das, was ich suchte. Und Zeit war im Augenblick wichtig, denn ich wollte nicht, dass mich die Leute hier so lieb gewannen, dass sie mich gar nicht erst mehr gehen lassen wollten.

Ordnung ist das halbe Leben. Ich war schnell bei M angelangt und hielt nun die Krankenakte von Jessica Martin in Händen. Ich kämmte die ganzen Notizen durch, die die Gespräche der Ärzte mit Jessica dokumentierten. Ihre ganze Lebensgeschichte breitete sich vor mir aus. Und die hatte es in sich: Missbrauch durch den Onkel. Eltern geschieden. Bei der Tante aufgewachsen. Einen Schulabschluss hatte Jessica wenigstens, das war ja schon etwas.

Ich las weiter.

Da stand alles, was mir Jessica schon in ihrem Krankenzimmer angedeutet hatte. Drogensucht, Beziehungsprobleme, Schwangerschaft. Und auch über ihren Typen war einiges notiert. Allerdings war die Handschrift des Mediziners nicht sehr leserlich. Ich konnte nicht alles entziffern. Aber was ich lesen konnte, war nicht gerade schmeichelhaft für den Typen. Um nicht zu sagen, er war ein Riesenarschloch. Aber so was sagt man nicht. Ja, und da stand dann auch der Namen des Typen, und den kannte ich nur zu gut, nicht den Vor- aber den Nachnamen. Jetzt erschloss sich so einiges für mich. Und die Geschichte wurde immer runder. Und von ihm war es dann auch nicht mehr weit zu der Frau, mit der sich Jessica in der Klinik angefreundet hatte. Eine weitere Insassin. Diese Frau tat ihr offenbar gut, so stand es jedenfalls hier, und die Freundschaft half ihr dabei, sich zu stabilisieren. Geteiltes Leid ist halbes Leid. Und den Namen der Frau kannte ich nur zu gut: Es war Elli.

Ich gleichen Augenblick wurde ich bei meinem Aktenstudium durch eine laute Sirene unterbrochen. Die Nachtschicht hatte sich offenbar ohne meine tatkräftige Hilfe befreien können und Alarm geschlagen. Die Zeit zum Aufbruch war gekommen. Ich musste hier raus. Und zwar sofort!

Ich schloss den Aktenschrank, vor dem ich stand, und rannte zur Tür. Und schon wieder war eine Öffnung, durch die ich hindurch wollte, nicht frei.

»Wer sind denn …«, sagte der Mann vor mir, ganz in Weiß, aber ohne Blumenstrauß.

Weiter kam er mit seiner Frage nicht, weil meine Faust ihn ausgeknockt hatte.

»Sorry. Aber ich kann mich jetzt nicht mit Ihnen unterhalten. Ich bin in Eile.«

Ich nahm den Weg, den ich gekommen war, und erblickte in wenigen Sekunden die wichtigste Tür, nämlich die in der

Mauer und die nach draußen führte. Doch die endgültige Freiheit war mir noch nicht sicher. Hinter mir hörte ich eilige Schritte. Jemand verfolgte mich. Ich erreichte dank meines fast täglichen Ausdauertrainings rechtzeitig die Tür, die ich, nachdem ich sie passiert hatte, mit einem festen Ruck hinter mir schloss. Am lauten Knall, der dann folgte, vernahm ich, dass mein Verfolger seinen Bremsvorgang nicht mehr rechtzeitig hatte einleiten können, und gegen die Tür geknallt war. Das erfreuliche Ergebnis: Die Tür hatte standgehalten und blieb verschlossen. Es war plötzlich ganz still geworden. Die Schritte waren verstummt.

»Gutes Material. Qualitätsarbeit«, dankte ich der Tür und ihrem Erbauer und lief zu meinem Wagen.

Auf der Fahrt nach Hause kamen mir einige Polizeiwagen mit Blaulicht entgegen. Es war klar, wohin sie wollten. Ich war gespannt, wie lange das Trio auf freiem Fuß unterwegs war. Nicht lange, schätzte ich. Meistens werden die Jungs nach ein paar Tagen wieder eingefangen.

Ich näherte mich gerade der kleinen Großstadt in meiner Nachbarschaft, als mein Handy summte. Dieses Mal hatte ich mein Smartphone schon vorher mit der Freisprecheinrichtung verbunden, weshalb ich beide Hände am Steuer lassen konnte. Es war Babou und er hatte interessante Neuigkeiten für mich.

»He, Mann, da ist ein großes Ding am Laufen«, kam er ohne Umschweife zur Sache. »Ich hab mich in der Szene umgehört, meine Quellen sind ziemlich nervös, sag ich dir. Da ist was unterwegs, was den Markt aufmischen soll. Die Gerüchte sagen, danach wird alles neu aufgeteilt, und meine

Quellen fürchten, dass sie dann nicht mehr dabei sind. Da will sich jemand ein Monopol anlegen und die Preise bestimmen.«

»Ich nehme mal an, Babou, du redest von Drogen.«

»Ja, genau, Schlaumeier.«

»Um welchen Stoff geht es denn?«

»Koks.«

»Große Mengen?«

»Richtig große Mengen, sag ich dir.«

»Wie viel?«

»Ein-, zweihundert Kilo.«

Ich pfiff durch die Zähne.

»Nicht schlecht, Herr Specht. Das ist wirklich eine große Menge.«

»Aber das ist noch nicht alles. Es heißt, es soll danach erst richtig losgehen. Die Szene ist sehr beunruhigt.«

»Du meinst, die zweihundert Kilo sind so eine Art Testgeschäft? Eine so große Menge?«

»Ja.«

»Woher wissen deine Leute das alles?«

Ich erhielt keine Antwort.

»Okay, Babou, keine Antwort ist auch eine Antwort. Ich nehme mal an, dass du mir auch deine Quellen nicht verraten wirst?«

»Scherzkeks.«

»Okay. Und wer soll das Zeug bekommen?«

»Weiß ich nicht. Aber ich kann's mir denken. So viele professionelle Abnehmer gibt es hier in der Gegend nicht, die eine solch große Menge stemmen könnten.«

Es war mir klar, wen er meinte.

»Du meinst, meine Freunde von der Moped-Gang, die mein Office zu Kleinholz verarbeitet und die meine Wand mit einer Botschaft verschönert haben?«

»Was für eine Botschaft?«

Ich erzählte Babou von der fehlerhaften Aufforderung.

»Ja, mein lieber Hurensohn, nimm dich ja in acht«, sagte er nur und lachte.

»Aus welchem Land stammt das Zeug?«

»Weiß nicht genau. Ich vermute mal aus Südamerika. Die sind dort gerade sehr aktiv, um den europäischen Markt aufzumischen. Das Zeug kommt mit dem Schiff oder dem Flugzeug übers Meer. Versteckt in Containern. Soviel ich weiß, von Ecuador nach Holland. Der Umschlagplatz ist, nehme ich mal an, wie meist der Hafen von Rotterdam.«

»Du kennst dich aber gut aus, Babou.«

»Ich bin gebildet. Lese Zeitung.«

»Du kannst lesen?«

»Du bist unheimlich witzig.«

»Scherz beiseite. Danke für den Tipp, Babou. Das klingt interessant. Vielleicht sollte ich mal ein bisschen im Wespennest herumstochern. Ich mag das, wenn die Viecher unruhig werden.«

»Das könnte eine Nummer zu groß für dich werden, mein Junge. Du solltest dir fürs Stochern lieber noch Verstärkung mitnehmen.«

»Ich bin mir sicher, du denkst an eine bestimmte Verstärkung.«

»Ja, durchaus, mein Lieber. Du bist mir halt ans Herz gewachsen. Ich will nicht, dass dir was passiert. Weiß nicht, wie ich dich noch brauchen kann.«

Ein weiteres Lachen folgte.

»Danke, mein Freund, ich bin geschüttelt und gerührt. Na, dann wird sich der Hurensohn mal aufmachen und seine Moped-Freunde etwas unter die Lupe nehmen.«

Ich legte auf. Nicht nur die Moped-Freunde wollte ich mir genauer ansehen. Es gab da noch jemanden, der mein Interesse geweckt hatte. Mein Gott, klar, jetzt fiel mir ein, wo ich Jessicas Ex gesehen hatte. An einem Ort, wo er eigentlich nicht hingehörte.

Ich schaute erst bei meinem Office vorbei. Dort herrschte noch dasselbe Chaos wie zuvor. In der Zwischenzeit war leider niemand da gewesen und hatte aufgeräumt und die Möbelreste entsorgt. Als ich wieder auf der Straße stand, schaute ich mich nach allen Seiten um. Die Erinnerung an den Tag zuvor lastete noch auf mir. Aber die Kleine war glücklicherweise nirgendwo zu sehen. Ich machte mich auf nach Hause.

»Ja, da, schau«, sagte ich, als ich meinen Briefkasten öffnete.

Diesmal fand ich, wie sonst üblich, keine Rechnungen und Mahnungen vor, sondern einen zusammengefalteten Zettel. Ich öffnete ihn und las eine Nachricht von … Moment, wie hieß sie doch gleich, klar, am Ende der Zeilen stand es ja … Leah.

Ich war da, du aber nicht, las ich da und eine Telefonnummer war darunter, mit dem Hinweis: *Ruf mich an. Sofort.* Und dann noch: *In Liebe und in Erinnerung an eine schöne Nacht – Herzchen, Herzchen, Herzchen – deine Leah.*

Verdammt, wieso erinnerte ich mich an diese Nacht nicht? Sie muss doch schön gewesen sein, behauptet jedenfalls Lena, sorry, Leah, die Hotelmaus. Wieso war mir dieses hübsche Gesicht fremd? Vielleicht hatte ich ihr damals auch nicht so oft ins Gesicht geschaut, konnte durchaus sein, es gab ja noch andere Vorzüge bei ihr zu entdecken außer den Augen. Sie erinnerte sich jedenfalls an mich und das genügte mir, vorerst.

Und »ruf mich an, sofort« war für mich eine Aufforderung, die ich nicht ausschlagen konnte. Es war zwei Uhr in der Früh, also hatte die Nacht erst begonnen, sozusagen. Ich hatte mit einer Schlafzimmerstimme gerechnet, aber sie war hellwach. Um diese Zeit? Offenbar ein Nachtfalter wie ich.

»Ich war bei dir, aber du warst nicht da.«

»Stimmt. War dienstlich unterwegs«, was ja irgendwie stimmte. »Ich habe deinen Zettel in meinem Briefkasten vorgefunden.«

»Ja, schade, dass du nicht zu Hause warst. Ich hatte mich extra für dich schick gemacht. Mein kleines Schwarzes, sehr kleines Schwarzes«, flötete sie.

Oh, Shit. Da hatte ich offenbar etwas verpasst. Aber was ja nicht ist, kann ja noch werden.

»Wo bist? Was machst du? Was machen wir – mit dem angebrochenen Abend?«

»Wir? Jetzt noch? Nein, das geht leider nicht … ich hab Dienst.«

»Dienst? Jetzt? Im Hotel?«

»Ähm, sorry, hab dich nicht verstanden. Schlechte Verbindung.«

»Du hast jetzt Dienst im Hotel? Aber du wolltest doch mit mir …?«

Es folgte eine kurze Pause.

»Oh, sorry, hab jetzt keine Zeit mehr. Ich ruf dich an, morgen oder so.«

In der nächsten Sekunde hatte sie das Gespräch beendet.

Ja, kein Erfolg. Aber es war wahrscheinlich sowieso besser für mich, wenn ich mich jetzt in die Federn verzog. Konnte ein harter Tag werden. Morgen. Und wie erwartet wurde er es.

Er begann sehr früh für mich, der Tag. Nach dem Aufstehen um zehn joggte ich ein paar Runden. Dann Sandsack, dann Dusche. Dann los.

Ich hatte mich mit Frau Professor verabredet, in der Nachbarstadt, die immer ein Verkehrsproblem mit einer Prise Feinstaub hat. Also kam ich etwas verspätet.

»Wo bleiben Sie denn? Ich habe nicht viel Zeit heute. Ich möchte nachher noch zu Elli. Vielleicht braucht sie etwas, das ich besorgen muss. Mein Mann darf nichts davon erfahren. Ich erwarte ihn am Nachmittag von seiner Reise zurück.«

Aus ihrer Stimme sprach wesentlich mehr Selbstbewusstsein als am ersten Tag, an dem ich sie getroffen hatte. Auch von der Bedienung, die uns später die Getränke brachte, ließ sie sich nicht aus dem Konzept bringen. Das gefiel mir. Würde es ihr Selbstbewusstsein noch steigern, wenn ich ihr von den Eskapaden ihres Mannes mit Pippa erzählte? Würde sie Silberlocke danach gar in die Wüste schicken? Ich war mir nicht sicher, möglicherweise würde es ihr gerade gewonnenes Selbstvertrauen wieder zerstören. Deshalb beschloss ich, die Seitensprung-Geschichte vorerst für mich zu behalten. Etwas anderes war auch wichtiger für mich.

»Gibt es was Neues über Elli?«, schob sie gleich die nächste Frage hinterher. »Oder warum wollen Sie mich sprechen?«

Wo sollte ich anfangen?

»Ich stecke irgendwie in einer Sackgasse«, fantasierte ich. »Ich möchte in dem Fall weiterkommen, aber dafür brauche ich noch mehr Details. Elli kann sie mir nicht geben, sie erinnert sich an nichts. Zumindest noch nicht. Ich brauche neue Ansatzpunkte. Vielleicht finde ich sie in Ihrer Familiengeschichte.«

»Meine Familiengeschichte? Was wollen Sie denn wissen? Ich weiß nicht, ob ich mit Ihnen gerne darüber reden möchte.«

Ich reagierte nicht auf ihre Bemerkung, sondern fuhr unbeeindruckt fort.

»Erzählen Sie mir doch etwas über sich, Ihren Mann und Ihre Kinder. Vielleicht bringt mich das weiter. Außerdem, um ehrlich zu sein, weiß ich gerne mehr über meine Auftraggeber. Manchmal sind es die kleinen Dinge, in denen der Schlüssel zum Erfolg liegt.«

Hatte ich den richtigen Ton getroffen? Noch nicht.

»Wie meinen Sie das?«

Ich zuckte kurz mit den Achseln. Ihre Skepsis blieb. Ich versuchte es mit dem Nachwuchs.

»Sie haben zwei Kinder, oder? Außer Elli auch noch einen Sohn? Ich habe ihn beim ersten Besuch kurz gesehen.«

Frau Professor starrte mich weiter mit einem zweifelnden Gesicht an. Sie wusste nicht, was meine Fragen sollten. Aber ich hatte Glück. Wir hatten inzwischen eine Art Vertrauensverhältnis aufgebaut. Dies lag sicher auch an dem Geheimbund, den wir mit Blick auf ihren Ehemann geschlossen hatten. Langsam wich die skeptische Miene aus ihrem Gesicht.

»Ja, Ben ist mein Sohn. Aber ich muss genauer sein. Er ist mein Stiefsohn.«

»Das haben Sie bei unserem ersten Gespräch nicht erwähnt.«

Dabei fiel mir auf, dass wir bisher kaum über den Sohn geredet hatten. Elli hatte immer im Mittelpunkt gestanden.

»Hab ich das nicht?«, antwortete sie. »Macht aber keinen Unterschied. Ben war immer wie ein leiblicher Sohn für mich. Ich habe in dieser Frage nie Unterschiede gemacht.«

»Ihr Mann hat also Ben mit in Ihre Ehe gebracht. Er war schon einmal verheiratet?«

»Ja, Ben stammt aus seiner ersten Ehe.«

Sie schwieg einen Augenblick und überlegte, ob sie fortfahren sollte.

»Er ist wesentlich älter als Elli?«, fragte ich.

»Ja, einige Jahre. Sie waren sich deshalb auch nie so nahegestanden. Er hatte meist einen anderen Freundeskreis als sie. Obwohl …«

Frau Professor legte eine Pause ein. Sie überlegte offensichtlich, wie sie fortfahren sollte. Sie wirkte etwas nervös, drehte an einer Haarlocke.

»Ich weiß nicht, ob ich Ihnen überhaupt davon erzählen soll«, begann sie.

Ich sah sie auffordernd an.

»Keine Angst. Es bleibt alles unter uns«, versuchte ich sie zu beruhigen.

»Das hoffe ich doch.«

Sie lehnte sich etwas zurück und atmete tief durch.

»Ich erzähle Ihnen zuerst einmal etwas über unsere Ehe. Wissen Sie, ich studierte damals an der Uni, als ich Harry kennenlernte. Er war etwas Besonderes. Er hatte eine unglaubliche Ausstrahlung, wirkte sehr anziehend mit seinen grauen Haaren, die er schon sehr früh hatte. Alle Studentinnen haben ihn damals angehimmelt. Ich natürlich auch. Seine Seminare waren immer voller Frauen. Ich habe erst seine Vorlesungen, dann seine Seminare besucht. Jedes, das er anbot. Und irgendwann hatte ich es geschafft, zu ihm durchzudringen. Ich, die kleine Studentin, und der große Professor.«

Sie lächelte bei dem Gedanken. Ihre Mundwinkel gingen aber sofort wieder nach unten.

»Ja, was soll ich sagen …«

Sie legte eine kurze Pause ein.

»Harry war damals verheiratet. Aber das war mir egal, ich war verliebt, machte mir keine großen Gedanken darüber. Wir hatten ein Verhältnis miteinander. Ob er mich auch geliebt hat, weiß ich nicht. Ich denke, er war geschmeichelt, dass so eine junge Frau wie ich ihm nachlief und alles für ihn machte. Schließlich ist unser Verhältnis aufgeflogen. Wissen

Sie, in der Uni gibt es viele Neider, die gerne tratschen. Es folgten einige Dramen, und dann hat sich Harry tatsächlich von seiner Frau getrennt. Vielleicht hat sie ihn auch rausgeworfen. Ich könnte es heute verstehen.« Kleine Pause. »Sie ist nicht schlecht gefahren mit der Scheidung. Sie hat, wie mir Harry einmal erzählte, eine gute Abfindung erhalten.«

Ich war mir nicht mehr so sicher, ob ich das alles wissen wollte. Aber vielleicht brachte mich die Lebensgeschichte der Professorengattin doch noch weiter. Ich wartete ab und ermunterte sie fortzufahren.

»Harry kommt aus gutem, sehr wohlhabendem Hause. Geld war für ihn nie ein Problem. Nach unserer Heirat haben wir unser Haus gebaut.«

Haus? Reichlich untertrieben für diesen Kasten mit Pool, sagte ich mir. Domizil, Villa, Burganlage traf es schon eher.

»Dann kam Elli zur Welt«, fuhr Frau Professor fort. »Ja, man kann sagen, wir waren damals wirklich sehr glücklich.«

Sie nahm einen Schluck Cappuccino.

»Was war mit Ben?«, fragte ich.

»Er blieb nach der Scheidung zuerst bei seiner Mutter. Doch eines Tages stand er vor unserer Tür. Harry hat mir nie erzählt, warum. Wahrscheinlich hat ihn seine Mutter zu kurzgehalten oder ebenfalls rausgeworfen. Für meinen Mann war klar: Ben bleibt bei uns. Ich hatte auch nichts dagegen. Außerdem war Harry wohl auch etwas stolz. Er hatte wieder seinen Stammhalter bei sich. Er hat Ben ziemlich verwöhnt. In erster Linie finanziell. Emotional hing mein Mann mehr an Elli, das kleine süße Mädchen, das ihn um den Finger wickeln konnte. Mein Mann hat aber auch Ben viel durchgehen lassen. Sein Verhältnis zu ihm wurde enger, als die Streitereien mit Elli losgingen.«

»Gab es auch Probleme mit Ben? Ausschweifende Partys? Drogen? Was auch immer?«

Frau Professor sah mich an.

»Nein, nicht dass ich wüsste. Über die Zeit, bevor er zu uns kam, weiß ich aber nichts. Ich hatte auch nie so ein enges Verhältnis zu ihm wie zu Elli. Ich war sicher nie diejenige, mit der er über seine Probleme geredet hat. Aber wir kamen auf einer anderen Ebene ganz gut miteinander klar.«

»Und wie war es mit Ben und Elli?«

»Zuerst war sie für ihn auch das süße, kleine Mädchen. Später, als sie größer und renitenter wurde, haben sie sich öfters gestritten.«

»Warum lebt Ben eigentlich noch bei Ihnen zu Hause? Er könnte doch längst auf eigenen Füßen stehen.«

»Warum sollte er weggehen? Bei uns geht es ihm doch bestens. Hier hat er alles, was er braucht.«

»Hat er keinen Job?«

»Nein. Derzeit nicht. Er studiert wieder. Früher hat Ben eine Zeit lang mal in der Firma eines Freundes gearbeitet. Hogman. Weiß nicht, ob Sie die Firma kennen. Ben hatte früher mal Betriebswirtschaft studiert, da passte der Job ganz gut. Jetzt studiert er Sprachen. Englisch und Spanisch. Keine Ahnung, warum er das jetzt auch noch machen muss. Aber Harry finanziert ihn ja. Da braucht sich Ben keine Gedanken zu machen, wo das Geld dafür herkommt.«

»Hat er Freunde?«

»Nicht viele. Früher hatte er mehr. Mit einem ist er fast immer zusammen. Der ist auch oft bei uns zu Hause.«

»Hat Ben eine Freundin?«

»Ich glaube nicht, nicht in letzter Zeit. Ich habe jedenfalls nichts davon mitbekommen. Aber mit mir spricht er auch nicht über so etwas. Nur manchmal mit meinem Mann. Glaube ich jedenfalls. Wenn es da irgendwann einmal Probleme gegeben haben sollte, vielleicht in der Zeit, bevor er bei uns einzog, hat ihm Harry bestimmt rausgeholfen.«

»Probleme? Wissen Sie von irgendwelchen Problemen?«

»Es gab einmal eine Zeit, ganz am Anfang, als er dann bei uns war, da hatte ich das Gefühl, da stimmt etwas nicht.«

»Inwiefern?«

»Das war nur so ein Gefühl. Auf meine Nachfragen hat er fast aggressiv und ärgerlich reagiert. Ich dachte mir, dass es um eine Frau ging. Man spürt so etwas. Aber er hat mir nichts gesagt.«

»Etwas anderes. Ich weiß inzwischen, dass sich Elli und diese Jessica Martin, von der ich erzählt habe, gekannt haben. Sie müssen miteinander befreundet gewesen sein. Kann es sein, dass auch Ben Jessica kannte?«

»Ich sagte Ihnen doch, dass ich mit dem Namen Jessica nicht viel anfangen kann. Fragen Sie doch Elli.«

Damit war das Gespräch beendet. Wir tauschten noch einige Belanglosigkeiten aus. Wenige Minuten später saß ich in meinem Auto Richtung Heimat.

Moment, nicht so schnell, sagte ich mir und steuerte meinen Wagen Richtung Vereinsheim der Moped-Freunde. Wenn ich schon in der Nähe ihrer Heimstätte weilte, sollte ich mich aus aktuellem Anlass wieder einmal um sie kümmern. Ich fuhr an dem leicht heruntergekommenen Gebäude mit den dunklen Fensterhöhlen vorbei, stellte meinen Wagen auf einem Parkplatz in der Nähe ab und ging auf Beobachtungsposten.

Ich war überrascht. Es war viel los vor dem Vereinsheim. Etwas ungewöhnlich für diese Uhrzeit. Ich hatte diese Typen bisher eher als Langschläfer angesehen. So kann man sich täuschen. Es war wie bei einem Wespennest, in dem jemand herumstochert. Es war ein ziemliches Raus-und-rein. Laufend kam jemand Neues dazu. Alle in Einheitskluft, als ob sie auf dem Kriegspfad wären.

Nach einer halben Stunde beruhigte sich das Treiben.

Nach weiteren fünf Minuten erschien der Quadratschädel vor dem Haus, sehr selbstbewusst und mit breiter Brust stieg er von seiner Maschine. Immer noch gut durchtrainiert, der Junge. Er stand eine Weile vor der Kneipe und sah sich nach allen Seiten um. Sein Blick ging dabei kurz auch in meine Richtung, was mich zusammenzucken ließ. Dann schlenderte er langsam in die Vereinskneipe. Ich war mir nicht sicher, ob er mich entdeckt oder nur zufällig in meine Richtung geschaut hatte. Mein in Einzelteile zerlegtes Office ging mir durch den Kopf. Ich wollte nicht länger vor dem Wespennest warten und verließ meinen Beobachtungsposten.

Ich fuhr nach Hause. Unterwegs allerdings änderte ich erneut die Richtung. Ich schaute beim Import-Export-Laden des Alfa-Männchens vorbei. Sein Wagen stand nicht dort. Möglicherweise war er bei seiner Rose im Hotel. Doch auch dort fand ich sein Auto nicht. Ich entschloss mich, eine Weile zu warten, und stellte mein Fahrzeug auf dem Parkplatz vor dem Hotel ab. Es war noch keine Minute vorüber, da summte mein Handy. Es war Betty. Sie erzählte mir, dass sie die heimische Drogenszene gerade etwas in Aufruhr versetzt hatte. Das konnte sie gut. Jemanden in Aufruhr versetzen. Betty hatte ihre Helfer losgeschickt, um in der Südstadt mehrere Häuser zu durchsuchen und hatte dabei einige Kleindealer eingekerkert. Das konnte durchaus die Unruhe bei meinen Moped-Freunden erklären. Aufsehen ist nicht gut fürs Geschäft. Und wenn sie, wie Babou vermutete, zu den Adressaten der Großlieferung gehörten, konnten sie im Augenblick diese Aufmerksamkeit der Polizei erst recht nicht gebrauchen.

Während ich mit Betty telefonierte, sah ich, wie Lena, oder wie auch immer sie hieß, aus dem Hotel kam. Sie trug die langweilige Hotelkluft und sah trotzdem umwerfend aus.

Offenbar hatte sie Dienst heute und nahm sich im Augenblick eine kleine Auszeit. Möglicherweise um eine Zigarette zu rauchen. Das war allerdings nicht der Fall. Sie blieb nicht vor dem Hotel stehen, sondern ging quer über den Parkplatz, nur wenige Meter an meinem Auto vorbei. Ich rutschte in meinem Sitz nach unten, sodass sie mich nicht sehen konnte. Betty musste mir ihren Erfolg bei der Razzia zweimal erzählen, weil ich ihr wegen Lena nicht richtig zugehört hatte. Die Wiederholung fiel Betty nicht schwer, denn, ich weiß, über Erfolge redet man gerne. Sie auch. Und sie redete. Unaufhörlich. Lena verschwand währenddessen aus meinem Blickfeld. Ich versuchte zu sehen, wohin sie gegangen war, aber ein paar Büsche standen mir im Weg, die mir den Blick versperrten.

Es dauerte nicht lange und Lena kam zurück. Sie lief schnellen Schrittes über den Parkplatz. Wieder sehr dicht an mir vorbei. Während ich nach unten sank, fragte ich mich, wo sie gerade gewesen war. Vielleicht stand ihr Auto um die Ecke, weil die Angestellten die Parkplätze vor dem Hotel für die Gäste freihalten mussten. Vielleicht hatte sie nur etwas geholt, das sie brauchte.

Mein Gespräch mit Betty war inzwischen beendet. Sie hatte mir vorgeworfen, dass ich ihr nicht zuhören würde. Wie war sie nur darauf gekommen?

Lena hatte jetzt den Eingang des Hotels erreicht. Sollte ich ihr hinterhergehen? Ich entschied mich dagegen. Ich laufe keinen Frauen nach, jedenfalls meistens.

Ich lehnte mich bequem in meinem Sitz zurück und blieb noch eine weitere Stunde auf dem Parkplatz. Es ereignete sich nichts. Das Alfa-Männchen tauchte nicht auf, Lena auch nicht mehr. Meine Beobachtungsaktion begann mich zu langweilen. Ich entschloss mich, die Position zu wechseln und noch die Höhenlage aufzusuchen, aber auch dort gab es nichts Besonderes zu entdecken. Die Professoren-Villa lag ruhig und friedlich in der Spätnachmittagssonne. Ich wählte den Weg nach Hause und legte mich eine Stunde aufs Ohr. Am Abend joggte ich noch eine Runde, dann suchte ich Joe auf. Er hatte nichts Neues für mich. Nachtfalter lungerten auch nicht an der Theke herum, also trollte ich mich gegen Mitternacht nach Hause. Es war gut, einmal richtig ausschlafen zu können.

Am nächsten Tag wachte ich gegen Mittag in meiner Bude auf. Ich hatte zwölf Stunden am Stück geschlafen. Gut, erholsam, aber kein Grund sofort aus dem Bett zu springen. Ich ließ mir Zeit, döste noch etwas vor mich hin und driftete immer mal wieder in den Schlaf zurück. Es war keine gute Idee, denn anschließend fühlte ich mich fast geräderter als nach einer durchzechten Nacht. Ich stand auf, duschte ausgiebig, immer noch kalt, und zog mich an. Weil mein Kühlschrank weiterhin recht leer war, verließ ich meine Wohnung und frühstückte in meinem Stammcafé um die Ecke. Mit meinem Charme konnte ich bei der Bedienung erreichen, dass ich in dem Laden auch am frühen Nachmittag noch ein Frühstück bekam. Manchmal funktioniert er offenbar doch noch, der Charme.

Eine Stunde später war ich in meinem Office. Ich sammelte ein paar Trümmer auf und schaffte sie in meinen Wagen. Ich fuhr damit zu einem Abfallentsorger, denn ich bin gut erzogen und werfe Möbelreste immer schön in den dafür vorgesehenen Container und nicht in die grüne Landschaft wie andere Zeitgenossen. So viel Zeit muss sein. Danach fuhr ich zurück zu meinem Office. Weiterer Hausputz war angesagt. Ich hatte gerade begonnen, mit Spülmittel den Hurensohn-Spruch von der Wand abzureiben, was schon beim ersten Buchstaben ganz gut gelang, wenn man von der

Wandfarbe absah, die sich ebenfalls in Nichts auflöste, als ich ein Klopfen hinter mir hörte. Ich drehte meinen Kopf zur Seite, um zu sehen, wer es war. Glücklicherweise waren es nicht meine verhassten Möbelhäcksler, die gekommen waren, um auch noch die restlichen Gegenstände zu zerkleinern. Der Besuch war angenehmer, es war Betty.

»Oh, die Handwerker sind bei der Arbeit«, sagte sie. »Schön, dich auch mal schwitzen zu sehen, sonst hängst du ja immer nur faul in der Gegend herum und nervst andere Leute. Und Schweiß auf nackter Haut turnt mich immer an.«

»Sorry, keine Zeit dafür, aber danke für die Komplimente.«

»Ich hatte das Gefühl, du warst bei unserem Telefongespräch gestern etwas abgelenkt, wahrscheinlich ging es um eine Frau, deshalb, wie wär's, wenn ich dir alles noch einmal erzähle, du mir deine Erkenntnisse übermittelst und wir danach ein kurzes Meeting abhalten, um zu überlegen, wie's weitergeht?«, sagte Betty.

Sie war wieder einmal nicht allein gekommen. Sie hatte einen ihrer Sklaven in Zivil dabei, den ich zuvor noch nicht gesehen hatte. Er hielt sich im Hintergrund und begutachtete offenbar meine wunderbare, aber inzwischen doch ziemlich leer geräumte Inneneinrichtung. Weil es im Office nach einem Sonnentag immer relativ warm war, legte er seine Jacke ab. Ziemlich breite Schultern, der Bursche. Sein Hemd spannte sich um den Brustkorb. Am obersten Knopf ragten ein paar Brusthaare heraus. Eng anliegende Hosen. Gut gebaut der Typ, Marke Tarzan.

»Gerne«, antwortete ich, während ich weiterschrubbte.

Betty tastete derweil die Physiognomie ihres attraktiven Kollegen mit interessierten Augen ab. Es fiel ihr offenbar schwer, sich von seinem Anblick loszureißen. Aber es gelang ihr.

»Ich bin mit Elli weitergekommen. War kein Zufall, dass

du ihr und Jessica Martin begegnet bist. Die beiden kennen sich.«

Das war nichts Neues.

»Weiß ich«, sagte ich.

»Woher?«

Ich schüttelte den Kopf.

»Sorry, Betty, ich muss meine Quellen schützen.«

»Egal, ich erzähl's dir trotzdem. Hab meine Gründe.« Sie lächelte. »Elli und Jessica haben zusammen einige Zeit in einem Psychiatriezentrum unweit von hier verbracht, wo sich, wie ich erfahren habe, vorgestern Seltsames ereignet hat.«

»Tatsächlich?«

»Ja, drei Insassen sind getürmt. Was ja jetzt nicht unbedingt etwas Besonderes ist. Das kommt öfters mal vor. Einen haben sie schon wieder geschnappt, weil der Idiot direkt zu seiner Freundin spaziert ist.«

»Einsamkeit?«

»Nein, Dummheit. Da haben meine Kollegen natürlich zuerst nachgeschaut. Aber das ist gar nicht das, was ich dir erzählen wollte. Ich habe gehört, dort in der Klinik tauchte in der Nacht ein Unbekannter auf, der eigentlich nicht in die Klinik gehört. Kein Patient, er gehörte auch nicht zum Personal. Kein Mensch, weiß, was der dort wollte.«

»Tatsächlich? Was es nicht alles gibt.«

»Ja, und der ist danach wieder verschwunden, hat sich in Nichts aufgelöst. Allerdings hat er vorher noch einen der Pfleger ausgeknockt, der im in die Quere gekommen ist. Ich könnte mir denken, dass er dem Trio beim Ausbruch geholfen hat.«

Den letzten Satz streckte sie in die Länge, in dem sie jedes Wort einzeln betonte und mich dabei ansah. Ich zuckte mit keiner Faser meines Körpers.

»Ich weiß nicht, das klingt doch sehr an den Haaren herbeigezogen. Drei Ausbrecher und ein Einbrecher, das gibt es doch gar nicht.«

Ich konnte mir ein kleines Grinsen nicht verkneifen.

»Meinst du?« Betty sah mich weiter an. »Wo warst du eigentlich vor…?«

Weiter kam sie nicht, weil ihr Tarzan, der die Zeichen an der Wand entdeckt hatte, auch einmal einen Laut von sich gab.

»Hurenson ist falsch geschrieben. Da fehlt ein H«, sagte er.

Erstaunlich gebildet der Junge.

»Ich füge es später noch ein«, antwortete ich ihm. Dann wandte ich mich wieder Betty zu. »Dein Kollege ist wirklich von der schlauen Truppe. Der wird es noch weit bringen.«

»Ich weiß. Ist nicht nur bei der Rechtschreibung ein Ass.« Sie lächelte vielsagend und hüstelte etwas verlegen. »Zurück zu den Ausbrechern.«

»Kein Interesse.«

»Okay. Hab ich eigentlich auch nicht, im Moment. Ausbrecher sind nicht meine Aufgabe. Ich bin vom Morddezernat. Andere Baustelle. Meine Kollegen bearbeiten das. Obwohl ich, ehrlich gesagt, den Einbrecher-Typen gerne hinter Schloss und Riegel bringen würde, damit er mir freiwillig sagt, was er dort wollte.«

Das Wort »freiwillig« dehnte sie auch wieder sehr seltsam. Keine Ahnung, was sie damit sagen wollte. Ich bin die Unschuld vom Lande, jedenfalls sah so mein Gesicht aus.

»Dein Kollege? Gehört der zu den Aus- und Einbrecher-Suchern?«, wollte ich wissen und deutete dabei auf Tarzan, der sich inzwischen von der Botschaft an der Wand losgerissen hatte und nun durch die Jalousien aus dem Fenster stierte.

»Nein, der gehört glücklicherweise zu mir.«

»Okay, Betty, lassen wir Tarzan weiter die Straße beobachten und uns über Elli und Jessica unterhalten. Was hast du noch herausgefunden?«

»Die beiden sind im Entzug wohl gute Freundinnen geworden. Auch nachdem sie aus der Klinik entlassen worden waren, haben sie sich noch getroffen. Ich hab im Haus, aus dem du die Kleine gerettet hast, rumgefragt. Oder besser, rumfragen lassen. Man hat Elli dort öfters gesehen. Elli ist mit ihrem Outfit schon eine auffallende Person. Eine Nachbarin kannte sie sogar beim Namen. Und auch ich kann kombinieren, Nick. Ich denke, weil Elli die Gegend kannte und deshalb wusste, dass schräg gegenüber so ein seltsamer Privatdetektiv haust, da ist sie auf dich gekommen. Das war zwar eine schlechte Wahl, aber viel wichtiger ist die Frage, warum sie glaubte, die Dienste eines Privatdetektivs in Anspruch nehmen zu müssen.«

»Kannst du mir nicht auch mal was Neues berichten? Das frage ich mich schon die ganze Zeit. Was anderes: Hast du etwas über die seltsame Tante herausgefunden?«, fragte ich.

»Ja. Ich hab beim Sozialamt nachgefragt. Da füllt Jessica mit ihrer Familie eine ganze Akte. War nicht gerade erheiternd, was da vermerkt war. Scheidung der Eltern. Jessica lebte dann bei ihrer Mutter eine Zeit lang. Die starb allerdings früh. Alkohol. Die Schwester der Mutter, Tante Holly, hat sie dann zu sich genommen. Hat zuerst aber nicht funktioniert. Pubertät und so. Ist ziemlich abgestürzt. Hat sich in der Drogenszene aufgehalten. Geriet dabei offenbar aus dem Fokus des Jugendamts. Niemand wusste, wo sie sich aufhielt. Erst als das mit der Schwangerschaft losging, kam sie wieder zurück. Nach dem Entzug hat Tante Holly dann nach einer Wohnung für Jessica gesucht. Nicht weit von ihr, du weißt ja wo. Erst hat sich das Jugendamt um Jessica und ihre Eltern gekümmert. Danach um Jessica und ihre Kleine. So geht das einfach weiter. Von Generation zu Generation. Keine guten Aussichten für die Kleine.«

»Weißt du was über den Vater des Kindes?«

»Nein, sie hat keinen angegeben damals. Wollte sich alleine um das Kind kümmern.«

»Hast du dir die Akten aus der Entzugsklinik einmal angeschaut?«, fragte ich.

»Noch nicht. Ich hab einen Termin mit dem ärztlichen Leiter ausgemacht. Übermorgen. Jetzt du.«

Ich ging auf Bettys Forderung ein und erzählte ihr von meinem Gespräch mit Frau Professor.

»Gut recherchiert, Herr Privatdetektiv. Nette Hintergrundgeschichte. Hilft uns aber nicht viel weiter – oder?«

Ich zuckte mit den Schultern.

Plötzlich meldete sich Tarzan zu Wort.

»He, heißer Ofen, da unten«, murmelte er.

Wir drehten uns zu ihm um. Mit einer Hand drückte er zwei Lamellen der Jalousie auseinander, um auf die Straße schauen zu können. Mit der anderen winkte er uns zu sich. Im nächsten Augenblick gab es einen lauten Knall, Glas splitterte und Tarzan kippte nach hinten, während er sich dabei an die Schulter griff. Er starrte uns mit großen Augen an. Zwischen seinen Fingern quoll Blut hervor. Tarzan sank langsam zu Boden.

Betty und ich waren instinktiv in die Knie gegangen. Im gleichen Augenblick folgte ein zweiter Schuss. Wieder splitterte Glas. Staub wirbelte auf. Die Kugel war in die Wand über Bettys Kollegen eingedrungen. Wir zogen beide unsere Pistolen und tasteten uns vorsichtig und geduckt zum Fenster vor. Ich wartete ein paar Sekunden, ehe ich die Jalousie etwas nach oben schob und übers Fenstersims auf die Straße unten spähte. Ich konnte aber nichts Verdächtiges entdecken. Auch keinen heißen Ofen, wie Tarzan gemeint hatte. Betty war auf allen Vieren zu ihrem Kollegen gekrochen, immer hinter den Resten meiner Office-Einrichtung Deckung suchend. Viel zum Verstecken war allerdings nicht mehr vorhanden. Aber es reichte. Als sie ihren Kollegen erreicht hatte, tastete sie nach dem Puls und holte dann ihr Handy hervor.

Sie orderte einen Notarzt und gleichzeitig ihre schnelle Eingreiftruppe.

»Kollege am Boden. Verletzt. Schick das SEK und den Notarzt. Aber schnell«, brüllte sie ins Handy.

Dann beugte sie sich wieder über ihren Kollegen, der leise vor sich hin jammerte. Er war offenbar aus seiner kurzen Bewusstlosigkeit aufgewacht.

»He, Leo. Keine Angst, das wird wieder. Glatter Durchschuss. Die flicken dich wieder zusammen. Dann bist du wie neu.«

Das Wimmern schwoll an. Betty sah zu mir herüber.

»Siehst du etwas?«, fragte sie.

Ich schüttelte mit dem Kopf. Danach betrachtete ich vorsichtig die beiden Löcher in der Scheibe. Auch glatter Durchschuss. Zweimal. Vom Einschussloch in der Wand zu einem der Löcher in der Fensterscheibe zog ich in Gedanken eine Linie und verlängerte sie nach draußen.

»Die beiden Schüsse kamen von einem Fenster gegenüber. Ich hol mir den Kerl. Du kommst ja hier sicher alleine zurecht.«

»Okay. Ich bleibe bei meinem Kollegen hier. Pass auf dich auf.«

»Klar.«

Ich schwang mich auf, stürmte aus dem Office und rannte, so schnell ich konnte, das Treppenhaus hinunter auf die Straße. Dort schaute ich mich nach allen Seiten um, ehe ich zu dem Haus gegenüber sprintete, aus dem der Schuss abgefeuert worden sein musste. Die Haustür stand sperrangelweit offen. Mit meiner Silbernen in der Hand bewegte ich mich vorsichtig die Treppen nach oben. Ich vermutete, dass der Schütze aus einem Fenster im zweiten Stock geschossen hatte. Die entsprechende Wohnung zu finden, war nicht schwer. Die Wohnungstür stand offen. Auf den ersten Blick konnte man erkennen, dass das Schloss gewaltsam geöffnet worden war. Sehr feinfühlig war der Einbrecher nicht vorgegangen. Ich schob mich langsam in die Wohnung hinein, obwohl ich überzeugt war, dass der Schütze schon längst über alle Berge war. Ich durchsuchte jedes Zimmer. Die Wohnung war, wie ich erwartet hatte, leer. Kein Mensch, keine Knarre zu sehen. Ich rief Betty an und gab ihr Bescheid. Im nächsten Moment hörte ich die Sirenen, die Kavallerie traf ein.

Plötzlich vernahm ich eine Stimme direkt hinter mir. Ich drehte mich schnell um.

Vor mir stand ein junger Mann, der mich und meine Silberne ängstlich anstarrte.

»Was machen Sie hier in meiner Wohnung? Wer sind Sie?«, stotterte er.

»John Wayne.«

Ich drückte ihn aus der Wohnung. Er war so verdutzt, dass er es einfach mit sich geschehen ließ. Vielleicht war er auch John-Wayne-Fan.

»Ist das Ihre Wohnung?«, fragte ich den Jüngling.

Er nickte.

»Die Kavallerie ist gleich da. Die erklärt Ihnen, was passiert ist. Sie können jetzt nicht in Ihre Wohnung. Das ist ein Tatort.«

»Was?«

Ich brauchte ihm die Situation nicht weiter zu erklären, die Kavallerie war bereits da und stürmte an mir vorbei.

»Ist keiner mehr da«, rief ich ihnen hinterher.

Ich bekam keine Antwort. Hörte nur noch ein paar Mal das Wort »sicher«. Ein Nachzügler der schnellen Eingreiftruppe blieb bei mir stehen. Er wusste offenbar von Betty, wer ich war.

»Ich bin sicher, Kollege. Kümmern Sie sich um den hier. Das ist der Wohnungsbesitzer. Ich muss wieder los«, sagte ich zu ihm und rannte wieder runter auf die Straße.

Ein paar Meter weiter gab es eine kleine Seitengasse. Ich blickte hinein, nichts und niemand. Der Täter war schon längst über alle Berge. Ich ging zurück zu meinem Office. Bevor ich es erreichte, kamen mir die Sanitäter mit der Trage entgegen. Natürlich war mein blonder Engel dabei.

»Ich glaube, wir sollten unsere Einsatzzentrale hierher verlegen. Dann haben wir es nicht jedes Mal so weit«, sagte sie zu mir, als sie an mir vorüberging.

Den Humor hatte der blonde Engel nicht verloren. Auf der Trage lag Tarzan, ruhiggestellt. Dahinter folgte Betty.

»Leo, alles wird gut«, rief sie ihrem Kollegen hinterher und hielt bei mir an.

Ich erzählte Betty, was ich drüben gesehen hatte.

»Ich glaube nicht, dass die es auf meinen Kollegen abgesehen hatten. Der ist doch ganz frisch bei uns. Den kennt in der Stadt noch niemand, außer mir. Ich bin überzeugt, du solltest die Zielscheibe sein. Langsam wird es ernst. Wenn hier in dieser Stadt mit all ihren netten und friedfertigen Bürgern, die nie irgendjemandem irgendetwas zuleide tun, auch noch am helllichten Tag herumgeballert wird, dann sorgt das für Wirbel und Ärger. Vor allem bei mir. Ich will nicht, dass sich Menschen gleich wieder darüber beklagen, dass die Straßen in unserer Stadt unsicher sind, obwohl das die Statistik gar nicht hergibt. Am Ende schieben sie das hier auch noch den Flüchtlingen in die Schuhe.«

»Mit einem Geflüchteten haben wir es hier ja in jedem Fall zu tun. Der Schütze ist jedenfalls weg«, sagte ich trocken.

»Danke für den Kalauer, ich lache später darüber, wenn ich Zeit habe. Jetzt gehe ich erst einmal rüber und schau mir den Ort an, von dem aus auf uns gefeuert wurde.«

Ich ging hoch in mein Office. Jetzt musste ich nicht nur die verbliebenen Möbelreste beseitigen und das Wandgemälde entfernen. Jetzt brauchte ich auch noch einen Glaser. Und einen Gipser für das Loch in der Wand. Da sollen sich die Handwerker noch einmal beklagen, sie hätten nicht genug zu tun.

Auch ich war inzwischen der Ansicht, dass der Anschlag nicht Tarzan, sondern mir gegolten hatte. Der Schütze hatte nur eine Bewegung zwischen den Jalousien gesehen und abgedrückt, weil er dachte, ich sei es. Ein anderer Gedanke, der sich in meinem Hirn ausbreitete, bereitete mir auch Sorgen. Wenn es um Elli und ihren Besuch bei mir ging, dann war auch sie immer noch in Gefahr. Vielleicht auch Jessica. Im Augenblick gab es so viele offene Enden in dieser Geschichte. Ich musste so schnell wie möglich zu den beiden ins Krankenhaus. Meine weiteren Putzarbeiten konnten warten. Die waren mir nach dem gerade Erlebten im Augenblick zu gefährlich. Außerdem, die meisten Menschen verunglücken bei der Hausarbeit. Und das wollte ich nicht riskieren. Ich schnappte mein Jackett, meine .38er steckte im Holster. Alles perfekt für meinen weiteren Einsatz.

Unten auf der Straße rannte ich in Betty.

»Warum so eilig? Wo willst du hin?«, fragte sie.

»Ins Krankenhaus.«

»Wieso? Du bist doch nicht angeschossen worden. Es hat meinen Kollegen erwischt. Mitfühlender Phantomschmerz?«

»Nein, mir geht's gut. Meistens. Nein, ich glaube, ich muss zu Elli. Überleg mal, Betty, wenn die Schüsse mir gegolten haben wegen der Geschichte, die Elli ins Rollen gebracht hat, dann könnte sie doch auch ein Ziel sein. Sie weiß doch als Einzige, worum es hier eigentlich geht.«

»Mein Gott, Nick, du hältst uns wohl für komplette Anfänger? Und auf diese Frage möchte ich jetzt keine dumme Antwort von dir, das war eine rhetorische Frage, wenn du weißt, was das bedeutet. Hab keine Angst, mein Junge, vor ihrer Tür sitzt seit gestern ein Kollege, der passt auf sie auf. Ihr kann nichts passieren. Du kannst ganz ruhig sein.«

Ganz beruhigt war ich deshalb aber nicht. In der Vergangenheit hatte ich bereits erlebt, dass Betty mit ihrer Truppe eine Aktion in den Sand gesetzt hatte.

»Ich gehe trotzdem«, sagte ich. »Ihre Mutter war sicher heute Mittag bei ihr gewesen. Vielleicht hat dies Elli geholfen, sich wieder an Einzelheiten zu erinnern.«

Betty atmete tief durch. Sie hielt mich für einen kompletten Idioten, der die Polizeiarbeit nur gering schätzte. Womit sie durchaus recht haben konnte. Aber das will ich hier nicht weiter ausbreiten.

»Du hältst uns wohl für komplette Deppen? Und auch bei dieser Frage bedarf es keiner Antwort von dir. Natürlich haben die im Krankenhaus den Auftrag, wenn sich bei Ellis Gedächtnis etwas tut, uns sofort zu informieren. Aber bitte, wenn du uns so wenig vertraust, versuch es. Geh zu Elli. Ich habe hier noch alle Hände voll zu tun. Ich kann nicht mit. Und eines sage ich dir: Wenn du an dem Drachen und auch an unserem Beamten, der die Weisung hat, niemanden außer dem Personal und der Mutter zu ihr zu lassen, vorbeikommst und etwas Neues erfährst, dann rufst du mich sofort an. Hast du das verstanden? Sonst siehst du die Zelle bei uns ganz schnell wieder.«

»Ich sehe, du schätzt meine Kreativität sehr hoch ein, Betty. Du traust mir zu, an den beiden Hindernissen vorbeizukommen. Und, ich habe verstanden. Wenn ich es schaffe, dann werde ich dir gleich ausführlich darüber berichten, denn wenn es mir gelingen würde, an deinem Wachposten vorbeizuschleichen, dann könnte dies auch anderen gelingen, die vielleicht nicht so viel Gutes im Sinn haben wie ich. Wir werden sehen, meine Liebe. Und deine Zelle, die kannst du dir in …«

»Ach, halt die Klappe«, sagte Betty und ließ mich einfach stehen.

Ich sah ihr hinterher. Auch wenn ich hin und wieder gerne in Bettys Nähe war, auf die Zelle in ihrem Revier hatte ich im Augenblick keine Lust. Der Kaffee war zu mies gewesen und es gab andere Möglichkeiten, um Betty nahe zu sein.

Ich lief weiter zu meinem Auto. Eine Viertelstunde später stand ich in dem riesigen Foyer des Klinikums. Wieder waren viele Menschen in dem Gebäudekomplex unterwegs, strömten durch die langen Gänge mit ihren unzähligen Türen, hinter denen jede Menge kranker Menschen lagen. Schicksale, über die ich mir jetzt keine Gedanken machen wollte. Ich beeilte mich, zu Elli zu kommen.

Gerade als ich um die Ecke bog, sah ich den Polizeibeamten, der gelangweilt auf seinem Stuhl vor Ellis Zimmer saß. Er würde mich sicher nicht zu Elli lassen, denn Betty hatte ihm für mich ja kein grünes Licht gegeben. Doch der Beamte bestätigte schnell meine Zweifel, die ich schon vorher gehegt hatte. Nach fünf Minuten Wartezeit stand der Trachtler auf und sprach eine Schwester an, die gerade an ihm vorüberging. Sie wechselten ein paar Sätze, dann zeigte das Häubchen in eine Richtung, in die der Beamte schließlich verschwand. So also sah die Vierundzwanzig-Stunden-Super-Bewachung von Elli aus. Ich nutzte die Gelegenheit, schnappte mir einen weißen Kittel, der über einem Stuhl in einem Pflegerinnenzimmer lag, und zog ihn an. So reihte ich mich in die hohe Zahl der Weißkittel ein, die an mir vorüberzogen, eilte mit besorgtem und wissendem Gesicht über den Gang und trat in Ellis Zimmer ein. Sie saß aufrecht im Bett und las eine Zeitung. Als sie mich hereinkommen hörte, blickte sie auf. Sie erkannte mich sofort. Ein Fortschritt, schließlich hatte sie bisher noch nicht so deutlich auf mich reagiert.

»Sie sind der Privatdetektiv, zu dem ich damals wollte, bevor dies alles passiert ist«, sagte sie.

»Genau.«

Sie ließ ihre Zeitung aufs Bett sinken und legte den Kopf fest ins Kissen. Sie stöhnte.

»Ich versuche die ganze Zeit, mich zu erinnern, warum ich bei Ihnen war.«

Ihr Blick war verzweifelt. Sie strengte sich an, die Erinnerung zurückzuholen, aber es gelang ihr nicht. Was auffällig war, sie hatte kaum noch einen ihrer vielen Ringe im Gesicht und ihre ursprünglich brünette Haarfarbe tauchte am Scheitel unter ihrem schwarzen Haarschopf auf. Sie war auch nicht mehr so schwarz geschminkt und vor allem: Sie hatte ihre Jugendsprache abgelegt, was mir den Dialog erleichterte. Nix mehr mit Alter und so.

»Ich weiß es auch nicht. Leider«, antwortete ich ihr.

Es entstand eine kleine Pause.

»Wie sind Sie eigentlich hier hereingekommen? Es sitzt doch ein Beamter vor der Tür, der niemanden zu mir lassen soll?«, fragte sie.

»Das liegt an meinem Talent.«

Ich lächelte. Sie sah mich fragend an, schien aber kein weiteres Interesse an der Auflösung ihrer Frage zu haben.

»Wie kann ich Ihnen helfen? Sie wollen mich doch sicher ausfragen. Vielleicht hilft mir das, damit meine Erinnerung wieder zurückkommt.«

»Wie fühlen Sie sich?«

»Noch sehr schwach.«

Das war nicht zu übersehen.

»Okay. Aber versuchen wir's mal. Erzählen Sie mir von sich. Etwas aus Ihrem Leben. Vor allem auch, was Sie in letzter Zeit gemacht haben.«

Sie wirkte immer noch sehr müde. Ich hatte Mühe, Sie zu verstehen. Sie sprach sehr leise.

»Wenn ich Ihnen jetzt einiges über mich erzähle und Sie dann losgehen, um die ganze Sache aufzuklären, hab ich Sie dann engagiert?«

Ich zuckte mit den Schultern.

»Ich kann Sie aber nicht bezahlen.«

»Das habe ich vor Kurzem schon einmal gehört, aber kein Problem. Ist schon alles bezahlt.«

»Meine Mutter?«

Ich nickte.

»War sie heute schon hier?«, fragte ich.

Jetzt war es an ihr zu nicken.

»Das freut mich.«

Ich trat noch weiter an ihr Bett heran.

»Was wollen Sie wissen?«, fragte sie.

»Erzählen Sie mir doch einmal von Jessica, Ihrer Freundin.«

Sie starrte mich an. Meine Frage nach Jessica beunruhigte sie. Sie richtete sich weiter auf.

»Hat Ihre Mutter Sie noch nicht nach Jessica gefragt?«, schob ich nach.

»Nein. Wir haben nur über früher geredet, als ich noch ein kleines Kind war.«

Sie wurde sichtlich nervöser. Etwas lief in ihrem Kopf ab. Plötzlich starrte mich Elli mit weit geöffneten Augen an.

»Was ist mit Jessica? Ist ihr etwas passiert?«, fragte sie und erste Schweißperlen zeigten sich auf ihrer Stirn.

»Erzählen Sie mir von ihr. Wo haben Sie sie kennengelernt?«, bohrte ich weiter.

»Was ist mir ihr?«

Elli ging nicht auf meine Frage ein. Sie wurde hysterischer.

»Sie hatte einen Absturz. Hat wieder Drogen genommen. Sie liegt hier in der Klinik. Gar nicht weit von Ihnen.«

Vielleicht hätte ich nicht so direkt sein sollen, vielleicht hätte ich vorsichtiger vorgehen sollen. Doch diese Gedanken nutzten mir jetzt nichts mehr. Ellis Hände begannen zu zittern. Ihre Stirn war schweißnass, sie wurde blass. Tränen schossen ihr in die Augen, Elli drehte sich zur Seite und legte einen Arm über ihre Augen und weinte. Dann schob sie ihren Oberkörper wieder in eine aufrechte Position und sah mich entgeistert an.

»Erzählen Sie mir, was passiert ist? Aber sie hat doch keine Drogen genommen, weil ich …«

Ich schüttelte den Kopf und wollte sie weiter beruhigen, dass sie nicht schuld an Jessicas Absturz sei, aber so weit kam ich nicht, denn Drachen tauchen immer zum ungünstigsten Zeitpunkt auf. Das liegt in ihrer Natur.

Die Tür wurde aufgerissen und das Feuer speiende Untier polterte ins Zimmer.

»Was machen Sie hier? Raus, aber sofort«, fauchte der Drache. »Ihre Mutter darf hier rein. Sonst niemand. Elli ist noch viel zu schwach. Ich sorge dafür, dass sie wieder zu Kräften kommt, glauben Sie mir. Vor zwei Stunden war ihr Bruder hier. Den hab ich auch weggeschickt.«

»Ihr Bruder war hier?«, fragte ich.

Elli richtete sich plötzlich noch weiter auf.

»Ben war hier«, schrie sie.

Elli war außer sich. Weil er ihren Schrei gehört hatte, kam nun auch der Beamte ins Zimmer.

»Ist ja gut Elli. Beruhigen Sie sich.« Der Drache nestelte an einer Zuleitung herum, die von Ellis Arm zu einer Flasche an einem Infusionsständer führte, und drehte sich danach zu mir um: »Jetzt sehen Sie, was Sie angerichtet haben. Jetzt aber raus hier. Und ziehen Sie den weißen Kittel aus.«

»Und ich dachte, der steht mir.«

Der Beamte kam auf mich zu und blickte mich grimmig an. Zumindest was er unter grimmig verstand. Ich zog den weißen Kittel aus und drückte ihn dem Trachtler in die Hand.

»Bitte auf einen Bügel, damit er sich aushängt«, sagte ich und verließ die Drachenhöhle.

In der Tür drehte ich mich noch einmal zu dem Polizeibeamten um.

»Passen Sie auf Elli auf. Hier kann ja jeder reinkommen, wie er will. Wenn ich das Ihrer Chefin erzähle, wird sie gar nicht erfreut darüber sein, dass Sie so leichtfertig ihren Posten verlassen haben.«

Der Beamte wurde blass um die Nase. Manchmal kann ich auch echt fies sein.

Als ich vor der Tür stand, kam mir ein Gedanke. Wenn ich schon hier bin, könnte ich auch bei Jessica vorbeischauen. Zwei Gänge und zwei Glastüren weiter war ich in der anderen Abteilung. Auch dort war zu meiner Überraschung die Hölle los.

Zwei Weißkittel eilten an mir vorbei. Zwei weitere standen vor Jessicas Tür.

»Was ist los?«, fragte ich eine Schwester, die vor dem

Zimmer stand und sich aufgeregt mit ihrem Kollegen unterhielt.

»Ich fass es nicht. Sie ist weg. Einfach verschwunden.«

»Wer ist weg?«

»Frau Martin.« Sie sah mich genauer an. »Wer sind Sie überhaupt? Ein Angehöriger?«

»Nicht direkt. Ich arbeite für Sie. Ich bin Anwalt. Wir hatten einen Termin«, log ich. »Was ist passiert?«

»Ich wollte ihr die Tabletten bringen, die sie einnehmen muss, bin ins Zimmer und das Bett war leer. Das geht doch nicht. Sie kann jetzt nicht ihre Therapie so einfach abbrechen. Das geht nicht gut aus für sie. Das Gift muss aus ihrem Körper. Wenn sie jetzt wieder rückfällig wird, dann …«

Die Schwester sah mitgenommen aus. Das Schicksal Jessicas berührte sie offensichtlich.

»Vielleicht ist sie ja nur in diesem schönen Haus spazieren gegangen«, versuchte ich die aufgebrachte Schwester zu beruhigen.

»Nein, das ist sie nicht, alle ihre Sachen sind weg und das Krankenhaushemd liegt auf dem Bett. Sie ist weg.«

»Verdammt«, fluchte ich.

Ich ging ins Zimmer und schaute mich um. Es war so, wie es die Schwester gesagt hatte. Auch ich war mir sicher, dass Jessica abgehauen war. Das war gar nicht gut für sie – und für die Kleine auch nicht. Ich musste Jessica finden – und das schnell.

Ich lief aus dem Zimmer. Draußen begann gerade eine Weißkittelversammlung. Sie wollten mich sicher nicht in ihren Stuhlkreis holen, deshalb verschwand ich nur zu gerne aus der Klinik.

»Ich geb eine Fahndung raus«, sagte Betty, als ich sie telefonisch über Jessicas Verschwinden informiert hatte.

»Und ich schau mir die Tante einmal an. Vielleicht taucht Jessica dort auf. Sie will sicher zu Clara. Ich verstehe nicht, dass sie sich abgesetzt hat. Sie klang ganz anders, als ich sie in der Klinik besucht habe. Sie wollte die Therapie durchziehen. Vor allem auch wegen ihrer Tochter. Jetzt könnte sie Clara verlieren, wenn das Jugendamt der Meinung ist, Jessica packt das nicht und dass Clara in einer Pflegefamilie besser aufgehoben wäre.«

»Du kannst übrigens dein Office wieder benutzen oder besser weiter aufräumen. Wir haben alles, was wir wollten, sprich die beiden Kugeln. In der Wohnung gegenüber haben wir auch ein paar brauchbare Spuren gefunden. Ich werde sauer, wenn man auf meine Beamten schießt, auch wenn du eigentlich gemeint warst. Man kann doch in dieser Stadt nicht einfach Menschen über den Haufen schießen. Wir werden eine Sonderkommission zusammenstellen und mit allem, was wir haben, nach dem Schützen suchen.«

»Dann viel Erfolg beim Ermitteln«, sagte ich und legte auf.

Ich machte mich auf den Weg zur Tante.

Als ich klingelte, machte mir eine Frau in den späten Fünfzigern auf, die in ihren Gesichtszügen weicher aussah, als ich sie mir vorgestellt hatte. Alles andere wirkte allerdings streng. Die Haare zurückgekämmt, zu einem Haarknoten hochgesteckt, wie es gerade Mode war. Hose und Bluse mit Blumenmuster wie aus einer Modezeitschrift, alles sehr akkurat. Dass Jessica hier nur schwer reinpasste, konnte ich mir gut vorstellen.

»Wie kann ich Ihnen helfen?«, fragte sie mich.

Eine Haarsträhne war ihr ins Gesicht gerutscht, die sie mit einer Hand wieder an die Stelle strich, wo sie hingehörte.

Ich erzählte ihr, wer ich war. Sie hörte mir interessiert zu.

»Kommen Sie doch einen Augenblick herein«, forderte sie mich bestimmt, aber doch höflich auf.

Ich trat in die Wohnung. Alles war an seinem Platz. Perfekt aufgeräumt, hier fehlte nichts, hier lag nichts an falscher Stelle, im Gegensatz zu meiner Bruchbude. Diese Frau musste einen Ordnungsfimmel haben. Ein Wunder, dass ich hier überhaupt eintreten durfte, ich brachte doch sicher alles durcheinander. Man traute sich kaum, sich irgendwo hinzusetzen. Und hier sollte sich ein kleines Kind wohlfühlen?

Aber in ihrer Art war Tante Holly nicht so. Sie war durchaus freundlich, wirkte sogar warmherzig. Sie forderte mich zum Setzen auf. Ich ließ mich langsam auf einen der Designersessel nieder.

»Kann ich Ihnen etwas anbieten?«

Ich schüttelte den Kopf.

»Ich danke Ihnen, dass Sie sich so um Clara gekümmert haben. Sie haben ihr das Leben gerettet. Und Jessica wahrscheinlich auch. Tut mir leid, dass Sie so viele Unannehmlichkeiten wegen meiner Familie hatten.«

»Wie passt Jessica in Ihre Familie, wenn ich fragen darf?«

Auf diese Frage wollte ich keine Antwort, es war eher der Ausdruck meiner Verwunderung, wie die beiden, Jessica und Holly, überhaupt zu einer einzigen Familie gehören konnten. Aber ich bekam die Antwort, die ich schon kannte.

»Sie ist die Tochter meiner verstorbenen Halbschwester. Wir hatten dieselbe Mutter, aber verschiedene Väter. Ich sah es als Pflicht an, mich um Jessica zu kümmern. Wir sind eine Familie.«

Ich sah mich im Wohnzimmer um. Mein Gott, wie konnte man alles so ordentlich halten. Jedes Ding passte zum anderen, da fiel nichts aus der Reihe. In der Ecke stand eine Kiste mit Spielsachen, sauber aufgeräumt, sonst sah man nichts, was auf Clara hindeutete.

»Wie geht es der Kleinen?«, fragte ich.

»Den Umständen entsprechend gut. Sie ist bereits im Bett. Sie muss morgen zur Schule.«

Ich zog mein Handy hervor und schaute auf die Uhrzeit. Viertel nach acht. Es war noch gar nicht richtig dunkel. So früh musste die Kleine schon ins Bett?

»Gibt es etwas Neues von Jessica?«, fragte Tante Holly schnell.

Ich erzählte ihr, dass Jessica aus dem Krankenhaus abgehauen war. Einen Augenblick gerieten ihre Gesichtszüge aus der Fassung. Ein leichtes Zucken am Mundwinkel, die langsam nach unten gingen. Enttäuschung machte sich in ihrem Gesicht breit. Sie schüttelte den Kopf. Aber sie hatte sich schnell wieder im Griff.

»Ich verstehe Jessica nicht«, sagte Holly schließlich. »Ich hab doch alles versucht, hab ihr ein Zuhause gegeben, das sie nicht mehr hatte. Hab mich um sie und Clara gekümmert. Ohne mich hätte sie das Kind nicht mehr. Clara ist enorm wichtig für sie, sie gibt Jessica Halt. Es lief alles gut. Ich hab ihr die Wohnung in meiner Nähe und eine Arbeitsstelle besorgt. So konnte sie auf eigenen Beinen stehen. Es ist mir bewusst, dass sich Jessica und Clara hier nicht zu Hause fühlen. Schauen Sie sich doch um. Diese Wohnung ist für ein kleines Kind nicht geeignet.«

Da hatte sie recht. Ich nickte stumm.

»Sie war auf einem so guten Weg. Der Brand hat alles durcheinandergebracht.«

»Nicht nur der Brand«, sagte ich.

Sie sah mich an, rang sichtlich um Fassung, versuchte aber schnell, sich wieder zu beruhigen.

»Vielleicht habe ich auch Schuld. Wir haben uns heftig gestritten. Sie ist danach einfach weggerannt.«

»Warum haben Sie gestritten?«

»Darüber möchte ich nicht reden.«

Und das meinte sie auch so. Das sah ich ihr an.

»Ging es um ihren alten Freund?«

Wieder ein Zucken an ihren Mundwinkeln. Ein innerer Kampf um Beherrschung.

»Wie gesagt, ich möchte nicht darüber reden. Ich weiß, ich hätte nicht so streng zu ihr sein dürfen. Aber ich hätte nie damit gerechnet, dass sie so schnell aus der Bahn gerät. Ich dachte eigentlich, sie wäre schon weiter. Aber wahrscheinlich wird man diese Probleme nie richtig los. Hätte ich das geahnt, was passieren könnte, hätte ich mich anders verhalten. Ich hätte ruhig bleiben, vernünftiger mit ihr reden sollen.«

Es entstand eine Pause. Man merkte Holly die Verzweiflung an, die sie eigentlich nicht zeigen wollte. Kurz war sie in sich zusammengesackt. Doch im nächsten Augenblick saß sie wieder kerzengerade da. Mit beiden Händen strich sie ihre Kleidung zurecht und schob wieder eine Haarsträhne, die ihr ins Gesicht gerutscht war, hinters Ohr.

»Ich kapiere das nicht. Ich war doch bei ihr im Krankenhaus. Hab mich danach um Clara gekümmert. Sie hat mir versprochen, dass das ein einmaliger Ausrutscher gewesen war, hat es auch Clara versprochen. Wir haben ihr geglaubt. Ich weiß nicht, warum sie das alles jetzt aufs Spiel setzt. Es ist mir völlig unbegreiflich, dass sie aus der Klinik verschwunden ist.«

Ich wartete einen Augenblick. Da von Tante Holly nichts weiter kam, fuhr ich fort.

»Ich dachte, Jessica würde vielleicht zu Ihnen kommen. Wegen Clara. Aber Jessica war noch nicht hier, oder?«, fragte ich.

»Nein. Ich bin allerdings erst vor einer Stunde nach Hause gekommen. Sie hat einen Schlüssel, sie könnte also jederzeit hier in die Wohnung kommen.«

Holly legte ihre Hände in den Schoss. Den Kopf leicht nach vorne gebeugt, starrte sie auf den Tisch vor ihr und schwieg. Sie verharrte eine Weile in dieser Position. Ich hatte das Gefühl, sie wollte nicht mehr weiter über das Thema reden. Sie wollte jetzt alleine sein. Also ergriff ich die Initiative.

»Danke, dass Sie sich den Augenblick für mich Zeit genommen haben. Wenn sich Jessica bei Ihnen meldet, geben Sie mir bitte Bescheid. Ich habe noch ein paar Fragen an sie«, sagte ich.

Holly rührte sich nicht, sagte kein Wort.

»Bemühen Sie sich nicht, ich finde den Weg hinaus:« Ich stand auf und zog eine Visitenkarte aus meiner Jacke. »Ach ja. Hier meine Nummer. Sie können jederzeit anrufen.«

Ich legte die Karte auf den Couchtisch. Keine Reaktion.

Ich verließ das Zimmer und ging zur Wohnungstür. Als ich die Klinke in der Hand hatte, hörte ich hinter mir ein Geräusch. Ich drehte mich um. In einer der anderen Türen im Gang stand Clara im Schlafanzug. Sie kam ein paar Schritte auf mich zu und nahm meine Hand.

»Bitte, finde meine Mama und bring sie zu mir zurück.«

Ihre großen Augen starrten mich flehend an.

Verdammt, das ging mir an die Nieren, ich musste in diesem Fall vorankommen.

»Mach ich, Kleine«, sagte ich und strich ihr über den Kopf. »Mach ich.«

Als ein weiteres Geräusch aus dem Wohnzimmer zu uns in den Flur drang, drehte sich die Kleine um und rannte in ihr Schlafzimmer. Ich sah ihr nach und verließ die Wohnung.

Nach dieser emotionalen Achterbahnfahrt suchte ich nach Ablenkung. Ich brauchte männlichen Beistand. Joe.

Auf dem Weg durch die Altstadt rief ich Baboucar an. Vielleicht konnte er mir noch mehr über den Deal, der das große Geschäft bringen und die Szene neu ordnen sollte, erzählen. Zu meiner Überraschung sagte er sofort zu vorbeizukommen.

In meiner Lieblingskneipe, die in einer engen, dunklen Gasse mit dem typischen Kopfsteinpflaster der Altstadt lag, war alles beim Alten. Ein Ruhepunkt in der gegenwärtig so hektischen Welt, die über mich hereingebrochen war und die derzeit jeden Tag für mich eine neue Überraschung parat hatte. Joe hielt mich mit ein paar Sätzen auf dem Laufenden über das, was sonst noch so los war in diesem verschlafenen Nest. Viel war es nicht, was mich interessiert hätte. Dass der Rathauschef mal wieder mit seinem Rat im Clinch lag, war nichts Neues, weshalb ich nur gelangweilt zuhörte. Es waren nur wenige Johnnies notwendig, um die Neuigkeiten zu verdauen. Da hatte ich wesentlich mehr zu bieten, aber ich sage nur: Schweigepflicht eines Privatdetektivs.

Nach einer Stunde tauchte Baboucar auf. Zwei hochgezogene Augenbrauen auf beiden Seiten, mehr brauchte es nicht, die überschwängliche Wiedersehensfreude zwischen Joe und Babou auszudrücken. Sie kannten sich offenbar, ich wollte nicht wissen, woher, ging mich auch nichts an.

Als Joe mit anderen Gästen beschäftigt war, fragte ich Babou nach weiteren Einzelheiten des bevorstehenden Drogendeals.

»Kann dir leider nicht mehr sagen als vorher, brother. Außer, im Darknet wird der Stoff schon angeboten. Wahnsinnig, wie schnell die Vertriebswege heute aufgebaut werden. Da brauchst du kaum noch Leute dazu.«

»Darknet?«

»Die dunkle Seite des Mondes. Dort kriegst du alles, was man fürs tägliche Leben braucht. Maschinengewehre, Mörsergranaten, Drogen«, sagte Babou lachend.

»Vielleicht sollte ich mich dort auch öfters aufhalten.«

»Soll ich dir einen Einführungskurs geben? Übrigens, alle Leute tun so, als ob das Darknet nur der Tummelplatz von Verbrechern wäre. Dort findest du alles, sogar Facebook. Wusstest du, dass auch deutsche Soldaten das Darknet nutzen, wenn sie im Auslandseinsatz sind? Ist sicherer, wenn sie mit zu Hause kommunizieren. Kann der Feind nicht nachverfolgen. Das ist ja der Sinn des Darknets, dass du keine Spuren hinterlässt. Hat ja auch Vorteile, wenn ich an die großen Internet-Konzerne denke, wie die mit unseren Daten umgehen.«

»Mann, du bist ja die reinste Volkshochschule.«

»Und alles gratis.« Wieder lachte Babou. »Ach, übrigens, draußen steht einer, der sich auffällig unauffällig verhält. Ich kenne diese Typen. Ich sag dir, der interessiert sich für irgendjemanden, der hier drin ist. Und wenn ich mich so umschaue…« Und Babou schaute sich um. »… die paar Schnapsnasen, die sich in dieser Kneipe rumtreiben, sind doch eigentlich völlig uninteressant. Meinst du nicht auch?«

Ich sah mich ebenfalls um und nickte zustimmend.

»Vielleicht ein Gast, den Joe verärgert hat?«

Ich grinste.

»Wenn ich so an deine zertrümmerte Bude denke, könnte ich mir vorstellen, dass es um dich geht?«

Ich zuckte mit den Achseln.

»Moped-Freunde? Oder Bullen?«, fragte ich.

»Kann ich nicht sagen, so nah war ich nicht an dem Typen dran. Einer von beiden, könnte sein. Vielleicht.« Nach einer kurzen Pause: »Weißt du was? Wir schauen nach.«

Babou grinste breit und setzte sein Glas an. Darin war

diesmal allerdings kein Johnnie, sondern Gin. Ohne Tonic. Schien mir langsam ein Modegetränk zu werden. Aber ich krieg das Zeug nicht runter.

»Ja, warum nicht. Ich könnte etwas Abwechslung vertragen«, antwortete ich.

Babou nickte, setzte das Glas ab und stand auf. Joe war wieder in unserer Nähe. Babou beugte sich über den Tresen.

»Joe, kann ich mir kurz deinen Freund ausleihen?«, sagte Babou leise.

»Bedien dich«, war Joes kurze Antwort.

»Komm mit«, sagte Babou und winkte auffordernd mit einer Hand.

Ich folgte ihm hinter den Tresen. Babou schnappte sich einen Baseballschläger, der griffbereit unter der Theke lag. Joe war offenbar für alles gerüstet und Babou wusste davon. Ich sagte doch: Ich möchte nicht wissen, woher die beiden sich kennen.

Wir gingen durch den Hinterausgang der Kneipe ins Freie und dann bis zur nächsten Straßenecke. Babou war einen Schritt voraus und gab mir ein Zeichen, dass ich hinter ihm bleiben sollte. An der Hausecke blieb er stehen und zog mich auf gleiche Höhe. Wir schoben langsam unsere Köpfe um die Ecke. Babou zeigte auf einen Typen, der schräg gegenüber im Schatten eines Hauseingangs herumlümmelte.

»Dort, der dürre Typ. Ist nicht viel dran an dem Kerl. Sollte eine leichte Aufgabe werden.«

Ich nickte.

»Wie gehen wir vor?«

»Wir gehen einfach hin und hauen drauf. Und dann fragen wir ihn, warum er um diese Uhrzeit noch in dunklen Ecken herumsteht und nicht zu Hause bei Frau und Kind ist. Wäre doch gesünder für ihn. Hier bei den Temperaturen kann man sich den Tod holen.«

Babou gab mir mit zwei Fingern ein Zeichen, am Haus entlangzugehen, um auf die andere Seite zu gelangen. So konnten wir uns aus zwei Richtungen dem Typen nähern. Ich versuchte, so wenig wie möglich Geräusche zu machen, was mir ganz gut gelang, bis ich auf den Betonkübel traf, der mir so unvermittelt im Weg stand. Warum der da war? Keine Ahnung, aber er stand halt da. Wahrscheinlich war er für Blumen gedacht, aber es waren keine drin. Mit Blumen wäre es auch nicht schöner gewesen. Aber warum halte ich mich so lange mit dem Kübel auf? Weil ich die Gravitationsgesetze dadurch an Ort und Stelle im Feldversuch überprüfen konnte. Während mein Oberkörper oben weiterstrebte, blieben meine Beine unten stehen. Nicht freiwillig, sondern notgedrungen, was mich aus dem Gleichgewicht brachte. Ein Schmerz, ein lauter Fluch und ich fiel über den Kübel, was leider unser Zielobjekt aufscheuchte. Der Typ schaute zu mir herüber, sah dann Babou, der mit dem Baseballschläger auf ihn zukam. Dies veranlasste ihn zum eiligen Rückzug. Schmächtig war der Typ, dafür aber schnell, sehr schnell. Verfolgung zwecklos. Außerdem wollten wir unterwegs nicht einem übel gelaunten Oberbürgermeister begegnen, der uns auch noch wegen Ruhestörung anzeigte. Joes Kneipe war wesentlich anziehender.

Babou kam zu mir herüber.

»Alles okay?«, fragte er mich von oben herab.

»Ja, alles okay«, antwortete ich von unten herauf.

»Anschleichen musst du noch lernen«, meinte er.

Er gab mir die Hand und zog mich hoch.

»Was meinst du, wer das war?«, fragte ich.

»Ziemlich dürrer Typ. Zu den Motorradbrüdern gehört der sicher nicht. Die gehen jeden Tag ins Gym. So einer hat mehr Muskeln.«

»Polizei?«

»Ich denke nicht. Ein Bulle hätte sich vermutlich nicht so schnell aus dem Staub gemacht. Komm, wir gehen zurück in die Kneipe und begießen deinen Erfolg. Super Privatdetektiv. Mit der Comic-Nummer bist du unschlagbar«, meinte Babou und lachte laut.

Er ging vor, ich folgte ihm hinkend nach.

Drei Johnnies später verließ ich Joes Kneipe. Mit Baboucar.

»Soll ich dich nach Hause begleiten? Nicht, dass dir unterwegs was passiert.«

Babou war richtig guter Laune heute. Und ich war der Grund dafür, was mich nicht gerade stolz machte.

»Nein, danke. Ich finde den Weg.«

Ich ließ ihn einfach stehen. In den Gassen der Altstadt war niemand mehr unterwegs, alle lagen in den Betten und schliefen friedlich. Ich wollte auch nach Hause ins Bett, ich hatte genug erlebt für einen Tag. Doch der sollte noch lange nicht zu Ende sein.

Natürlich hielt ich vor dem Haus Ausschau, nach missmutigen Zeitgenossen. Ich musste ja, nach den Erfahrungen der letzten Zeit, damit rechnen, dass mir jemand an die Wäsche wollte. Trotz aller Vorsicht wurde ich überrascht. Gerade als ich meinen Schlüssel in die Haustür stecken wollte, hörte ich eine Stimme hinter mir.

»Du kommst aber spät nach Hause. Ich warte schon eine ganze Weile auf dich.«

Ich fuhr herum. Es war Lena. Oder wie war doch noch gleich ihr Name?

»Was machst du noch so spät hier vor meiner Wohnung?«

»Wir waren verabredet. Hast du das vergessen?«

»Waren wir das, Lena?«

»Leah.«

»Auch das. Schau, ich bin müde, ich muss ins Bett.«

Hatte ich das gerade gesagt? So ein heißer Käfer vor mir und ich will ins Bett, alleine. Ich glaube, langsam macht sich mein Alter bemerkbar. Moment, so alt war ich doch noch gar nicht.

»Ich muss auch ins Bett«, sagte sie.

Und ihre Stimme klang, wie soll ich sagen, verführerisch. So ähnlich jedenfalls.

Ich seufzte tief. Lena oder Leah, wie auch immer, ich kannte sie doch gar nicht. Oder besser, ich konnte mich nicht an sie erinnern. Aber war das jemals ein Grund gewesen, nicht mit einer Frau Briefmarken zu tauschen?

»Also gut, komm mit hoch, auf ein Gläschen Was-auch-immer.«

Wir gingen in meine Wohnung. Trotzdem, ich war müde. Ich ging an den Kühlschrank. Gähnende Leere. Aber ich entdeckte auf einer Ablage noch eine Flasche Prosecco. Leider nicht gekühlt, eher lauwarm. Aber glücklicherweise waren noch Eiswürfel im Kühlschrank, übrigens das einzig Essbare. So bekam man und frau das Gesöff vielleicht doch herunter. Gut, ich hatte noch einen Johnnie, aber dafür musste sich dieses Geschöpf, auch wenn es noch so gut aussah, erst einmal würdig erweisen. Außerdem hatte sie zuvor doch einmal gesagt, dass sie keinen Whisky mag. Also Prosecco, eiswürfelgekühlt.

»Mein Gott, was ist denn das für eine Plörre«, sagte ich, als ich den ersten Schluck genommen hatte.

Ich hatte den Prosecco irgendwann einmal zum Geburtstag geschenkt bekommen. Wahrscheinlich von jemandem, der mir übelwollte. Oder das Zuckerwasser war schon gekippt, weil es zu lange herumgestanden hatte. Also, einen Johnnie hinterher kippen, um den schalen Geschmack aus dem Mund zu bekommen. Das half, aber nur vorübergehend.

»Was machen wir zwei Hübschen denn jetzt?«, fragte ich.

Ein besserer Spruch fiel mir um diese Uhrzeit nicht mehr ein. Sie reagierte nicht darauf, sondern sah sich in meinem Wohnzimmer um.

»Sehr spartanisch eingerichtet«, merkte sie an.

»Ja, aber das überrascht dich doch nicht, oder? Du warst doch schon einmal hier. Hast du jedenfalls gesagt.«

»Wie? Ich?« Kurze Pause. »Ja, stimmt. Aber da hab ich mich nicht um deine Wohnungseinrichtung gekümmert.«

Meine Gehirnzellen arbeiteten so gut es ging um diese Uhrzeit. Wieso konnte ich mich einfach nicht an dieses Geschoss erinnern? Normalerweise passiert mir das mit Namen, die vergesse ich schnell, aber für Gesichter und den Rest habe ich ein gutes Erinnerungsvermögen.

»Du hast recht, dieser Prosecco hier ist nicht gerade erste Wahl. Hast du noch mehr Eiswürfel? Das würde sicher helfen«, sagte sie.

»Sofort, meine Dame. Der Ober ist schon unterwegs«, antwortete ich und ging in die Küche.

Ich hörte, wie sie aufstand und im Zimmer umherging. Wahrscheinlich wollte sie sich meine Gemäldesammlung anschauen, die aus meiner Privatdetektivurkunde bestand.

»Der Herr Privatdetektiv. Mit Urkunde, sehr schick. Du kleiner Lügner«, hörte ich sie mit lauter Stimme aus dem Wohnzimmer sagen.

»Ich kann das doch nicht jedem erzählen, sonst ist nichts mehr mit privat«, antwortete ich mit gleichlauter Stimme, während ich noch hundert Eiswürfel in ihr Glas schüttete.

Das Gesöff bestand nun mehr aus Eiswürfeln als aus Gesöff. Ich ging zurück ins Wohnzimmer. Sie stand an meinem Schreibtisch und betrachtete meinen Laptop.

»Teures Gerät«, sagte sie.

»Einen Luxus muss sich der Mensch ja gönnen«, antwortete ich.

Sie drehte sich um und lächelte mich an.

»Sag, was macht ein Detektiv denn so. An was für einem Fall arbeitest du gerade? Komm, erzähl mir eine spannende Geschichte. Als du bei uns im Hotel aufgetaucht bist, warst du da gerade hinter jemandem her?«

Sie kam auf mich zu. Ihr Gang war wie ihre Augen ... Wie hieß das Wort gleich noch mal? Ach, ja, verführerisch. Mir wurde heiß und kalt, kalt vor allen Dingen, weil ich gerade einen meiner Finger ins Eiswasser mit Plörre hielt. Ich legte noch einen zweiten Finger dazu, um meine Körpertemperatur weiter zu senken.

Sie legte beide Arme auf meine Schultern. Wir waren uns ganz nahe. Körperlich und auf Augenhöhe sozusagen. Ihre Augen näherten sich den meinen, ihr Mund auch, und dann passierte es ...

Es klopfte. Sie drehte ihren Kopf in Richtung Türe.

»Hast du das auch gerade gehört?«, fragte sie und nahm mir damit meine Frage aus dem Mund, nicht nur die Frage.

»War das jetzt dein Herz oder hat wirklich jemand an der Tür geklopft?«, antwortete ich.

»Scherzbold.«

Schweren Herzens ließ ich von Leah oder Lena ab. Wir schauten uns fragend an, zumindest interpretierte ich das so.

»Willst du nicht schauen, ob jemand vor der Tür steht?«

Wollte ich? Es gab mehrere Gründe, es nicht zu tun. Der erste stand direkt vor mir. Die nächsten beiden lagen in meiner Erinnerung: zertrümmertes Büro, Anschlag mit verletztem Tarzan. Auf ein drittes Erlebnis dieser Art konnte ich heute Abend gut und gerne verzichten. Womit wir wieder bei Grund eins wären.

»Nein«, antwortete ich deshalb.

Es klopfte wieder, nicht laut, aber beständig. Konnte ich

den Menschen so einfach draußen stehen lassen? Und vor allem, um welchen Menschen handelte es sich überhaupt? Meine Neugier besiegte meinen Trieb. Kommt auch selten vor. Meistens gehen bei mir beide Hand in Hand. Jetzt legte sich meine Hand aber auf meine .38er.

»Uh«, sagte meine Begleiterin, als sie das silberne Glanzstück in meiner Hand sah. »Sieht gefährlich aus.«

»Könnte gefährlich werden. Und dafür ist dieses Ding hier gut. Bin Privatdetektiv und da weiß man nie, was im nächsten Augenblick passiert.«

Ich dachte, ich hätte Lena oder Leah gerade murmeln gehört: »Angeber.« Aber damit konnte ich mich jetzt wirklich nicht weiter beschäftigen.

Ich löste mich von meinem Besuch und schlich leise in den Gang meiner Wohnung. Gerade als ich mein Ohr auf die Tür legen wollte, klopfte es wieder. Ich wollte durch den »Spion« in der Tür schauen, um zu sehen, wer draußen war, stellte aber fest, dass ich gar keinen hatte. Memo: Spion einbauen lassen.

Ich schloss meine Hand fest um die Silberne, legte den Finger an den Abzug und riss die Tür auf. Ein völlig verängstigtes Gesicht schaute in den Lauf meiner .38er. Es war Jessica. Zitternd. Weinend. Frierend.

»Was machen Sie hier?«, fragte ich völlig perplex.

»Ich brauche Hilfe. Bitte. Ich wusste nicht wohin. Und Sie sagten doch, Clara hat Sie engagiert.«

»Ja, stimmt. Kommen Sie erst einmal herein.«

Ich zog sie in die Wohnung und schaute gleichzeitig in den Hausflur. Ich sah und hörte niemanden. Jetzt hatte ich zwei Frauen bei mir, was an sich ein interessanter oder reizender Gedanke sein kann. Aber gereizt war nun eher nur ich, weil ich das untrügliche Gefühl hatte, von den zweien war eine definitiv zu viel. Nur welche? Eine Entscheidung zu treffen, war nicht einfach. Lena oder Leah versprach Vergnügen, Jessica hatte mehr Spannung zu bieten. Und neugierig war ich auch, warum sie das Krankenhaus so Hals über Kopf verlassen hatte. Zugedröhnt war sie jedenfalls nicht. Es musste einen anderen Grund gegeben haben, warum sie sich aus dem Staub gemacht hatte. Und den wollte ich nur zu gerne wissen, deshalb entschied ich mich für Jessica, was mir, ehrlich gesagt, nicht leichtfiel.

Ich schob Jessica ins Badezimmer.

»Warten Sie hier«, sagte ich, schloss die Tür und ging zurück ins Wohnzimmer.

Jetzt hab ich's, Lena. Nein Leah. Gerade als ich ins Wohnzimmer wollte, sah ich durch den Türspalt, wie mein Gast kurz hochschreckte und meinen Laptop zuklappte. Sie hatte mich offenbar kommen hören, was nicht verwunderlich war, weil ich vom Gang aus nach ihr gerufen hatte. Lena stand auf und griff nach ihrer Handtasche, die sie schließlich vor sich hielt.

»Was machst du da?«, fragte ich.

»Ich warte auf dich.«

Eine Hand schob sich in ihre Tasche. Ihr Blick dabei war von verführerisch auf unschuldig gewechselt.

Was hatte sie an meinem Laptop gewollt?

»Wer war an der Tür?«, schob sie schnell eine Frage nach.

Irgendetwas stimmte mit Lena nicht. Ich war misstrauisch geworden, aber dem Gefühl konnte ich jetzt nicht nachgehen, ich musste, wollte sie loswerden, um mich um Jessica kümmern zu können.

»Äh, ja, tut mir leid. Besuch. Meine arme, alte Tante aus Amerika ist gerade zu Besuch gekommen.«

»Sehr witzig. Kannst du dir keine bessere Ausrede einfallen lassen, um mich loszuwerden?«

»Wie?«

»Ach, vergiss es.«

»Ja, du hast ja recht. Vielleicht kommt sie auch nicht aus Amerika. Aber, tut mir leid, die Arbeit ruft.«

»Was, so spät?«

»Ja. Manchmal kommt sie auch direkt in mein Haus und ruft. Es ist sehr wichtig. Ich muss mich um sie …, die Arbeit mein ich, kümmern. Sofort. Geht um Leben und Tod. Wie immer bei einem Privatdetektiv.«

Wieder glaubte ich das Wort »Angeber« gehört zu haben. Vielleicht täuschte ich mich auch. Ich sagte ja schon, das Alter. Zur Vergesslichkeit kam jetzt wahrscheinlich noch Schwerhörigkeit dazu.

»Könnten wir unser Treffen auf morgen oder wann auch immer verschieben?«

»Ah, verstehe«, sagte sie beleidigt, was sich allerdings gekünstelt anhörte.

Sie zog ihre Hand aus der Tasche, die sie immer noch vor sich hielt. Dabei klappte der Verschluss leicht auf und ich sah ein Glitzern, das auch von meiner .38er hätte stammen können. Hatte die Dame auch so einen netten Helfer für alle Lebenslagen dabei, wie ich ihn noch in der Hand hielt? Interessant. Sie kam mir zuvor.

»Steck das Ding bitte weg. Du machst mir Angst«, sagte sie und zeigte auf meine Pistole, auf was auch sonst, und schloss ihre Handtasche.

»Komm, Lena.«

»Leah.«

»Ja, du auch. Lass mich jetzt bitte mit meiner lieben, alten Tante allein. Es ist wirklich wichtig.«

»Okay, okay. Ich geh ja, schweren Herzens, denn der Prosecco war himmlisch. Und erst das Eis.«

Sie schritt an mir vorbei zur Wohnungstür. Ich sah ihr mit wehmütigen, aber auch skeptischen Blicken nach. Bevor sie mich endgültig verließ, drehte sie sich noch einmal um, blickte mir in die Augen und sagte:

»Überarbeite dich nicht, Kleiner.«

Ich sollte sie schneller wiedersehen, als mir lieb war.

Langsam liefen die Fäden zusammen. Was mir Jessica zu sagen hatte, war sehr aufschlussreich. Sie lud einiges bei mir ab, aus dem Rucksack, den sie ihr ganzes Leben schon mit sich rumtragen musste. Manches davon wusste ich ja schon.

Jessica hatte früh die Familie verlassen und war notgedrungen im Teenageralter selbstständig geworden. Sie schwänzte häufig die Schule und schloss sich schließlich Bens Clique an, der damals noch bei seiner leiblichen Mutter wohnte. Zuerst hatte sie allerdings, wie sie erzählte, ein Verhältnis mit Bens Freund Tom, den alle nur Stange nannten, weil er so dünn war. Als Stange völlig in die Drogenszene abrutschte, trennte sich Jessica von ihm. Sie war danach mit Ben zusammen und wurde schnell schwanger. Allerdings wusste sie nicht genau, wer der Vater ihres Kindes war. Ben selbst, der inzwischen zu seinem Vater umgezogen war, war nicht wirklich an einer Beziehung mit Anhang interessiert. Sex hatte für ihn eine größere Rolle gespielt und eine Schwangere wollte er nicht. Er ließ Jessica abblitzen, kümmerte sich nicht mehr um sie.

Es fiel Jessica schwer, über ihre Vergangenheit zu reden. Ben hatte sie damals sehr verletzt, das hörte ich aus ihren Worten heraus.

»Ich wollte das Kind, aber ich kam mit der ganzen Situation nicht zurecht«, sagte Jessica schließlich mit viel Verzweiflung in der Stimme.

Es folgte ein tiefer Absturz. Aber sie habe Glück gehabt, meinte Jessica. Ihre Tante hatte sich offenbar auf die Suche nach ihr gemacht und sie auch gefunden. Sie steckte sie sofort in eine Klinik. Und an dieser Stelle kam Elli ins Spiel. Jessica hatte Elli schon im Umfeld von Ben ab und zu gesehen. Sie wusste, dass sie seine Schwester war. Allerdings gehörte sie damals nicht zu seiner Clique.

In der Klinik traf Jessica wieder auf Elli. Sie freundeten sich an und schafften gemeinsam den Entzug. Auch danach verloren sie sich nicht aus den Augen. Elli besuchte Jessica oft in ihrer Dachwohnung. Eines Tages sei sie gekommen und habe ihr erzählt, sie vermute, dass ihr Bruder als Dealer unterwegs sei. Sie habe gehört, dass er sogar angefixten Stoff in der Szene verteile, um Leute abhängig zu machen, und ihn sogar an Minderjährige verticke. Sie wollte mehr darüber wissen, traute sich aber nicht zur Polizei zu gehen. Sie hatte Angst – vor den Dealern und auch vor Ben. Und auch Skrupel wegen ihrer Familie.

»Wir haben lange überlegt, was wir tun könnten und sind im Internet auf die Möglichkeit gestoßen, einen Privatdetektiv zu engagieren. Ich habe einmal Ihr Schild am Haus gegenüber gesehen und gedacht, ein Privatdetektiv in der Nachbarschaft, wie praktisch. Dass sie an dem Tag zu Ihnen gegangen ist, wusste ich allerdings nicht«, erzählte Jessica.

Sie sei an dem Tag gerade bei der Arbeit gewesen. Jemand habe sie angerufen und ihr gesagt, dass ihre Wohnung ausgebrannt sei.

»Ich war völlig von der Rolle und hatte keine Gedanken mehr für Elli. Ich musste mich um Clara kümmern und um eine neue Unterkunft. Glücklicherweise hat uns meine Tante gleich wieder aufgenommen. Doch es funktionierte nicht mehr so richtig. Wir bekamen schnell Streit. Was vor allem auch an mir lag. Ich war fix und fertig. Ich hatte das

Gefühl, ich krieg mein Leben doch nicht auf die Reihe. Es war wie zuvor schon, immer, wenn es bei mir eine Zeit lang gut lief, ging irgendetwas schief. In früheren Zeiten hab ich dann einfach irgendetwas geraucht und das Leben erschien mir danach nicht mehr so schlimm. Andere Leute greifen zur Flasche, ich drehte mir einen Joint.«

Jessica schwieg eine Weile. Sie saß zusammengekauert auf meinem Sofa und starrte vor sich hin. Dann sprach sie leise weiter, das Kinn auf ihre verschränkten Arme gelegt.

»Ben lief mir über den Weg. Ich dachte, schön dem Ex von früher zufällig mal wieder zu begegnen. Inzwischen glaube ich aber nicht mehr, dass es Zufall war. Er hatte Stange dabei, der offenbar die Kurve gekriegt hatte. Er wirkte jedenfalls nicht mehr wie ein Fixer, auch wenn er immer noch sehr dünn ist. Alte Zeiten kamen hoch, Ben fragte nach Clara, und, ich weiß auch nicht warum, aber die Gefühle von früher kamen wieder hoch. Als er ging, steckte er mir was zu und gab mir eine Adresse, wo ich mehr bekommen könnte. Und dann hab ich den Fehler gemacht, Bens Stoff auszuprobieren. Er war okay, ich fühlte mich gut drauf, fühlte mich wieder stärker und hab dann noch was geholt, bei dem Typen, den mir Ben empfohlen hatte. Doch der Stoff war nicht gut, gemixt mit etwas anderem. Es ging mir schlecht und mein Kreislauf sackte ab. Aber das wissen Sie ja.«

Jessica sah mich an. Ein leichtes Lächeln huschte über ihr Gesicht.

Im Krankenhaus habe sie fest vorgehabt, sich helfen zu lassen. Doch es kam anders.

»Heute Morgen lief ich durch die Klinik, ging in die Cafeteria. Plötzlich sah ich Ben. Ich bekam Angst. Ich wusste ja von Elli und ich fürchtete, dass er in der Geschichte irgendwie mit drinsteckt. Stange war auch bei ihm. Sie redeten sehr intensiv miteinander. Es sah nicht nach einem

Krankenbesuch aus. Vielleicht fürchtete er, ich würde ihn in etwas reinziehen, ihn verpfeifen, dass er mir Stoff gegeben hatte. Vielleicht dachte er, dass Elli und ich ...«

Jessica brach unvermittelt mitten im Satz ab. Sie war sehr blass geworden.

»Ich weiß, ich habe sehr panisch reagiert. Aber ich bin schnell zurück auf mein Zimmer, habe alles zusammengepackt und bin abgehauen.«

Jessica sackte zusammen und vergrub ihr Gesicht in ihren Armen. Sie hatte viel Ballast abgeladen und jetzt war sie erschöpft.

Eine halbe Stunde später lag sie in meinem Bett und schlief. Erst Clara, jetzt ihre Mutter und ich wieder Sofa. Wenn das so weitergeht, sollte ich mir ein zweites Bett zulegen.

Weil ich aber selbst gerade zur Zielscheibe für gewisse Herren mit Mopeds geworden war, konnte ich Jessica nicht bei mir lassen, das war zu gefährlich. Es war sicher das Beste, wenn sie wieder zu ihrer Tante zurückging. Das war auch das Beste für Clara. Und ich musste auf schnellstem Wege mir diesen Ben einmal vorknöpfen. Der spielte in dieser ganzen Geschichte eine wichtigere Rolle, als ich bisher angenommen hatte. Aber zuerst brauchte ich ein paar Stunden Schlaf.

Ich legte mich aufs Sofa, ich war hundemüde. Kein Wunder, während Jessicas Lebensbeichte hatte ich meine letzten Johnnie-Vorräte aufgebraucht. Memo: Morgen neue Flasche besorgen. Und Ben ... Bei diesen Gedanken schlief ich ein.

Am nächsten Tag brachte ich Jessica bei ihrer Tante unter und machte zwei Frauen sehr glücklich.

Danach zog es mich in eine andere Richtung, nämlich hinauf in die Halbhöhenlage, aber diesmal nicht zu Frau

Professor. Ich war auf der Suche nach dem Sprössling. Ich wollte mir seinen Tagesablauf näher ansehen. Ich legte mich auf die Lauer, in meinem Auto, vor der Professoren-Burg. Etwas weiter weg natürlich von der ritterlichen Behausung, denn in meiner Schrottkarre wäre ich hier direkt vorm Haus sicher aufgefallen, hier in der Gegend parkten nur Luxuskarossen. In den ersten zwei Stunden tat sich nicht viel. Es begann, langweilig zu werden. Ich wusste nicht, war der junge Herr in der Burg oder bereits ausgeritten. Ich beschloss, Frau Professor anzurufen.

»Was gibt es Neues von Elli?«, fragte ich.

»Sie hat mich heute Morgen angerufen und nach Ihnen gefragt. Sie will Sie unbedingt sehen.«

»Um was geht es?«

»Das will sie nur Ihnen sagen.«

»Haben Sie schon mit Ihrem Mann über Elli geredet?«

»Nein. Nicht direkt. Aber er weiß es, dass ich zu ihr gehe. Und es ist mir egal, wie er dazu steht.«

Wenn sie so sprach, war er wahrscheinlich nicht in ihrer Nähe.

»Ist der Herr Gemahl mal wieder auf Reisen?«

Mit dieser Frage versuchte ich, mich meinem eigentlichen Anliegen zu nähern. Manchmal muss man dabei kleine Umwege gehen.

»Ja, so könnte man sagen. Aber ich erwarte ihn heute Abend zurück.«

»Dann sind Sie allein. Niemand sonst da? Sturmfreie Bude sozusagen.«

»Wie? Ach, so.« Sie lachte kurz. »Ja, mein Sohn ist auch nicht da. Aber ich erwarte ihn später zum Essen.«

Bingo.

»Und unsere Haushälterin ist bei mir. So allein bin ich also nicht.«

Aber die Krähe interessierte mich nicht. Die andere Information war interessanter. Der junge Herr war zwar nicht da, aber offenbar im Anflug. Ich versicherte Frau Professor, dass ich so bald wie möglich zu Elli gehen würde, und legte auf.

Wieder war Warten angesagt. Ich schaute auf die Uhr. Bald Essenszeit. So lange konnte es also nicht mehr dauern. Und tatsächlich, pünktlich wie die Maurer tauchte der Sprössling auf. Im Cabrio, mit einem Typen an seiner Seite. Ben fuhr nicht in die Garage, sondern hielt vor dem Haus an. Es sah so aus, als ob er nicht lange bleiben wollte.

Doch Ben stieg nicht aus seinem Cabrio aus. Er redete intensiv auf seinen Begleiter ein. Er gestikulierte wild mit seinen Händen, es sah so aus, als ob sie stritten. Ich sah mir das Schauspiel in Ruhe an. Es dauerte allerdings nicht allzu lange an. Offenbar hatten sie sich wieder beruhigt. Ben stieg aus und ging ins Haus. Sein Begleiter blieb zurück.

Eine Viertelstunde tat sich nichts. Dann verließ auch der Begleiter das Fahrzeug. Er lehnte sich ans Heck des Cabrios und zündete sich eine Zigarette an. Es war nicht Stange, der Typ war stämmig, nicht dürr, gut durchtrainiert, trug Shirt, Jeans und Sneakers. Irgendwo hatte ich das Gesicht schon einmal gesehen, aber mir fiel nicht ein, wo.

Der Typ ging schließlich ein paar Meter die Straße hinunter und hielt an einer Stelle an, von der man einen guten Überblick über die Innenstadt im Tal hatte. Nach zehn Minuten kehrte er wieder zum Cabrio zurück und stieg ein. Nur kurze Zeit später tauchte Ben wieder auf. Viel Zeit für das Mittagessen hatte er sich offenbar nicht genommen. Aber er sah anders aus. Ben hatte sich umgezogen, trug jetzt einen sportlichen Anzug und hatte eine Tasche dabei, die er auf den Rücksitz warf. Ben sprach kurz mit seinem Kumpel, ging dann ums Auto herum und setzte sich wieder auf den Fahrersitz. Ich startete meine Karosse, um bereit zu sein. Ein paar Sekunden später fuhr Ben los, mit mir als Nachhut.

Er hatte es offensichtlich eilig, denn Tempo sechzig in der Dreißigerzone hätte unseren Stadtsheriff sicher nicht erfreut. Vor der Blitzersäule am Alten Botanischen Garten bremste er kurz ab, um danach wieder zu beschleunigen. Wenn ich das Betty erzählte, da klickten aber sofort die Handschellen. In dieser Stadt fährt man nicht schneller als dreißig oder vierzig. Sonst ist man böse und muss ordentlich zahlen. Ich beschleunigte ebenfalls auf sechzig, um ihn nicht zu verlieren. Ich durfte das, ich war im Einsatz. Kein schlechtes Gewissen.

Ben verließ die Stadt, folgte eine Weile lang auf der Schnellstraße dem kleinen Fluss im Tal, um dann über die Dörfer in die Nachbarstadt zu kommen, nicht in die große unter den blauen Bergen, sondern in die kleine und gut katholische. Das Duo stellte seinen Wagen in einem Parkhaus ab.

Da war ich schon mal, dachte ich, ist noch gar nicht so lange her. Und zwar als ich vor Kurzem das Alfa-Männchen verfolgt hatte und auf Silberlocke und Pippa getroffen war. Und nicht nur das Parkhaus war dasselbe. Auch die Kneipe, der Ben und sein Kumpel entgegenstrebten. Verzeihung. Nicht Kneipe, sondern Edelrestaurant. Ben zeigte seinem Begleiter an, dass er draußen warten sollte. Seine Bekleidung entsprach wohl nicht dem, was man normalerweise in diesem Edeletablissement von seinen Gästen erwartete. »Du musst draußen bleiben« stand zwar nicht an der Tür, aber galt als ungeschriebenes Gesetz für die Anzugslosen. Ben dagegen passte mit seinen feinen Designer-Klamotten da rein.

Ben blieb im Eingangsbereich des Lokals stehen und zückte sein Handy. Plötzlich erhob sich jemand in dem Lokal. Er hielt auch ein Smartphone in der Hand. Nun knutsch mich doch ein Elch. Wer stand da mitten im Lokal? Kaum zu glauben. Das Alfa-Männchen. Und wenn mich meine schon stark dezimierten grauen Zellen nicht trogen, saß ihm am Tisch der Typ gegenüber, der auch beim letzten Mal hier im Lokal mit ihm zusammengesessen hatte. Zufall? Ich sagte schon, ich glaube nicht an Zufälle. Mister Alfa redete kurz mit seinem Gegenüber und ging danach zur Tür.

Ben und das Alfa-Männchen kannten sich offenbar sehr gut. Klar, Frau Professor hatte mir ja davon erzählt, dass Ben bei dem Import-Export-Typen gearbeitet hatte. Wie sich eines doch zum anderen fügt. Die zwei gingen kurz aus dem Lokal. Ich musste meine Position wechseln, um sie weiter beobachten zu können, was allerdings schwierig war, denn jetzt kam Bens Begleiter ins Blickfeld. Er stand nur wenige Meter von mir entfernt, mit einer Zigarette in der Hand, die er genüsslich paffte. Offensichtlich Kettenraucher. Ich konnte nicht weiter, keinen Schritt, sonst hätte er mich gesehen. Ich zog mich an den alten Beobachtungsposten zurück. Nicht viel später erschien das Alfa-Männchen wieder im Lokal und ging an seinen Tisch zurück.

An wen sollte ich mich nun halten? An meine eigentliche Zielperson Ben oder an das Alfa-Tier? In dem Augenblick klingelte mein Handy. Zufall? Ich sagte ja schon, ich … ach egal.

Es war die Alfa-Frau. Sie klang sehr nervös und aufgeregt. Sie sagte mir, sie wolle ihren Auftrag sofort zurückziehen. Ich solle ihr eine Rechnung schreiben und alles wäre gut. Sie vertraue ihrem Mann, er sei treu und gehe sicher nicht fremd, und so weiter. Es war ein bisschen zu viel »und so weiter«, was mich misstrauisch machte. Außerdem schien sie kurz vor einem Heulkrampf zu stehen. Seltsam, eigentlich sollte man doch froh sein, wenn man glaubt, dass der

Herr Gemahl nicht in fremden Gewässern fischt. Wieso der plötzliche Sinneswandel?

Während ich mit der Alfa-Frau telefonierte, war Ben mit seinem Begleiter verschwunden. Ich holte die beiden bis zum Parkhaus sicher nicht mehr ein, also blieb ich erst einmal hier. Ich konnte mich später wieder um Ben kümmern. Ich wusste ja, wo sein Haus wohnt.

Das Telefongespräch gerade eben hatte mich zudem neugierig gemacht. Und so schnell zieht man mich nicht von einem Fall ab. Ich ließ mich also wieder auf meinem Beobachtungsposten nieder, von wo man einen guten Blick auf die beiden Speisenden hatte. Die zwei im Lokal machten keine Anzeichen aufzubrechen. Ein Gang folgte dem nächsten. Bei dem, was sie alles serviert bekamen, stellte sich langsam auch bei mir Hunger ein. Ich hatte heute noch nicht gerade viel zu mir genommen. Mein Magen knurrte. Ich konnte ihn nur zu gut verstehen.

Eine Viertelstunde später wurde es wieder interessanter. Eine Dame kam ins Lokal. Gut angezogen, gut aussehend. Fremdländisch. Und es war nicht schwer zu erkennen, wer hier hereinstöckelte. Die strahlende Blume Südamerikas: Rosa Flores. Und ganz in Rosa, was sehr gut zu ihrem Teint passte. Beide Männer spritzten auf und bekämpften sich gegenseitig, wer ihr zuerst den Stuhl zurechtrücken durfte. Glücklicherweise landete sie nicht auf dem Boden, sie war offenbar solche Hahnenkämpfe gewohnt.

Sofort begannen die drei ein reges, intensives Gespräch. Rosa nahm nicht am Gänge-Menü der beiden Männer teil, kratzte sich aber was Weiches und was Hartes von der Käseplatte. Und ein Glas Roten dazu, den verweigerte sie auch nicht. Sicher edel und nicht gerade billig der dunkle Wein, der ebenfalls sehr gut zu ihrem Teint passte. Ich war schon überrascht, was ein Späher wie ich auf diese Entfernung so alles wahrnehmen konnte. Häuptling Adlerauge war offenbar doch noch nicht so alt und gebrechlich. Dabei half mir natürlich auch das Licht der Mittagssonne, die das Innere des Lokals ausgiebig ausleuchtete, damit die Gourmets auch erkennen konnten, wie edel und kunstvoll das war, was sie gerade verspeisten und tranken. Mittagssonne ist gut. Wir hatten inzwischen schon den frühen Nachmittag erreicht. In dem Lokal ließ man sich ausgiebig Zeit mit einem Zwanzig-Gänge-Menü.

Das Trio hatte es auch nicht eilig. Noch ein Wein und noch ein Dessert. Das braucht Zeit. Die Rechnung möchte ich am Ende nicht begleichen müssen. Musste ich auch nicht, das übernahm der Fremde am Tisch. Er gab offenbar auch ein fürstliches Trinkgeld, der Chefkellner kam gar nicht tief genug nach unten beim Verbeugen, streifte schon fast den Boden dabei.

Bitte nach Ihnen, bitte nach Ihnen, die drei kamen vor lauter Höflichkeit gar nicht durch die Tür. Als sie schließlich draußen waren, folgte ich ihnen. Dezent, von Schatten zu Schatten, was bei der Sonne gar nicht so leicht war. Die Verfolgung gestaltete sich auch deshalb nicht so einfach, weil sich mit mir ein weiterer Schatten im gleichen Tempo bewegte. Es sah so aus, als sei noch jemand hinter dem Trio her. Ben oder sein Kumpel? Ich konnte nur die Umrisse der Gestalt ausmachen, aber nicht erkennen, ob es sich um einen von den beiden handelte. Der Typ hielt sich zu sehr im Schatten und war schneller weg, als ich schauen konnte. Vielleicht war es einer meiner Kollegen? Die trifft man immer dann, wenn man sie am wenigsten erwartet.

Am Parkhaus angekommen, trennte sich das Trio. Alfa-Mann und Rosa-Frau stiegen in ein Auto, der Dritte in ein anderes. Und ich in meines. Ich fuhr dem Pärchen hinterher, der Fremde interessierte mich nicht. Wohin wollten

Alfa und Rosa? Als es Richtung Heimat ging, konnte ich mir vorstellen, wohin die kurze Reise führen sollte. Ins Hotel. Über dem Tal.

Das Alfa-Männchen stellte seinen Flitzer auf dem Parkplatz vor dem Hotel ab. Ich tat es ihm einige Minuten später gleich, nachdem die beiden ausgestiegen und im Hotel verschwunden waren. Ich wartete ein paar Minuten, um zu sehen, ob das Alfa-Männchen gleich wieder herauskommen würde. Es kam nicht. Waren die beiden nun endlich in ihrem Hotelzimmer verschwunden oder nahmen sie nur einen kleinen Drink am frühen Abend an der Bar? Die Antwort drauf war mein nächstes Ziel. Ich war einfach neugierig, auch wenn mir die Alfa-Frau den Auftrag entzogen hatte. Gerade als ich aussteigen wollte, öffnete sich die Tür an einem anderen Fahrzeug, das nur wenige Meter von mir entfernt stand. Eine Frau stieg aus, die ich nur zu gut kannte. Als sie die Tür geschlossen hatte, blickte sie zu mir herüber, aber sie konnte mich nicht in meinem Auto gesehen haben, denn die Sonne stand günstig für mich und blendete sie. Ich rutschte sofort in meinem Sitz nach unten.

Es dauerte nur eine Minute und sie war ebenfalls im Hotel verschwunden. Allerdings hatte sie das Gebäude nicht durch den Haupteingang, sondern eine Tür an der Seite betreten. Dienstboteneingang wahrscheinlich. Ich stieg aus und schlich zwischen den Fahrzeugen auf dem Parkplatz hindurch zum Hoteleingang. Ich war gespannt, ob ich im Foyer auf Lena oder Leah, oder wie sie auch hieß, stieß. Sie war zu meiner Verwunderung nicht da. Ich hatte vermutet, da sie gerade angekommen und ins Hotel gegangen war, dass nun ihre Nachtschicht beginnen würde. Aber die Rezeption war leer. Dafür war die nicht mal so kleine Hotelbar ganz gut gefüllt. Zum Beispiel mit Alfa und Rosa. Sie saßen mit ihren Drinks am Bartresen und schienen sich gut zu amüsieren. Der Gockel gockelte und sie kicherte immer wieder in Abständen dazu. Ich besorgte mir ebenfalls einen Drink und setzte mich etwas abseits an einen der Tische in der Bar. Da ich keine Zeitung mit Loch in der Mitte dabeihatte, musste ich mir etwas anderes einfallen lassen. Ich schnappte mir die Getränkekarte und studierte eifrig die Gesöff-Liste. Zwischendurch blickte ich immer wieder aufgesetzt gelangweilt durch die Gegend. Aber es war gar nicht notwendig, sich so eifrig als normaler Hotelgast auszugeben, die beiden waren so sehr mit sich selbst beschäftigt, dass sie mich gar nicht bemerkten.

Dafür nahm mich jemand anderes wahr.

»Was machst du denn hier?«, fragte mich eine Stimme von der Seite.

Ich zuckte unwillkürlich zusammen und drehte mich um. Es war Lena. Oder Leah. Oder wie auch immer.

»Durst«, sagte ich etwas einfallslos und hob meinen Drink in die Höhe.

»Hier bei uns im Hotel? Ich habe dich hier in der Bar aber noch nie gesehen.«

»Ich liebe die Abwechslung«, antwortete ich, »und heute hatte ich Lust auf Hotelbar.«

»Quatsch, du bist bei der Arbeit«, sagte sie unverblümt. »Wen beschattest du? Den?«

Sie zeigte auf einen Mann, der lustlos an seinem Drink nuckelte, und setzte sich zu mir an den Tisch.

Wenn das so weiterging, konnte ich meine Beschattung aufgeben. Dann wurde das Paar am Tresen auf mich aufmerksam und das war für einen Privatdetektiv das Aus. Also gab ich mein Vorhaben auf und widmete mich voll und ganz Lena. Ich wollte so schnell wie möglich aus der Bar hier heraus. Mit Lena oder Leah oder wem auch immer.

»Ich habe dich gar nicht an der Rezeption gesehen. Hast du heute keinen Dienst?«, fragte ich sie.

»Nein, heute nicht.«
Verdammt, mein erster Versuch war gescheitert.
»Warum bist du dann hier?«
»Durst«, sagte sie und lächelte. »Aber das ist mir hier zu teuer auf Dauer. Komm mit raus, in der Besenkammer habe ich eine Flasche deponiert, die wir zusammen trinken können.«
Wer sagt's denn. Manchmal hilft auch der Zufall, wobei ich ja nicht an Zufälle … spielt jetzt aber keine Rolle.
Als wir im Foyer waren, verschwand sie kurz alleine ohne mich in der Besenkammer, und kam gleich darauf mit einer Flasche Prosecco zurück. War vielleicht besser so.
»Hier, ich möchte mich noch für deine tolle Einladung neulich revanchieren. Ich hab hier was Tolles, das trinkst du doch so gerne«, sagte sie lachend.
Wir gingen nach draußen, nicht weil es mein Wunsch gewesen wäre, sondern weil sie darauf gedrängt hatte. Wahrscheinlich wollte sie einfach mit mir alleine sein, ganz romantisch unter dem blauen, weiten Firmament. Meine Vorfreude war groß: Wir sitzen auf der Mauer, Arm in Arm, eng umschlugen, schauen ins Firmament und auf die wunderbare Landschaft vor uns, seufzen kurz auf und dann ab in die …
»… ein Glas und dann gehst du sofort nach Hause«, unterbrach sie meine Gedanken. »Sonst krieg ich Ärger, ich kann nicht mit den Gästen stundenlang herumhängen.«
Stundenlang war übertrieben. Sie hatte jedem von uns ein Glas eingeschenkt und ihres in einem Schluck geleert. Außerdem hatten wir uns in eine Ecke verzogen, die vom Hotel aus nicht zu überblicken war. Aber mehr ging offenbar heute nicht und außerdem war diese Zuckerbrause ebenfalls nur schwer zu genießen.
Ja, irgendwie hatte ich das Gefühl, sie wollte mich loswerden.

»Willst du mir nicht sagen, hinter wem du her bist und warum?«, fragte sie plötzlich, während sie mein Glas einsammelte und den Rest der Brause, der noch vorhanden war, ins Gebüsch leerte.

Ich schüttelte den Kopf.

»Ich bin hier, nur des Vergnügens wegen.«

»Quatsch.«

»Ich wollte dich wiedersehen, Lena.«

»Quatsch. Und ich heiße Leah.«

Ihr Ton schien ernster zu werden. Aus dieser Frau wurde ich nicht schlau. Aber aus welcher werde ich das schon.

Inzwischen hatte sie mich unmerklich in Richtung meines Wagens geschoben. Okay, ich hatte verstanden, ich war hier nicht mehr erwünscht. Ich beschloss, das Feld zu räumen. Als ich in meinen Wagen stieg, sagte sie:

»Und merke dir endlich: Ich heiße Leah.«

Ich schloss die Tür und fuhr davon, mit einem flauen Gefühl im Magen, was nicht nur an meinem Hunger lag.

Eine Tiefkühlpizza später – ich hatte sie mir schnell noch in einem Supermarkt besorgt – ging ich ins Bett. Gut, vorher hatte ich noch ein, zwei Johnnies geleert, aber dann horchte ich wirklich an meiner Lieblingsmatratze und war froh, dass an diesem Abend bei mir zu Hause keine Überraschung auf mich gewartet hatte. Das Sofa blieb heute Nacht leer.

Den nächsten Tag begann ich wieder mit einer Runde Joggen. Dann nach der Dusche Frühstück in meinem Café um die Ecke. Ich beschloss, gleich danach Elli im Krankenhaus aufzusuchen. Vorher wollte ich mir aber Bens Gewohnheiten noch einmal näher ansehen.

Meine Gedanken, denen ich im Café nachhing, wurden durch ein »Hallo« gestört. Es war Betty, die vor meinem Tisch stand.

»Woher weißt du, dass ich hier bin?«

»Das Auge des Gesetzes wacht überall«, antwortete sie schmunzelnd.

»Ich werde immer noch überwacht?«

»Wie kommst du denn darauf?« Sie schmunzelte noch immer.

»Okay. Was gibt's?«

»Elli will dich sehen. Das hat mir der Beamte, der vor ihrer Tür sitzt, mitgeteilt.«

»Hat sie gesagt, warum? Ist die Erinnerung wieder zurück?«

»Sicher nicht. Das wüsste ich. Der Beamte meinte aber, sie wirke sehr nervös.«

»Ich gehe nachher zu ihr.«

»Ich komme mit.«

Betty bestellte sich einen Kaffee.

»Ja, kannst du gerne. Ich freue mich immer, wenn du in meiner Nähe bist. Ich fühle mich dann so sicher.«

»Idiot.«

»Ich liebe deine Komplimente«, sagte ich.

Ihr Gesichtsausdruck war ernster geworden.

»Du wirkst so nachdenklich«, startete ich einen Versuch, sie auszuhorchen.

»Irgendetwas ist im Busch«, sagte sie. »Auf meiner Dienststelle sind sie sehr unruhig. Mein Chef holte mich gestern zu sich und sagte mir, die nächsten Tage sollte ich vorsichtiger zu Werke gehen. Kein Aufsehen erregen. Einfach normalen Dienst tun. Warum er mir das sagte, weiß ich nicht. Er wollte es mir nicht verraten. Es war seltsam. Ich kenne ihn doch. Da gibt es etwas, das ich offenbar nicht wissen soll.

Gut, dann mache ich also meinen normalen Dienst«, sagte Betty verärgert.

»Und frühstückst mit mir. Das nennst du normal?«

»Ja, das ist Arbeit. Ich verhöre dich im Hier und Jetzt.«

»Mich? Was willst du wissen?«

»Was du so die ganzen Tage treibst.«

»Das weißt du doch. Du lässt mich doch von deinen Spannern beschatten.«

»Ja, stimmt, aber nicht die ganze Zeit. Dafür haben wir gar nicht genug Leute. Der Staat spart zu viel, wir sind unterbesetzt. Also, was hast du gestern so getrieben?«

»Nicht viel. Ach ja, Moment, sagte ich. Das ist vielleicht wichtig für dich. Jessica ist bei mir aufgetaucht. Ich habe sie zu ihrer Tante und zu ihrem Kind gebracht. Sie will die Therapie weitermachen. Hab bitte ein Auge auf sie.«

Betty war von dieser Entwicklung überrascht.

»Warum sagst du mir das nicht früher?«

Ich zuckte mit den Schultern.

»Hat sie dir gesagt, warum sie aus dem Krankenhaus abgehauen ist?«

»Dort war es ihr zu hektisch. Sie wollte in einen geschützteren Rahmen. Und dann nach einer geeigneten Therapie schauen«, log ich.

Betty musste nicht alles wissen.

»Ich kann sie nicht aufhalten. Eine Therapie muss sie sowieso freiwillig machen, sonst nutzt sie nichts.«

»Die macht sie. Da bin ich mir sicher.«

»Das hoffe ich.«

Ich wollte Betty nicht mehr erzählen. Wenn ich so dicht an einer Sache dran war wie jetzt gerade, dann arbeitete ich immer lieber alleine. Betty störte jetzt.

»Ich muss jetzt noch kurz etwas erledigen«, sagte ich, als ich mit dem Frühstück fertig war.

Betty sah mich verärgert an, aber sie sagte nichts. Ich zahlte, auch ihren Kaffee, und stand auf.

»Muss los. Wir sehen uns nachher. In einer Stunde oder so.«

Ich spürte Bettys Blicke in meinem Rücken, als ich das Café verließ. Sie hatte kein Wort mehr gesagt und das besagt viel bei Betty. Das würde ich sicher noch zu spüren bekommen.

Aber ich hatte keine Zeit, mir darüber Gedanken zu machen, ich wollte hinauf zur Professorenburg, die ich wenige Minuten später auch erreichte. Der Blick von hier oben auf die Altstadt im Tal war umwerfend. Kein Wunder, dass diese Wohnlage so teuer war, viel zu teuer für mich. Ich erreichte Silberlockes Schloss. Vor dem Areal stand das Cabrio des Sohnemanns. Er war also zu Hause und war offenbar auf dem Sprung, denn sonst hätte der Renner in der Garage gestanden. Ich richtete mich auf dem Fahrersitz meines Wagens ein und wartete. Es war sehr ruhig hier in der Straße. Ein paar Minuten später fuhr allerdings ein Auto langsam an mir vorüber. Ein dunkler Oberklassewagen. Die beiden Männer, die drinsaßen, sahen zu mir herüber. Ich kannte sie nicht. Vielleicht sollte ich doch vorsichtiger hier oben sein. Hier lebte zwar jeder hinter seiner Mauer ganz abgeschottet für sich, es gab aber genug Sicherheitspersonal, das ein Auge darauf hatte, was sich vor dem Burggraben abspielte. Und in letzter Zeit war ich mit meinem Wagen hier schon zu oft aufgetaucht.

Ich wartete eine Stunde, bis Ben schließlich auftauchte. Er kam nicht aus dem Haupteingang, sondern aus der Garage. Ben steuerte sofort seinen Flitzer an, stieg ein und fuhr los.

Sorry, Betty, du musst warten, sagte ich mir und heftete mich an Bens Fersen.

Die Fahrt ging durch die Altstadt. Vor einem Fachwerkhaus hielt er an. Zwei Männer kamen heraus. Der eine von ihnen war der, den Ben gestern in seinem Auto mitgenommen hatte. Der andere war recht hager und trug mittellange, dunkle Haare.

Wohin wollte das Trio? Sicherlich zu keinem Männerausflug mit Strohhut und Bierkisten. Die Fahrt ging durch die Stadt. Ben drehte zwei Runden, ehe er auf die Schnellstraße Richtung Landeshauptstadt zusteuerte. Es sah so aus, als ob er sichergehen wollte, dass ihm niemand folgte. Ich hatte Mühe, an ihm dranzubleiben. An der Blitzersäule, die versteckt an der Schnellstraße stand und die in den vergangenen Monaten Millionen in die Kassen der Behörden eingespielt hatte, ging Ben vom Gas. Ich schloss auf, war aber noch zu schnell und wurde geblitzt. Das war es mir wert.

Weiter ging es an endlosen Feldern vorbei Richtung Hauptstadt. Auf dem Rest der Strecke hatte ich keine Mühe, Bens Wagen im Blick zu behalten. Der Verkehr war dichter geworden, alle Fahrzeuge bewegten sich jetzt wesentlich langsamer fort. Meine Karre hielt gut mit. Bevor es hinunter in den Kessel ging, in dem das Stadtzentrum lag, bog Ben nach rechts ab. Ein paar Kilometer weiter erreichten wir ein Industriegebiet.

Was machte ich eigentlich hier? War Ben wirklich so interessant, dass ich ihm so weit hinterherfuhr und dabei Betty und letztlich auch Elli versetzte? War es Intuition? Bauchgefühl? Möglich. Oder einfach, weil ich wollte, dass die Story endlich weiterging und sich alle Fragen auflösten.

Vor einer großen Lagerhalle hielt Ben an. Er stieg aus, seine beiden Begleiter blieben im Wagen. Ich stoppte mein Fahrzeug in sicherer Entfernung am Straßenrand.

Nach ein paar Minuten passierte mich allerdings ein dunkles Fahrzeug, das mir bekannt vorkam. Ich war mir sicher, dass es derselbe Wagen war, der gerade eben vor der

Professorenvilla an mir vorübergefahren war. Und auch die Gesichter in dem Fahrzeug kamen mir bekannt vor. Allerdings hatten die Sonnenbrillen-Typen Allerweltsgesichter. Ich schien für sie nicht von Interesse zu sein. Sie für mich im Augenblick aber auch nicht, denn etwas anderes erregte meine Aufmerksamkeit. Wie aus dem Nichts tauchte auf dem Gelände der Lagerhalle plötzlich ein Gesicht auf, das ich hier nicht vermutete hätte. Es gehörte zu Rosa Flores. Die flotte Rosa aus Südamerika ging direkt auf Ben zu. Und der war keineswegs überrascht, sie hier zu sehen. Sie kannten sich. Rosa führte Ben in die Lagerhalle.

Wieder war Warten angesagt. Es blieb mir nichts anderes übrig. Ich holte mein Handy hervor, um zu sehen, wie viel Uhr es war. Ich hatte reichlich überzogen, Betty war sicher sauer auf mich und es wurde langsam eng, wenn ich noch zu Elli wollte. Betty würde mir sicher die Hölle heißmachen. Das war nicht gut. Trotzdem, das hier ging vor.

Nach einer guten halben Stunde kam Ben alleine aus der Lagerhalle. Er schaute sich um, lief dann eiligen Schritts Richtung Cabrio und stieg zu seinen Kumpels ein. Er drehte sein Fahrzeug, hielt wieder am Straßenrand, stand nun in Fahrtrichtung zu mir. Sekunden später hörte ich, wie sich ein riesiges Tor der Lagerhalle öffnete. Es dauerte eine Weile, bis sich etwas tat. Die Motorengeräusche waren dann aber nicht zu überhören und ein Lastwagen kam aus dem Tor. Als er im Freien war, sah ich die Beschriftung auf der Seite: Jetzt schau da: *Hogman – Import-Export*. Warum überraschte mich dieser Schriftzug auf der Seitenwand jetzt nicht?

Ben startete sein Cabrio und fuhr los. Der Lastwagen folgte ihm. Auch ich wendete mein Fahrzeug und hängte mich an den Tross. Er fuhr über Umwegen zurück zur Schnellstraße. Ich hielt Abstand, was kein Problem war, denn den Fünfzehntonner konnte man auch aus größerer

Entfernung noch erkennen. Nur, ich hatte das Gefühl, dass ich nicht der Einzige war, der diesem Tross folgte. Es war aber nur so ein Gefühl, denn ich konnte nicht ausmachen, welches Fahrzeug noch in diese Geschichte involviert war. Es waren zu dieser Zeit zu viele Autos auf der Schnellstraße unterwegs. Es war der Beginn der Rushhour.

Die Fahrt ging durch einen langen Tunnel, vorbei an meiner Nachbarstadt hinauf auf die blauen Berge. Möglicherweise war ich doch der einzige Verfolger gewesen, denn an allen Fahrzeugen um mich herum war nichts Auffälliges zu entdecken. Das Tempo war nicht allzu hoch, der Tross hielt sich strikt an jede Geschwindigkeitsbegrenzung auf der Strecke, was ungewöhnlich war.

Auf der Hochebene angekommen, führte die Fahrt an einem kleinen, unscheinbaren Dorf vorbei hin zu einem Gebiet, das früher einmal den amerikanischen Streitkräften gehört hatte. Jetzt befand sich dort ein Gewerbepark. Hier auf der Hochfläche war wenig Verkehr. Ich musste vorsichtig sein, ein einzelnes Fahrzeug fiel hier oben eher auf als unten in der Stadt. Ich ließ mich zurückfallen. Es war sowieso klar, wo es hinging. Der Tross steuerte den Gewerbepark an. Ich fuhr an dem großen Areal vorbei und hielt erst ein paar Hundert Meter weiter an einem Feldweg an. Ich wartete, bis der Tross aus meinem Blickfeld verschwunden war. Ich konnte ihn nicht verlieren, weil der Gewerbepark nur eine Zufahrt hatte, der Lastwagen konnte also nicht auf der anderen Seite das Gebiet wieder verlassen. Und weil er auch nicht sofort zurückkam, wusste ich, dass er irgendwo in dem Areal eine Halle gesucht und auch gefunden haben musste.

Ich fuhr auf dem Feldweg näher an den Gewerbepark heran, stellte mein Auto von einer Baumgruppe verdeckt ab, stieg aus und rannte in der Deckung weiterer Bäume in

Richtung der Lagerhallen und Firmengebäude. Als ich die ersten Häuser erreicht hatte, drosselte ich mein Tempo. Nur nicht auffallen. Ich schlenderte die Straße entlang, immer nach dem Lastwagen Ausschau haltend. Er musste hier irgendwo sein. Kein Mensch kam auf dem Bürgersteig an mir vorbei, allerdings gab es hier durchaus einige Betriebe, in denen mehr Leben war. Auf dem Grundstück, das ich gerade erreicht hatte, war dies allerdings nicht der Fall. Es lag viel Schrott herum und zwischen den Betonplatten, die einmal als Hof gedient hatten, wuchs hohes Gras. Die ganze Anlage sah heruntergekommen aus. Über diesen Hof konnte ich allerdings auf die andere Seite des Gewerbeparks gelangen. Dort wollte ich weiter nach dem Lastwagen suchen. Ich erreichte eine Straße, an der es mehrere Lagerhallen gab. Nach weiteren hundert Metern sah ich den Lastwagen. Dieselbe Marke, dieselbe Aufschrift – hier war ich richtig.

Mein Problem: Wie konnte ich mich ihm ungesehen nähern? Der Gewerbepark grenzte an landwirtschaftliche Flächen. Wenn ich es über die Felder versuchte, konnte man mich von der Lagerhalle aus, vor der der Lastzug stand, gut erkennen. Deshalb blieb ich erst einmal, wo ich war.

Ich sah mich weiter um. Nicht weit von mir entfernt arbeitete auf einem der Felder ein Bauer. Knorriges Gesicht, Blaumann. Er harkte an einigen Pflanzen herum. Ich beobachtete ihn von meinem Versteck aus. Nach wenigen Minuten schien er mit seiner Arbeit fertig zu sein. Er richtete sich auf, legte seine Harke beiseite, bestieg seinen Traktor und fuhr los. Er kam direkt an mir vorbei. Ich winkte ihm zu und er hielt an. Von oben beugte er sich zu mir herunter und fragte mich, was ich wolle. Ich gab mich als Interessent für gewerbliche Grundstücke aus und bekam die Antwort, dass es eine Zentrale gab, die die Lagerhallen und Grundstücke in dem Gewerbepark verwaltete und auch vermietete.

Wem die Halle gehörte, an der gerade der Lastzug geparkt war, wusste er nicht. Er kannte die Telefonnummer der Zentrale zu meiner Verwunderung auswendig. Ich notierte sie mir. Vielleicht konnte ich später herausfinden, wer der Mieter war. Ich bedankte mich und er fuhr weiter. Offenbar war ich nicht weiter von Interesse für ihn, denn er drehte sich nicht mehr nach mir um.

Für mich gab es ebenfalls Wichtigeres, denn es tat sich etwas an der Lagerhalle. Allerdings konnte ich von meiner Position nicht alles genau erkennen, deshalb schlich ich weiter zum nächsten Grundstück. Dort stand ein altes Gebäude, das wahrscheinlich früher als Unterkunft für die Soldaten gedient hatte. Es war in einem schlechten Zustand. Die Fassade hatte Risse und war wahrscheinlich seit den Militärzeiten nicht mehr erneuert worden. Ich ging an dem Gebäude entlang bis zur nächsten Ecke. Von dort aus hatte ich einen besseren Blick auf die Lagerhalle.

Der Lastwagen fuhr gerade wieder los, drehte sich um neunzig Grad und setzte zurück auf den Hof des Grundstücks. In der Lagerhalle öffnete sich gleichzeitig ein großes Tor. Ich schlich mich noch ein paar Meter weiter zu einer Baumgruppe und mehreren Büschen. So war ich noch näher dran. In mein Blickfeld kam nun auch die Vorderseite des Hauses, hinter dessen Ecke ich mich gerade versteckt hatte. Vor dem Gebäude war ein großer Parkplatz. Ich erkannte, dass der Gebäudekomplex in einer L-Form gebaut war, denn weiter hinten ragte ein Teil des Komplexes rechtwinklig nach vorne. In diesem Teil gab es im ersten Geschoss mehrere Fenster und darunter zwei Garagentore. Eins davon stand offen. Im Halbdunkel der Garage stand ein Auto, von außen kaum zu erkennen. Ich sah nur einen Reifen und einen Teil der Fahrzeugkarosserie. Doch das reichte, um zu erkennen, dass es sich mit großer Wahrscheinlichkeit um den Wagen handelte, der in letzter Zeit zweimal an mir vorübergefahren war. Sie wissen ja, was ich von Zufällen halte. Doch warum stand der Wagen dort? Und wo waren die beiden Insassen? Wenn die Typen zu dem Lastwagen gehörten, warum waren sie dann hier? Vielleicht um die Gegend abzusichern? Und wenn sie nicht dazugehörten, was wollten sie dann hier? Ich musste vorsichtig sein. Hier konnten überall Fallen lauern.

Ich wandte meinen Blick wieder Richtung Lagerhalle. Der Lastwagen rangierte im Rückwärtsgang in die Halle. Aber er passte offenbar nicht ganz in sie hinein, denn seine Fahrerkabine blieb im Freien. Etwas weiter rechts des Garagentors entdeckte ich auch Bens Cabrio. Er hatte es an der Seite der Halle abgestellt. Soweit ich sehen konnte, saß er noch im Wagen, während seine beiden Kumpels ausgestiegen waren und rauchten. Sie bewegten sich langsam Richtung Halle. Auch der Fahrer des Lastzugs verließ die Fahrerkabine. Plötzlich tauchten noch weitere Männer aus dem Innern der Lagerhalle auf. Von meinem Beobachtungsposten aus konnte ich zwar die Szenerie gut überblicken, aber ich konnte nicht sehen, was sich in der Halle abspielte. Die Neugier war zu groß, also beschloss ich, mir die Hogman-Lieferung genauer anzusehen.

Doch ich konnte ja nicht durch die Vordertür hineinschneien, also machte ich einen kleinen Umweg, um von hinten an die Lagerhalle heranzukommen. Zuerst musste ich einen Zaun überqueren, um auf einen Feldweg zu gelangen. Dies war der einzige Weg, um nicht von der Lastwagen-Gesellschaft wie auch von den Typen in der Garage gesehen zu werden. Ich kroch auf allen vieren den Feldweg entlang, bis ich weitere Büsche erreicht hatte, die mir Sichtschutz gaben. Jetzt konnte ich ein paar Schritte aufrecht gehen. Vor mir lag ein großes Feld mit Maispflanzen, die schön hochgewachsen waren. Ich pflügte mich durch die Pflanzen, bis ich die Rückseite der Halle erreicht hatte. Die rückwärtige Wand besaß keine Fenster und Tore, nur eine kleine Tür am rechten Rand. Doch die interessierte mich nicht so sehr. Eine andere Konstruktion war für meine Zwecke wohl besser geeignet. Es gab eine Außentreppe, die nach oben fast direkt unters Dach führte. Diese war wohl als zusätzliche Feuertreppe gedacht gewesen. Der Eingang, an dem die Treppe endete, lag in etwa vier Metern Höhe. Zwei Zwischenpodeste waren eingebaut, denn sonst wäre die Eisentreppe zu steil geworden. Sehr ungünstig für mich war nur, dass ich, wenn mich auf halber Höhe der Treppe jemand überraschen würde, ich ihm ohne Deckung schutzlos ausgeliefert wäre. Doch wer nicht wagt, der nichts gewinnt. Also rannte ich zur Treppe und kletterte mit schnellen Schritten nach oben. Endlich zahlte sich einmal mein tägliches Training aus. Innerhalb weniger Sekunden war ich auf dem oberen Podest und nur wenig außer Puste.

Ich näherte mich der Eingangstür mit vorsichtigen Schritten. Hier draußen war immer noch niemand zu sehen. Ich war gespannt, was mich drinnen erwarten würde. Seltsam eigentlich, dass sie keine Wachen aufstellen, wenn sie hier ein krummes Ding drehen, ging es mir durch den Kopf.

Als ich direkt vor der Tür stand, lösten sich zu meinem Leidwesen die Zweifel auf. Zwei Männer kamen unten um die Ecke. Sie waren mit Pistolen bewaffnet, soweit ich das von hier oben erkennen konnte. Weil sie sich miteinander unterhielten und offenbar nicht damit rechneten, dass sie von oben beobachtet wurden, schauten sie zum Glück nicht zu mir herauf. Das konnte sich aber schnell ändern, weshalb ich handeln musste, und das sehr rasch. So einfach war dieses Vorhaben aber nicht. Die Tür in vier Metern Höhe war abgeschlossen. Aber warum bin ich Privatdetektiv? Auch um so eine Tür in wenigen Sekunden öffnen zu können, vor allem, wenn sie ein normales und kein Sicherheitsschloss hatte. Weil in einiger Entfernung ein Hubschrauber über uns hinwegflog, der die Aufmerksamkeit der beiden Männer auf sich zog und der auch so viel Lärm machte, dass die unten mich hier oben nicht gut hören konnten, gelang es mir, unbemerkt ins Innere der Halle vorzudringen.

Als ich drinnen in der Halle war, musste ich sofort wieder handeln. Ich stand auf einem weiteren Podest, das von allen Seiten einsehbar war, weshalb ich mich blitzschnell auf den Boden warf. Von unten drangen Stimmen zu mir herauf. Die Meute war offenbar unruhig. Es klang nach Befehlen, aber auch nach kleinen Streitereien. Ich verstand aber kaum ein Wort, weil die meisten Gespräche in einer fremden Sprache geführt wurden. Wie sollte ich weiter vorgehen? Ich sah mich um. Nach links führte ein Metallsteg in luftiger Höhe zu einem Raum, von dem man die ganze Halle überblicken konnte. Rechts von mir war die Treppe, die das Podest mit dem Rest der Halle unten verband. Ich robbte mich zum Rand des Podestes vor. Ein dreißig Zentimeter hohes Metallband, das sich entlang des Steges zog, schützte mich vor den Blicken von unten. Als ich an die Kante gelangte, hob ich vorsichtig den Kopf. Ich konnte jetzt das Hinterteil des Lastzugs sehen. Die beiden Ladetüren waren sperrangelweit offen. Eine Handvoll Männer entlud das Fahrzeug. Links neben dem Lastwagen standen drei Motorräder. Edle Maschinen. Meine Freunde vom Moped-Club waren also auch hier. Wunderbar, da hatte ich sie jetzt alle beisammen: Ben und seine Freunde, die blumige Rosa und die Rockerbande. Fehlte nur noch das Alfa-Männchen. Und wenn man vom Teufel spricht …

Über den Lastwagen hinweg konnte ich nach draußen sehen. Ein roter Sportwagen fuhr vor. Unverkennbar ein

Alfa. Er hielt direkt vor dem Lastwagen, weshalb er jetzt aus meinem Blickfeld verschwunden war. Hinter dem roten Alfa hielt eine schwarze Limousine. Es war allerdings nicht der Wagen, den ich vor wenigen Minuten in der Garage gesehen hatte. Zwar gleich schwarz, aber ein anderes Fabrikat. Aus dem Wagen stieg ein alter Bekannter aus. Der Quadratschädel. Offenbar war er heute nicht mit seinem Motorrad unterwegs. Vielleicht war Regen angesagt und da sollte die Kutte doch nicht nass werden. Bis zu diesem Zeitpunkt war noch alles in Ordnung in und vor der Halle, wenn man bei einem illegalen Geschäft überhaupt von Ordnung reden konnte.

Es war die Ruhe vor dem Sturm, sozusagen, denn im nächsten Augenblick brach die Hölle los, ausgelöst von meinem Handy, das in meiner Jacke steckte. Es klingelte. Oder besser, es spielte laut eine Rockmelodie ab. Highway to Hell. Was hätte auch besser zu diesem Augenblick gepasst! Ich hatte vergessen, den Klingelton abzustellen. Gleichzeitig wurde die Tür hinter mir aufgerissen. Einer der beiden Männer, die den Kontrollgang um die Halle gemacht hatten, stand im Türrahmen. Er hatte seine Pistole in der Hand. Ich lag am seitlichen Rand des Podestes. Weil der Mann zu meinem Glück zuerst in die andere Richtung gespäht hatte, entdeckte er mich nicht sofort. Sein Pech, mein Glück. Ich zog meine Silberne und feuerte sofort auf ihn. Es war zu spät für Diskussionen. Es ging nur darum, wer schneller war. Und das war ich. Meine Kugel traf ihn in die Seite, was auf diese Entfernung keine Kunst gewesen war. Der Mann flog zurück gegen die Tür, gab aber im Fallen noch einen Schuss ab, der in die Decke ging. Durch das Handyklingeln und die beiden nachfolgenden Schüsse waren die Männer unten längst auf uns aufmerksam geworden. Sie waren ebenfalls von der schnellen Truppe. Befehle wurden gerufen und ich hörte Schritte auf der Metalltreppe. Es war Zeit, sich zurückzuziehen. Ich sprang auf und hastete zur Tür. In der nächsten Sekunde schlug unmittelbar neben mir ein Geschoss ein. Ich hörte den nachfolgenden Querschläger hinter mir.

Ich schob den getroffenen Wachmann beiseite, der mir die Tür versperrte. Er war zwar außer Gefecht, aber noch am Leben. Redete ich vorhin von Hölle? Was war dann das, was jetzt losbrach? Ohrenbetäubender Lärm, Geschrei, Schüsse, in der Halle war der Teufel los, was ja zu dem Höllenbild passt. Was sich da unten gerade abspielte, wollte ich nicht so genau wissen. Als Erstes versuchte ich, mich selbst in Sicherheit zu bringen. Gerade als ich die Tür öffnen wollte, warf ich noch einen Blick nach unten. Die ganze Halle war plötzlich bevölkert mit Männern in voller Kampfmontur. Und groß und dick stand darauf, zu welcher Truppe sie gehörten. Wunderbar, die Polizei, dein Freund und Helfer, ist offenbar doch immer da, wenn man sie braucht. Das SEK schwärmte in der Halle aus, gab Befehle und hatte innerhalb kürzester Zeit die Situation unter Kontrolle.

Mein Glück, trotzdem hatte ich keine Lust, mit ihnen Bekanntschaft zu machen. So schnell hätte ich sie wahrscheinlich nicht überzeugen können, dass ich zu den Guten gehörte. Es wurde mir zu heiß hier. Deshalb schwang ich mich durch die Eisentür nach draußen und prallte dabei direkt in den zweiten Wachmann, der eine Sekunde verdutzt dreinschaute, bevor wir beide die Treppe hinunterstürzten. Für mich war es zuerst nicht so schmerzhaft, weil ich auf den Typen fiel, der gut gepolstert war. Nach ein paar Stufen endete unsere gemeinsame Abwärtsbewegung auf einem der beiden Zwischenpodeste.

Ich war schneller auf den Beinen als er und trat zu, verfehlte allerdings meinen Kontrahenten. Im nächsten Augenblick hatte er sich ebenfalls aufgerichtet und war nun auf Augenhöhe mit mir. Aber nicht lange, denn einer meiner

Schläge ließ die Augenhöhe langsam zuschwellen. Er taumelte rückwärts gegen das Geländer. Dabei griff er nach mir und zerrte mich zu sich hin. Es begann ein Ringkampf, der sicher nicht den Regeln des Ringerverbandes entsprach. Tritte, Schläge, Aufstöhnen, nur Kratzen und Beißen fehlten. Vorerst. Nach ein paar Sekunden fielen wir gemeinsam auf den Boden. Direkt neben mir entdeckte ich meine .38er, die mir bei dem Sturz auf der Treppe aus der Hand gefallen war. Ich ergriff meine Silberne, zog sie hoch und zielte auf den Typen. Er hatte offenbar dieselbe Idee gehabt und lag nun halb aufgerichtet mit seiner Waffe in der Hand vor mir. Den Lauf auf mich gerichtet. Eine Pattsituation. Aber nur für eine Sekunde. Plötzlich fiel ein Schuss. Der Mann vor mir starrte mich ungläubig an, schaute auf meine Waffe, dann auf seine und schließlich an sich herunter. Blut drang aus seinem Oberkörper und er sank langsam nach hinten. Auch ich schaute ungläubig auf meine Waffe. Ich hatte doch nicht gefeuert. Der Schuss war von unten gekommen und hatte dem Typen von vorne die Brust durchlöchert. Ich drehte meinen Kopf und blickte auf die Treppe. Etwas unterhalb von mir stand der Schütze oder besser die Schützin. Es war Leah. Sie war gerade rechtzeitig gekommen und ich schwöre, dass ich ihren Namen nun nicht mehr vergessen werde.

Leah gehörte offenbar zu den Guten, denn sie trug wie das Sondereinsatzkommando der Polizei die Kampfmontur samt schusssicherer Weste und Helm. Sie kam auf mich zu, kniete sich aber zuerst neben den getroffenen Typen und fühlte seinen Puls.

»Er lebt noch«, sagte sie.

Sie nahm seine Waffe an sich, erhob sich und rief über ein Funkgerät, das an ihr Revers geklemmt war, Verstärkung.

Sekunden später stand sie direkt vor mir oder besser über mir.

»Idiot«, sagte sie. »Du hättest uns fast die ganze Tour vermasselt.«

»Immer gerne zu Diensten«, murmelte ich.

Es war schön, sie zu sehen.

Das wäre nun ein richtig schöner, ja fast romantischer Abschluss der Geschichte, aber sie war noch lange nicht zu Ende.

Doch zuerst stand Aufklärung an, denn wieso hätte ich ihr fast die ganze Tour vermasselt? Leah erklärte es mir. Es war so, wie es Babou angedeutet hatte. Ein Kartell aus Kolumbien hatte in Europa groß einsteigen wollen. Doch die Dealer hatten offenbar versucht, zuerst die Vertriebswege abzuchecken, und deshalb »nur« ein paar Hundert Kilo auf den Markt geworfen. Später sollte eine ganze Tonne Kokain folgen. Die Gewinnspanne in Europa ist bei Koks riesengroß. Für die Kolumbianer wäre es eine sehr einträgliche Geschichte gewesen. Ich gebe zu, dies alles erzählte mir Leah nicht so direkt. Sie bestätigte nur mit mehr oder weniger deutlichem Kopfnicken das, was ich ihr als mein Ermittlungsergebnis ausbreitete. Sie war schon etwas überrascht, dass ich so viel von dem Deal wusste.

Aber nicht alles. Auch sie hatte eine interessante Geschichte zu bieten. Mit einem breiten Grinsen und in wenigen Sätzen erklärte sie mir, dass die Dealer V-Männern der Polizei aufgesessen waren. Das ganze Geschäft hatte die Polizei von Anfang bis Ende überwacht. Auch sie hatte zu dem Team gehört. Leah hatte gewusst, dass Rosa Flores in dem Hotel absteigen würde, und war dort für die Beschattung der Südamerikanerin zuständig gewesen. Ich hatte sie dabei gestört. Sie wollte aber kein Aufsehen erregen, weshalb sie mich nicht aus dem Verkehr gezogen hatte. Wäre ihr auch nicht so leichtgefallen. Sie hatte sich an mich herangemacht, nur um zu erfahren, was ich von der ganzen Sache wusste. So wurde leider eine weitere meiner Illusionen zerstört. Die Nacht mit Leah war eine Notlüge gewesen, es hatte sie nicht gegeben, die Nacht. Eigentlich schade.

Die Lagerhalle auf der Alb-Hochfläche sollte den Dealern als Zwischenlager dienen. Von dort aus wäre der Stoff in kleineren Portionen in ganz Europa verteilt worden. Diesen Teil der Geschichte konnte ich mir nun selbst zusammenreimen. Doch zu weiteren Geschäften kam es jetzt vorerst nicht mehr, die Fahnder hatten die Dealer in flagranti, praktisch mit dem Stoff in den Händen, erwischt.

Der Zugriff hier in der Lagerhalle war, wie Leah mir noch mitteilte, schon vor Wochen geplant worden. Aus Angst vor einer undichten Stelle hatte die Sonderermittlungsgruppe die Polizei vor Ort in die ganze Aktion nicht eingeweiht. Eine andere Aktion war laut Leah deshalb vor Jahren einmal schiefgelaufen. Jetzt hatten sie es besser machen wollen. Die arme Betty. Sie hatte zwar etwas geahnt, aber nicht gewusst, was ablief. Sie war sicherlich unheimlich sauer.

Vier Mann des Sondereinsatzkommandos kamen um die Ecke. Drei von ihnen kümmerten sich um den angeschossenen Wachmann. Einer kam zu Leah und bestätigte ihr, dass alles unter Kontrolle war. Alle Drogendealer samt Alfa-Männchen und Rosa Flores waren festgenommen worden und wurden bereits abtransportiert. Von Ben hörte ich allerdings nichts. Ich wollte Leah gerade nach ihm fragen, als mein Handy klingelte. Leah sah mich mit kritischem Blick an. Wohl auch kein Highway-to-Hell-Fan.

»Sorry«, sagte ich und ging dran.

Am anderen Ende der Leitung war Betty. Sie war nicht gut

auf mich zu sprechen, vorsichtig ausgedrückt. Sie hatte bei Elli auf mich gewartet und war dann verärgert abgezogen. Zurück auf ihrer Dienststelle hatte sie von dem Einsatz hier erfahren. Als ich ihr erzählte, dass ich bereits alles wusste, weil ich den Einsatz miterlebt hatte, hob das ihre Stimmung nicht gerade. Ein Fluch folgte dem anderen. Wie ich vermutet hatte, Betty war so was von sauer.

»Du bist dort, wo die Musik abgeht, und ich drehe hier Däumchen, weil mich die Kollegen nicht informieren. Wir sind wohl nicht gut genug für die Damen und Herren der Landespolizei. Die sind die ganze Zeit hier herumgeturnt und haben uns nichts gesagt. Ich habe es erst jetzt erfahren, kurz vor dem Zugriff. Man vertraut mir offenbar nicht genug. Was für eine Unverschämtheit, was für eine …«

»Ich war ja dabei, meine Liebe. Ich kann dir später alles erzählen«, unterbrach ich ihren Sermon.

Mein kurzes Lachen, machte Betty noch wütender. Wie sie mich betitelte, kann ich hier nicht wiedergeben. Das wäre nicht jugendfrei.

Ich wollte Betty noch weiter am Kochen halten, als es in meinem Handy anklopfte. Gleichzeitig klopfte es in Bettys Handy an.

»Moment, da will jemand was von mir«, sagten wir völlig gleichlautend, wofür wir uns bei nächster Gelegenheit etwas wünschen durften.

Das, was wir, aus zwei unterschiedlichen Quellen erfuhren, war allerdings alles andere als ein Wunsch von uns.

»Was?«, sagten wir beide wieder zur selben Zeit.

»Willst du mich auf den Arm nehmen oder treten wir jetzt im Chor auf?«, sagten Betty und ich erneut gleichzeitig.

Vielleicht sollte der besseren Verständigung wegen nur noch einer reden.

Ich erwähnte ja bereits vor ein paar Minuten, dass das

noch nicht das Ende gewesen war. Man könnte sagen, das Ende, und zwar das dicke, kam jetzt erst.

»Ben ist bei seinen Eltern aufgetaucht«, sagte Betty, diesmal solo.

Dieselbe Information hatte ich auch erhalten, von Bens Mutter. Sie war völlig aufgelöst. Ihr Sohn sei außer sich, berichtete sie am Telefon. Er habe sie angeschrien, sie weggestoßen und sei in sein Zimmer gerannt. Kurz darauf sei er mit einer Tasche wieder herausgekommen und durch den Garten verschwunden. Ich erzählte Betty davon.

»Verdammt«, knurrte sie ins Telefon. »Was hat er nur vor?«, sagte sie noch, bevor sie auflegte.

Ich informierte Leah, dass Ben ihnen entwischt sei.

»Das glaub ich nicht«, sagte sie.

»Ist aber so.«

»Das werde ich herausfinden.«

Sie wandte sich ihrem Kollegen zu und gab weitere Anweisungen. Sanitäter kümmerten sich um den verletzten Wachmann. Es war viel los hinter der Lagerhalle, das Chaos nutzte ich, um zu verschwinden. Leahs Kollegen nahmen keine Notiz von mir, weil sie nach meinem lockeren Gespräch mit ihr wohl glaubten, dass ich irgendwie dazugehörte. Auch Leah selbst war jetzt viel zu beschäftigt, um sich um mich zu kümmern. Dass einer der Protagonisten durch ihr Netz geschlüpft war, schien sie ordentlich auf Trab zu halten.

Ich nahm den Weg, den ich gekommen war, rannte zu meinem Auto und fuhr sofort los. Unterwegs überholten mich zwei zivile Fahrzeuge der Polizei mit Blaulicht auf dem Dach. Sie waren natürlich schneller als meine Karre, aber ich hängte mich an sie dran und kam so einfacher durch den dichten Verkehr. Unsere Fahrt wurde behördlich dokumentiert durch – Moment: eins, zwei und drei … Der Letzte war ich, der an der Säule geblitzt wurde.

Ich kam fast gleichzeitig mit den Zivilfahrzeugen auf der Halbhöhenlage an. Betty war mit ihren Leuten schon da. Es entstand eine heftige Diskussion zwischen den SEK-Leuten und Bettys Truppe. Sie war sichtlich geladen. Ich schob mich an dem Menschenknäuel vorbei hin zur Professorengattin.

Ich versuchte, sie zu beruhigen und herauszufinden, was Ben vorhatte. Aber sie war keine Hilfe, denn in ihrer Aufregung war sie nicht in der Lage, einen klaren Gedanken zu fassen. Aus den Augenwinkeln sah ich, wie zwei Beamte auf Betty zugingen.

Sie hatten offenbar gerade mit Silberlocke gesprochen, der auf einer Bank saß und völlig in sich versunken schien. Der große Professor wirkte wie ein Häufchen Elend.

Ich näherte mich Betty. Sie wirkte bleich und fassungslos.

»Was ist los?«, fragte ich sie.

Betty schien mich jetzt erst richtig wahrzunehmen.

»Meine Kollegen haben mir eben berichtet, dass der Herr Professor einen Waffenschein und auch eine Pistole besitzt. Man sollte doch annehmen, dass ein Professor so viel Grips besitzt, eine solche Waffe wegzuschließen. Hat er aber nicht. Und jetzt fehlt sie. Ben muss sie sich geholt haben. Und jetzt läuft ein Verrückter mit einer scharfen Waffe durch die Gegend.«

»Was glaubst du, hat er vor?«

»Was weiß ich. Sicher nichts Gutes! Wir müssen den Typen so schnell wie möglich finden.«

»Elli könnte in Gefahr sein.«

»Vielleicht.«

Betty nickte und griff sich ihr Telefon und informierte ihre Kollegen. Ich hörte, wie sie ihnen Anweisungen gab, die Umgebung des Krankenhauses noch stärker zu überwachen. Die Vorsicht war angebracht, denn niemand konnte wissen, was Ben im Sinn hatte.

Ich ging noch einmal zur Professorengattin und fragte sie, ob sie nicht vielleicht doch eine Ahnung habe, wo Ben sich verstecken könnte.

»Fragen Sie doch seine Freunde«, sagte sie.

Ein Vorschlag, der ziemlich aussichtslos war, denn die saßen hinter Schloss und Riegel, zumindest die, die bei dem Deal auf der Hochfläche mit dabei gewesen waren, und sie würden nach ihrer Festnahme sicher den Mund halten. Und wenn nicht, war das Bettys Sache und nicht meine. Ich kam an die Typen nicht ran.

Ich ging die paar Schritte zu Silberlocke, stellte mich vor ihn. Ich konnte mir einen Kommentar einfach nicht verkneifen.

»Ja, Herr Professor, Scheiße gelaufen, was? Da wird auch Pippa nicht gerade stolz auf Sie sein.«

Mann, tat das gut.

Aber hier wurde ich jetzt nicht mehr gebraucht. Vielleicht konnte mir Jessica weiterhelfen. Sie kannte Ben und vielleicht gab es früher einen geheimen Treffpunkt, wo die Clique ihre Joints geraucht hatte. Ich verließ das hektische Getümmel vor der Villa. Was sollte ich noch hier? Betty war sicher froh, wenn ich ihr nicht mehr auf den Füßen rumstand. Außerdem wollte ich auch nichts von ihrer Wut abbekommen. Auf dem Weg zu meinem Auto versuchte ich, Jessica zu erreichen. Vergeblich.

Was jetzt? Erst mal runterkommen. War viel los gewesen. Ich machte mich auf zu Joe. Es war Zeit für einen Johnnie. Als ich vor der Kneipe stand, rief mich Babou an.

»Das Zeug muss hier sein«, sagte er zu mir.

»Ich weiß, hab es selbst gesehen. Du bist nicht mehr auf dem neuesten Stand«, sagte ich zu Babou und erzählte ihm mit wenigen Worten die Geschichte.

Ich bekam ein Lachen als Antwort.

»Sehr gut«, sagte er nur.

Was er damit meinte, war mir nicht ganz klar. Freute er sich darüber, dass die Polizei so viel Stoff aus dem Verkehr gezogen hatte oder dass seine Quellen nun keine Konkurrenz mehr fürchten mussten? Es war mir im Augenblick egal.

Ich ging in Joes Kneipe. Er wusste bereits von dem Einsatz der Polizei auf der Halbhöhenlage. Er lächelte, was selten vorkam bei Joe, und er stellte mir einen Johnnie hin.

»Geht aufs Haus«, sagte er nur.

Auch so etwas kam selten vor. Was er genau wusste, sah man ihm nicht an. Aber Joe war immer gut informiert, er hatte überall seine Quellen und er konnte einfach gut zuhören.

Ich blieb den ganzen Abend in seiner Kneipe. Es blieb nicht nur bei einem Johnnie.

Kurz nach Mitternacht machte ich mich auf den Heimweg. Ich war müde. Zu Hause legte ich mich ins Bett und schlief sofort ein.

Am nächsten Morgen, oder besser Vormittag, weckte mich das Klingeln meines Handys. Es war Betty. Sie erzählte mir, dass sie noch eine Fahndungsmeldung mit einem Foto von Ben in die Zeitung gebracht hatte und dass Zeugen sich gemeldet hätten, die ihn in der Nähe des Klinikums gesehen haben wollten. Ihre Kollegen vor Ort hätten Ben aber nirgendwo entdecken können. Betty war sich nicht sicher, ob die Zeugen Ben wirklich gesehen hatten oder nur Wichtigtuer gewesen waren. Von denen gab es inzwischen leider zu viele in der Stadt.

Ich stand auf, joggte eine Runde und ging dann unter die Dusche. Nach dem Frühstück um die Ecke rief ich noch mal Jessica an. Wieder erreichte ich sie nicht. Ich spazierte durch die Stadt. Es war ein schöner Tag. Die Sonne schien, keine Wolke war am Himmel zu sehen. Die Temperaturen waren angenehm, die Stadt noch recht leer, was gut war.

Bens Flucht beschäftigte mich immer noch. Aber eigentlich konnte er mir doch egal sein. Wenn er klug war, hatte er sich aus dem Staub gemacht. Er war sicher nicht mehr in der Stadt. Ihn einzusammeln war nun Bettys Aufgabe, nicht meine. Früher oder später würde sie ihn schon finden. Vielleicht hatte er sich inzwischen Richtung Südamerika abgesetzt, mit den Connections und den Sprachkenntnissen, die er hatte, nicht ganz unwahrscheinlich. Mein Auftrag war eigentlich erledigt. Elli wurde von der Polizei geschützt, so sehr, dass mich die Trachtengruppe nicht in ihre Nähe ließ, als ich später am Tag versuchte, zu ihr vorzudringen. Es herrschte noch Sicherheitsstufe eins in der Klinik. Gut so.

Der Fall war aufgeklärt, auch wenn ich mich jetzt nicht gerade selbst dafür loben konnte. Die Sache mit dem Drogendeal hatten andere gelöst, ich war mehr oder weniger nur Zuschauer gewesen. Gut, es war noch nicht klar, wer Elli in meinem Office niedergestreckt hatte. Ich vermutete, dass es Ben gewesen war oder einer seiner Freunde. Das Motiv hätte mich interessiert, schließlich ging es ja um Geschwister oder besser Halbgeschwister. Aber Ben war weg, für mich nicht greifbar, und seine Freunde waren wie gesagt hinter Schloss und Riegel.

Als ich den Marktplatz erreicht hatte, setzte ich mich im Schatten des übelkrassen Rathauses in ein Café und schlürfte einen Latte macchiato. Okay, nicht mein Style, aber ich wollte mich heute einmal auf die Stadt einlassen und ganz trendy sein. Eigentlich schmeckt mir das aufgeschäumte Zeug überhaupt nicht. Aber manchmal muss man halt mit der Zeit gehen. Eben Zeitgeist und so. Und außerdem: Joes Kneipe war noch nicht offen.

Der Klingelton meines Handys weckte mich aus meinen Gedanken. Leah wollte mich sehen. Aber nicht so, wie ich es mir gewünscht hätte. Erst stauchte sie mich zusammen, weil ich mich so einfach vom Tatort entfernt hatte. Es gab noch einige Fragen und sie wollte deshalb meine Aussage. Ich solle sofort vorbeikommen, sonst würde sie mich holen. Normalerweise mag ich es, wenn Frauen so hinter mir her sind. Aber dieser Fall lag anders. Ich ließ mir noch etwas Zeit und die Sonne auf meinen Kopf scheinen, dann stand ich auf und machte mich auf zum Polizeipräsidium.

Es waren Kollegen von ihr mit im Verhörraum und verhagelten mir so ein gemütliches Tête-à-Tête mit Leah. Und gemütlich war die Sache schon gar nicht. Sie alle zusammen spielten das Guter-Cop-schlechter-Cop-Spiel, was ich gut kannte und das mir deswegen ein Gähnen entlockte. Sie wollten mich grillen, hatten aber kein geeignetes Feuerzeug zur Hand. Schließlich nahmen sie einfach meine Aussage auf – ich gab ihnen das, was ich ihnen geben wollte – und sie ließen mich gehen. Zwei Informationen hatte Leah allerdings auch für mich. Ihre Truppe hatte vor Tagen die nichts ahnende Frau des Alfa-Männchens gebrieft und sie gedrängt, den Auftrag an mich zurückzuziehen, damit ich nicht immer dort auftauchte, wo ihr Göttergatte gerade verbotene Geschäfte erledigte. Und Info zwei: Der Typ, der Babou und mich vor der Kneipe beobachtet hatte, war ein Mitglied ihrer Truppe gewesen. Bei den Worten über meine Blumenkübel Experience hatte sie ein Lächeln im Gesicht. Süß.

Ach ja, und sie erklärte mir, warum die Rocker aus der Nachbarschaft ebenfalls in die ganze Sache involviert gewesen waren. Die libanesischen Moped-Freunde hatten einen Ableger in Rotterdam, der die illegalen Containergeschichten im Zollhafen dort kontrollierte. Was jetzt auch der Vergangenheit angehörte. Und sie sollten für die Südamerikaner die Vertriebswege des Kokains hier vor Ort organisieren. In beiden Clubs hatte die Polizei V-Männer angeheuert und war deshalb jederzeit über alles informiert gewesen. Respekt. Zu den Clans vorzudringen, war nicht einfach. Wenn ich mir das jetzt so recht überlege, hatte mir Leah bei dem Verhör gerade mehr erzählt als ich ihr. Ich glaube, mit uns beiden könnte es doch noch etwas werden. Allerdings, im Gehen gab sie mir einen deutlichen Korb. Schade.

Langsam näherte sich der Abend und damit Johnnie. Ich ging vorher noch in mein Office, räumte weiter auf und säuberte die Wand endgültig von den Rechtschreibfehlern. Vielleicht belegte der Autor der schmierigen Wandmalerei hinter Gittern – und dort saß er jetzt bestimmt – einen Rechtschreibkurs. Genug Zeit dafür würde er sicher haben.

Jetzt saß ich bei Joe, alleine. Babou hatte keine Zeit gehabt, mit mir zu feiern. Aber was war nur mit mir los? Es war doch alles gut. Die Bösen waren verhaftet, bis auf Ben. Die Drogen waren in besten Händen und konnten demnächst der Presse und damit der Öffentlichkeit als großartiger Erfolg der Fahnder präsentiert werden. Und trotzdem fühlte ich mich unruhig. Der Johnnie bei Joe wollte mir nicht so richtig schmecken – und das will was heißen. Auch konnte Joe mich nicht mit einigen Stadtneuigkeiten aufmuntern. Also ging ich früher nach Hause, als ich wollte.

Eine halbe Stunde später saß ich auf meinem Sofa und schaute mir auf dem Fernseher die Nachrichten an. Was ich da an Bildern sah, stimmte mich auch nicht ruhiger. Die Welt geriet immer mehr aus den Fugen. Durchgeknallte Präsidenten, Klimawandel, Krankheiten, Kriege. Man konnte es sich raussuchen, worüber man sich aufregen wollte.

Ich lehnte mich auf dem Sofa zurück. Mein Jackett und meine .38er hatte ich beiseitegelegt, um es bequemer zu haben.

Den beunruhigenden Nachrichten aus aller Welt folgte noch eine lokale Meldung über den sensationellen Drogenfund vor unserer Haustür. An meiner klingelte es eine Minute später. Wollte Leah noch etwas Wichtiges von mir wissen, bei einer Flasche Prosecco vielleicht? Oder stattete mir Betty einen unverhofften Besuch zu später Stunde ab? Letzteres erschien mir wahrscheinlicher, weil ich schon Stunden nichts mehr von ihr gehört hatte. Und das war in den letzten Tagen doch sehr selten vorgekommen. Erwartungsfroh stand ich auf und ging zur Tür.

Als ich sie öffnete, war die Überraschung groß. Es war schon eine Frau, aber eine sehr kleine. Clara stand vor mir.

Und als mein Blick nach oben ging, stand noch eine Frau vor mir. Tante Holly.

»Was ist los?«, fragte ich.

»Jessica ist verschwunden«, sagte die Tante.

»Nicht schon wieder«, stöhnte ich.

»Kommt rein.«

Wir setzten uns in mein Wohnzimmer. Clara war hundemüde, das sah man ihr an. Sie lehnte sich an mich, wollte aber unbedingt wach bleiben. Doch es gelang ihr nicht. Kaum hatte Tante Holly zu reden begonnen, war Clara schon eingeschlafen. Ich trug sie ins Schlafzimmer und legte sie auf mein Bett.

»Schlaf dich aus, Kleine«, sagte ich, strich ihr kurz über den Kopf und ging ins Wohnzimmer zurück.

Holly berichtete jetzt, was geschehen war.

»Jessica besuchte gestern Abend Elli in der Klinik. Als sie wieder zu Hause war, schien sie ziemlich aufgewühlt, aber sie sagte nichts zu mir. Ich schob es auf den Krankenbesuch. Außerdem wollte ich nicht, dass es wieder zum Streit kam. Jessica und Clara sollten endlich zur Ruhe kommen. Heute Morgen wollte sie sich um ihren Arbeitsplatz kümmern. Ich brachte Clara in die Schule. Jessica hätte eigentlich am frühen Nachmittag zu Hause sein sollen, aber sie kam nicht. Ich habe Clara von der Schule abgeholt und ihr erzählt, dass ihre Mutter länger arbeiten müsse. Aber ich habe mir Sorgen gemacht. Als sie auch heute Abend nicht auftauchte, habe ich eine Bekannte angerufen. Sie hat mir damals den Job für Jessica beschafft. Sie sagte mir, dass Jessica gar nicht bei der Arbeitsstelle gewesen sei und nicht mit dem Chef gesprochen habe. Ich wusste danach nicht, was ich tun sollte. Ich wollte Clara nicht beunruhigen, aber ich machte mir große Sorgen. Schließlich schlug sie vor, zu Ihnen zu gehen, Sie würden uns sicher helfen, sagte sie.«

Beim letzten Satz schaute ich lächelnd zur Schlafzimmertür, um mich dann gleich wieder der Tante zuzuwenden.

»Wo könnte Jessica sein?«

»Ich weiß es nicht.«

»Könnte sie wieder abgestürzt …«

»Nein, ganz bestimmt nicht«, unterbrach mich Tante Holly energisch. »Das würde sie Clara nicht mehr antun. Ganz sicher nicht.«

Ich war mir da nicht so sicher. Ich habe andere Fälle erlebt. Trotzdem widersprach ich Holly nicht.

»Aber, was könnte dann passiert sein?«

»Wenn ich das wüsste.«

Wir saßen eine Weile schweigend da. Ich wurde langsam nervös. Ein Gedanke machte sich bei mir breit, der mich beunruhigte.

»Ben ist untergetaucht, Jessica ist jetzt auch verschwunden. Ich habe Angst, dass es da einen Zusammenhang gibt.«

»Nein, das ist doch nicht möglich, oder?«, fragte Holly entsetzt.

Ich hatte gar nicht gemerkt, dass ich meine beiden Sätze laut und deutlich ausgesprochen hatte.

»Verdammt«, sagte ich nochmals laut.

Das untrügliche Gefühl setzte sich plötzlich bei mir fest, dass sich Ben noch hier in der Gegend aufhielt. Er war nicht sofort abgetaucht, nach Südamerika oder sonst wohin. Klar. Ich konnte mir vorstellen, warum. Er konnte sich nicht sicher sein, ob die Polizei nicht die Flughäfen bereits überwachte. So einfach ins Flugzeug steigen und ab nach Quito ging nicht. Und er musste befürchten, dass auch die Grenzen schon dichtgemacht worden waren. Ich war mir sicher, er hatte sich hier irgendwo in der Gegend versteckt, um abzuwarten, bis sich die erste Aufregung gelegt hatte, und erst dann würde er verschwinden. Aber wo könnte er sein?

Vielleicht lag der Schlüssel dazu in der Professorenfamilie. Ich schaute auf die Uhr. Es war schon spät, aber es gibt Momente, da sind andere Dinge wichtiger als Rücksicht. Ich stand auf und ging zum Telefon.

»Was haben Sie vor?«, fragte Holly.

»Telefonieren«, murmelte ich nur.

In meinem Kopf gingen viele Gedanken wild durcheinander. Ich musste sie schnellstens ordnen.

Schon beim ersten Klingeln war Frau Professor in der Leitung.

»Ich hoffe, ich habe Sie nicht geweckt«, sagte ich.

Es war eine pure Höflichkeitsfloskel, denn es war mir egal.

»Nein, ganz und gar nicht«, sagte die Frau Professor. »Ich kann seit Tagen nicht richtig schlafen. Was wollen Sie?«

»Eine Freundin von Elli ist verschwunden und ich fürchte, dies hängt irgendwie mit Ben zusammen.«

»Sie meinen diese Jessica?«

»Ja. Warum kommen Sie sofort auf sie?«

»Ich habe gestern Elli nach ihr gefragt. Wir haben viel über Jessica geredet. Sie sind offenbar gute Freundinnen. Und wenn sie jetzt mitten in der Nacht bei mir anrufen und von einer Freundin reden, kann es doch eigentlich nur um sie gehen.«

Gut kombiniert, Miss Marple, dachte ich.

»Ja, genau«, antwortete ich. »Wie gesagt, ich werde den Gedanken nicht los, dass ihr Verschwinden irgendwie mit Ben zu tun haben könnte. Aber ich weiß nicht, wie.«

»Und was wollen Sie von mir? Ich kenne Jessica doch nicht.«

»Nein, aber Ben. Überlegen Sie doch bitte noch einmal: Gibt es nicht einen Ort, wo sich Ben versteckt haben könnte? Irgendein Ort, wo Sie früher öfters mal zusammen hingefahren sind?«

»Sie glauben, dass Ben noch hier in der Nähe ist?«

»Ja. Wo könnte er sein?«

Es war kurz still in der Leitung. Miss Marple überlegte.

»Nein, mir fällt nichts ein. Aber ich kann meinen Mann fragen. Vielleicht gibt es so einen Ort vor meiner Zeit.«

»So lange kann ich nicht warten«, antwortete ich, weil ich vermutete, dass sie Silberlocke erst am nächsten Tag fragen würde, doch ich täuschte mich gewaltig.

»Ich kann ihn gleich fragen.«

Ehe ich etwas antworten konnte, war sie schon weg. Ich wartete. Kurz darauf vernahm ich die Stimme von Silberlocke. Ich war mehr als überrascht. Die Frau Professor hatte ihren Gatten offenbar gezähmt. Nach den Vorfällen, in denen Silberlocke nicht gerade eine rühmliche Figur abgegeben hatte, hatte sie offenbar die Oberhand gewonnen. Es war ihr allerdings noch nicht gelungen, ihm etwas mehr Freundlichkeit beizubringen.

»Was wollen Sie?«, schnauzte er mich an, aber immerhin sprach er mit mir.

Ich erklärte ihm noch einmal kurz meine Vermutungen.

»Das ist Quatsch, was Sie sich da zusammenreimen.«

»Kann sein, aber ich denke, es ist im Augenblick wert, diesen Quatsch weiterzuverfolgen.«

»Ich kann Ihnen nicht helfen.«

Er wollte nicht, also musste ich ihm Beine machen.

»Ja, dann halt nicht. Dann muss ich es anders versuchen. Geben Sie mir einfach noch einmal Ihre Frau. Ich hätte da so eine Idee. Ich möchte sie mit einer guten Freundin von mir bekannt machen. Mit der schönen Ruby. Ich glaube, Sie kennen Sie auch. Manche nennen sie auch Pippa. Eine sehr attraktive Frau. Ich habe sie kürzlich getroffen, in Begleitung…«

Ich brauchte nicht weiterzureden, es wurde sofort still am Telefon. Ich wartete ein paar Sekunden. Ich hatte einen Volltreffer gelandet. Silberlockes Gedächtnis war ganz plötzlich angesprungen.

»Ich war früher mit meiner Ex-Frau und Ben öfters übers Wochenende in einer ehemaligen Waldarbeiterhütte, nicht allzu weit weg von hier. Ich hatte die Hütte gekauft, weil meine Ex-Frau so eine durchgedrehte Naturliebhaberin ist. Sie hatte einen richtigen Spleen und war ganz verrückt danach, hautnah die Natur zu erleben, zumindest was sie darunter verstand. In der Hütte gab es keinen Strom oder fließendes Wasser. Das gefiel ihr besonders. Zurück zur Ur-Natur. Und sie wollte, dass auch Ben lernt, dass es ein Leben ohne Luxus gibt, dass man mit ganz einfachen Mitteln überleben kann. Ich hab ihr damals ihren Willen gelassen.«

Na bitte, geht doch, sagte ich mir.

»Und wo ist diese Hütte?«

Silberlocke beschrieb mir den Weg. Die Hütte lag gar nicht allzu weit weg von hier. Mit »Und jetzt lassen Sie mich endlich in Ruhe« legte der Professor schließlich auf.

Ich erzählte Tante Holly von dem Gespräch. Auch sie

kannte die Gegend, weil sie in dem Waldgebiet, das ein wunderbarer Naturpark ist, gerne wandern ging. Ich setzte mich an meinen Computer und suchte mit Google Maps die Gegend ab. Die Tante schaute mir dabei über die Schulter. Schließlich fanden wir eine Stelle, die passte.

»Ich fahre sofort dorthin.«

»Ich komme mit«, sagte sie.

»Nein, das geht nicht. Jemand muss bei Clara bleiben. Ich rufe Sie an, wenn ich dort bin. Sollten Sie in den nächsten Stunden nichts von mir hören, rufen Sie Betty an.«

Ich gab ihr deren Handynummer, schnappte mir meine Jacke und meine Silberne und machte mich auf den Weg.

Es war fast völlig dunkel. Der Mond stand nur als schmale Sichel am Himmel, was es mir erschwerte, den richtigen Abzweig zu finden. Doch nachdem ich dreimal dran vorbeigefahren war, entdeckte ich den geschotterten Waldweg. Ich bog von der Hauptstraße ab, gab Gas und hoffte, dass mich hier mitten im Wald nicht eine aufgescheuchte Wildschweinrotte rammte. Nach ein paar Minuten drosselte ich die Geschwindigkeit. Ich konnte nicht mehr weit von der Hütte entfernt sein. Schließlich hielt ich an und schaltete das Abblendlicht an meinem Fahrzeug aus. Auf meinem Handy suchte ich noch einmal nach der Stelle, an der die Hütte stehen musste. Der Empfang hier im Wald war überraschend gut. Es musste ein Sendemast in der Nähe sein.

Ich checkte die Umgebung, war mir danach sicher, richtig zu sein, und stieg aus. Mein Handy in der einen, meine silberne .38er in der anderen Hand folgte ich weiter dem geschotterten Weg. Der blaue Punkt auf meiner Handy-

Landkarte näherte sich dem Ende des Weges. Dort musste die Hütte stehen.

Moderne Technik kann sehr hilfreich sein. Es war genauso, wie ich es vermutet hatte. Am Ende des Weges tauchte die Hütte auf. Sie war gar nicht so klein, wie ich gedacht hatte. Sie besaß sogar zwei Stockwerke. Im Obergeschoss entdeckte ich an einem der Fenster einen schwachen Lichtschein. Es musste also jemand in dem Haus sein. Ich schlich mich um das Gebäude herum bis zum Eingang. Dort parkte ein Fahrzeug. Es war nicht Bens Luxusschlitten, den hatte ja die Polizei konfisziert. Er musste sich ein anderes Fahrzeug besorgt haben. Oder war es gar nicht Ben, der hier im Haus war? Doch, er musste es sein. Wer sollte sonst um diese Uhrzeit hier sein?

Ich stellte mich an die Eingangstür und lauschte. Keine Geräusche drangen aus dem Innern zu mir heraus. Es war immer noch stockdunkel. Ich tastete mich weiter, und als ich die Türklinke gefunden hatte, drückte ich sie nach unten. Die Tür war verschlossen. Ich ging ums Haus und fand schließlich auf der Rückseite ein größeres Tor, das nicht verschlossen war. Das Haus hatte offenbar keinen Keller, deshalb gab es an der Rückseite diesen Anbau, der eine Art Abstellraum für diverse Gerätschaften war. Ich trat leise durch die Tür. Mit meiner Handytaschenlampe betrachtete ich den Raum. Es lagen allerlei Werkzeug und Gartengeräte herum. Es gab nichts von größerem Interesse für mich außer einer Tür, die wohl direkt ins Haus führte. Diese Tür war mein nächstes Ziel.

Kurze Zeit später stand ich in einem kleinen Flur. Ich nutze meine Taschenlampe, um mich zurechtzufinden. Schräg gegenüber gingen mehrere Zimmer ab, zudem stieß ich ein paar Meter weiter auf eine Treppe, über die ich in den ersten Stock gelangen konnte.

Am Fuß der Treppe wartete ich wieder kurz und lauschte nach oben. Aber es blieb still. Irgendwo da oben musste das Zimmer sein, von dem der Lichtschein ausgegangen war. Was würde ich dort oben vorfinden. Ben? Jessica? Beide noch lebendig? Oder jemand ganz anderen?

Langsam schlich ich die Treppe hinauf. Ich versuchte, so wenige Geräusche zu verursachen wie möglich. Was nicht einfach war, die Treppenstufen gaben bei jedem Schritt ein leichtes Knarren von sich. Schließlich kam ich oben an. Es blieb immer noch ruhig. Niemand war auf mich aufmerksam geworden. Ich versuchte, mir anhand des Flurs und der Türen, die von ihm abgingen, den Grundriss des Obergeschosses vorzustellen, um den Lichtschein, den ich gesehen hatte, lokalisieren zu können. Es musste das Zimmer hinten links sein. Ich tastete mich leise voran.

Als ich vor der Tür stand, erledigte sich jede Überlegung, wie ich jetzt vorgehen sollte. Ich hörte lautes Geschrei aus dem Zimmer. Plötzlich wurde die Tür aufgerissen. Vor mir stand Ben. Mit einer Waffe in der Hand. Er war sehr überrascht, mich zu sehen, was ich deutlich an seinem Gesicht ablesen konnte. Dieses Überraschungsmoment gab mir die Gelegenheit, schneller als er zu reagieren. Ich stürzte mich auf ihn. Wir gingen zu Boden. Dabei verloren wir beide unsere Waffen. Ich griff nach seiner Jacke und zog ihn zu mir her. Während er mir einen Schlag in die Seite verpasste, setzte ich ihm einen Kopfstoß auf die Nase. Der war allerdings nicht hart genug. Er fiel zwar nach hinten, war aber nicht kampfunfähig. Unser Duell ging weiter. Er war genauso schnell wie ich wieder auf den Beinen. Aber ich schlug als Erster zu. Er wich zur Seite aus, sodass mein Schwinger ihn nur an der Schläfe streifte. Wir standen nun direkt voreinander, jeder bereit, sofort wieder auf den anderen loszustürmen.

In diesem Moment fiel ein Schuss. Ohrenbetäubend. Ben sackte vor mir auf die Knie. Er sah mich mit fragenden Augen an. Ich konnte ihm keine Antwort geben, denn ich hatte nicht geschossen. Langsam fiel Ben vornüber. Ich drehte mich um und blickte in den Lauf meiner eigenen Waffe. Jessica hielt sie in der Hand und zielte jetzt auf mich. In ihren Augen spiegelten sich Panik und Chaos wider.

»Nimm die Waffe runter, Jessica«, schrie ich sie an.

Sie starrte mich nur an. Ich ging langsam auf sie zu. Sie bewegte sich nicht. Der Lauf war immer noch auf mich gerichtet. Ihre Hand zitterte heftig.

»Ganz ruhig, Jessica«, sagte ich leise.

So ruhig war ich innerlich allerdings nicht. Als ich unmittelbar vor ihr stand, waren ihre Augen immer noch starr auf mich gerichtet. Der Lauf der Waffe berührte fast meine Kleidung.

»Jessica«, sagte ich noch einmal.

Es folgten Sekunden, die mir wie eine Ewigkeit vorkamen. Dann ließ sie die Waffe fallen. Ich atmete erleichtert auf, hob die Silberne auf und nahm anschließend Jessica in den Arm. Sie fing zu weinen an.

Als sie sich etwas beruhigt hatte, kümmerte ich mich um Ben. Es hatte ihn schwer erwischt. Der Schuss war in seine Brust gegangen, aber er lebte noch. Allerdings sah seine Verletzung so schwer aus, dass ich nicht wusste, ob er die nächsten Minuten, geschweige denn den schnellen Transport in eine Klinik überstehen würde. Sicher brauchten die Rettungskräfte lange, bis sie hier im Wald waren und diese Hütte in der Einsamkeit gefunden hatten.

Doch in diesem Punkt hatte ich mich getäuscht. Plötzlich erhellte blinkendes Blaulicht die Dunkelheit. Ich lief zum Fenster, öffnete den nur angelehnten Fensterladen ganz und schaute hinaus. Zwei Streifenwagen hielten unten vor dem

Haus an. Im gleichen Moment sprangen alle Türen an den Fahrzeugen auf und Polizeibeamte stürmten heraus. Unter ihnen erkannte ich auch Betty. Ich rief ihnen zu, dass alles sicher sei und sie nach oben kommen sollten. Während ich auf sie wartete, machte ich Jessica deutlich, dass sie mir das Reden überlassen sollte.

»Ich habe geschossen«, redete ich auf sie ein. »Hast du mich verstanden? Ich habe keine Lust, Betty alles lang und ausführlich zu erklären. Und ich will nicht, dass du Schwierigkeiten bekommst. Clara braucht dich. Jetzt!«

Jessica nickte stumm und starrte weiter vor sich hin.

Als Betty mit ihren Leuten oben angekommen war, erklärte ich ihr die Situation. Ich erfand eine Story, in der ich Jessica befreit und Ben niedergeschossen hatte. Betty hielt sich nicht lange mit meiner Geschichte auf, sondern orderte den Krankenwagen, der schon einsatzbereit am Waldrand wartete. Betty hatte ihn und einen Notarzt vorsichtshalber bereits angefordert.

Ich wusste nicht, ob sie meine Geschichte geschluckt hatte, aber Betty sah, dass Jessica noch immer unter Schock stand, und ließ sie vorerst in Ruhe. Das Verhör konnte noch warten. Sie musste zuerst die Hektik vor Ort in den Griff bekommen. Außerdem: Mit den wichtigsten Informationen hatte ich sie ja versorgt, das stellte sie offenbar fürs Erste zufrieden.

Warum war Betty eigentlich so schnell hier im Wald aufgetaucht? Die Antwort war ganz einfach. Tante Holly hatte sie informiert, gleich nachdem ich weggefahren war. Sie hatte offenbar nicht warten wollen und Angst um mich gehabt. Oder sie hatte mir nicht zugetraut, die Sache allein handeln zu können. Ich war ihr nicht böse, sondern in diesem Augenblick ganz froh, dass sich die Tante nicht an meine Anweisung gehalten hatte. So erwies sich jetzt alles als viel einfacher für mich und erledigte sich praktisch von selbst.

Nachdem sich der Notarzt um Ben gekümmert und ihn versorgt hatte, schaute er sich auch Jessica an. Er gab ihr ein Beruhigungsmittel und erklärte Betty, dass Jessica jetzt Ruhe brauche. Für eine Vernehmung sei es noch zu früh, sie habe einen Schock erlitten. Ich nickte zustimmend.

Der Notarzt wollte sie mit in die Klinik nehmen, aber Jessica lehnte ab. Sie wollte nach Hause zu ihrer Tochter. Betty zog mich etwas beiseite.

»Nimm sie mit zu dir. Dort warten ja ihre Tochter und die Tante, die vertrauten Gesichter werden ihr helfen. Kommt morgen zu mir aufs Revier, dann reden wir über alles«, sagte Betty, klopfte mir kurz auf die Schulter und wandte sich dann ihren Kollegen zu.

Diesmal machte ich, was Betty von mir verlangte. Es fiel mir in diesem Fall auch nicht schwer. Ich nahm Jessica mit zu mir und zu Holly und Clara.

Bevor wir am nächsten Morgen in Bettys Revier fuhren, briefte ich Jessica. Wir mussten Betty ja annähernd die gleiche Geschichte erzählen. Wie ich es mit ihr ausgemacht hatte, übernahm ich den Schuss auf Ben. Es war mir wichtig, Jessica zu schützen. Sicherlich hatte sie in einer Art Notwehrsituation geschossen und mir geholfen, vielleicht sogar mir das Leben gerettet. Aber was die Polizei und die Richter später daraus machten, konnte niemand wissen. Auf jeden Fall würde es Ermittlungen geben. Und Sie wissen ja: Auf hoher See und vor Gericht ist man in Gottes Hand. Und nicht nur Jessica sollte zur Ruhe kommen, sondern auch Clara – und das war in diesem Fall wichtiger als die Wahrheit.

Das freudige Gesicht, das die Kleine gemacht hatte, als

ihre Mutter gesund und wohlbehalten in der Nacht zu ihr ins Bett gestiegen war – eigentlich ja in meines –, bestärkte meine Entscheidung. Jessica war die wichtigste Person für die Kleine. Und umgekehrt. Für mich war diesmal die Badewanne übrig geblieben, weil ich der Tante mein Sofa überlassen hatte. Ach ja, bevor ich es vergesse zu erwähnen. Meine Wohnung sah, dank der Tante, noch nie so sauber und aufgeräumt aus. In meiner Abwesenheit hatte sie, um sich zu beschäftigen, alles auf Vordermann oder besser Vorderfrau gebracht. Auch mein Kühlschrank war heute Morgen voll bis obenhin, denn Holly, wir duzten uns inzwischen, war schon in der Früh unterwegs gewesen und hatte eingekauft, noch bevor Jessica und ich aufgestanden waren. Auch Clara durfte heute die Schule schwänzen, obwohl nicht Freitag war. So saßen wir alle um den Kaffeetisch herum, mit Tischdecke und Blümchen, ja kaum zu glauben, es war wirklich meine Wohnung.

Noch in der Nacht, während der Heimfahrt und später in meiner Wohnung, hatte mir Jessica berichtet, was gestern passiert war. Ben hatte sie frühmorgens schon vor dem Haus überrascht und gezwungen, in sein Auto zu steigen. Es gehörte einem seiner Kumpels, die bereits im Knast saßen und es deshalb nicht mehr brauchten. Wie Jessica mit brüchiger Stimme – die Erinnerung an das Erlebte nahm sie immer noch sehr mit – erzählte, drohte ihr Ben, ihr und der Kleinen etwas anzutun, wenn sie nicht tue, was er sage. Er ließ sie aus einem Versteck Geld holen, weil er fürchtete, der Ort könnte von der Polizei überwacht werden, was allerdings nicht der Fall gewesen war. Dann musste Jessica ein paar Lebensmittel einkaufen. Später fuhren sie zusammen in die Waldhütte. Das war zumindest das, was mir Jessica erzählt hatte Ob dies in jedem Teil der Wahrheit entsprach? Wahrscheinlich nicht. Aber so wie die Situation jetzt war, war es okay. Warum sollte ich Jessica unnötig in Unruhe versetzen. Sie hatte schon genug durchgemacht.

Ben hatte wohl vorgehabt, Jessica später zu töten. Was hätte er mit ihr anfangen sollen? Mit Gesprächen über die Vergangenheit, über Clara und wer denn nun wirklich ihr Vater sei, war es Jessica gelungen, ihren Entführer hinzuhalten. Im Gegenzug hatte Ben ihr erzählt, was er mit Elli gemacht hatte.

»Ich hatte das Gefühl, dass er froh war, die Geschichte loszuwerden«, meinte Jessica.

Nach seinen Schilderungen hatten Elli und Aaron offenbar zufällig etwas gesehen und gehört, was sie nicht hätten sehen und hören dürfen, nämlich ein Gespräch zwischen ihm und den Hintermännern des Drogendeals. Die Libanesen und auch die Typen der Südamerika-Connection kannten zwar die beiden nicht, aber er. Ben, spürte die Gefahr, die Elli und Aaron für ihn darstellten, und versuchte herauszufinden, was die beiden wussten. Als Elli bei mir auftauchte, fürchtete er, sie würde mir, dem Schnüffler, etwas erzählen, was den Deal auffliegen lassen könnte. Er hatte dabei Angst um sein eigenes Leben, denn er wusste, dass die Rockergruppe und auch die Südamerikaner keine großen Fragen stellten, sondern kurzen Prozess machten, wenn ihnen etwas nicht in den Kram passte.

Und dann erfuhr ich, was in meinem Office passiert war. Ben war Elli nachgegangen und hatte sie in meinem Office zur Rede gestellt.

»Es kam zum Streit, er ist offenbar völlig ausgeflippt und hat Elli gewürgt. Sie fiel auf den Boden und er stürzte sich auf sie. Er habe das alles nicht so gewollt, so behauptete er es jedenfalls. Ich glaube ihm aber nicht«, erzählte mir Jessica.

Aber mir war klar, nach dem Streit konnte Ben Elli nicht mehr am Leben lassen. Sie hätte möglicherweise den ganzen Deal gefährdet und auch ihn in Lebensgefahr gebracht. Deshalb sein spontaner Plan, aus dem Impuls heraus, sie zu töten und alles wie eine Überdosis Drogen aussehen zu lassen. Doch er war zu früh aus meinem Office verschwunden. Elli hatte seinen Plan überlebt und er hatte nicht mit meinen Lebensretter-Fähigkeiten gerechnet.

Nach den Worten Jessicas war Ben auch für den Tod Aarons verantwortlich. Er habe Aaron aufgesucht. Der sei aber völlig weggetreten gewesen, habe wohl zu viele Drogen intus gehabt. Als ich dann dort auftauchte, sei er in Panik geraten und habe Aaron umgebracht. Den Anschlag auf mich hatte dagegen offensichtlich die Rockerbande auf dem Gewissen.

Dieselbe Geschichte erzählte Jessica später auch Betty. Es war ein Geständnis aus zweiter Hand, aber Betty war zufrieden. Ob Ben dieses Geständnis selbst einmal ablegen würde, war noch nicht klar, denn er war zwar noch am Leben, aber längst nicht über den Berg. Auch war ungewiss, wie sein Zustand sein würde, wenn er wieder einigermaßen bei Sinnen war. Ben hatte auf dem Transport in die Klinik einen Herzstillstand erlitten. Der Notarzt hatte ihn zwar zurückgeholt, aber möglicherweise hatten nicht alle Gehirnzellen überlebt. Welche Auswirkungen dies auf Ben haben würde, musste die Zukunft zeigen.

Wie ich war auch Betty skeptisch, ob Jessicas Bericht in allen Details wirklich so stimmte. Aber auch sie wollte nicht weiter nachfragen. So wie es war, war es in Ordnung: Der Fall war aufgeklärt, alle Bösen saßen hinter Schloss und Riegel, was will man mehr.

Nach der Vernehmung im Revier fuhr Betty uns in meine Wohnung. Als sie in Claras Gesicht die überschwängliche Freude sah, dass ihre Mutter wieder bei ihr war, lächelte Betty und nickte zufrieden.

Und so war alles perfekt, jegliche Klarheiten beseitigt, wie man so sagt, und ich konnte mich wieder meinem normalen Alltag widmen. Und mich in Ruhe um das andere Geschlecht kümmern.

»Na, Betty. Jetzt ist doch alles erledigt – oder nicht? Wir könnten unseren Erfolg gemeinsam und sehr ausgiebig feiern. Wir zwei beide. Heute Abend. Hier bei mir, wenn ich meinen Anhang hier losgeworden bin«, raunte ich Betty leise zu.

Als Antwort erhielt ich ein mitleidsvolles Lächeln, das ich als Korb interpretierte.

»Nein, danke, kein Bedarf. Und was sollte ich denn bei dir?«

»Meine Briefmarkensammlung ansehen?«

»Lass dir mal etwas anderes einfallen. An deinen Briefmarken habe ich kein Interesse. Ich hab einen anderen Tauschpartner gefunden, der hat mehr zu bieten als du.«

»Was? Wieso? Wer?«

Sie sah mich vielsagend an.

»Tarzan?«, fragte ich.

Sie nickte, ich zuckte mit den Schultern.

»Schade.«

Jetzt zuckte sie mit den Schultern.

»So ist das Leben. Ich geh dann mal«, sagte sie.

Da stand ich nun, der einsame Cowboy, zwar nicht in der untergehenden Sonne, sondern in meiner Wohnung, und schaute meiner großen Liebe nach, wie sie dahinschwand. Seufz. Große Liebe? Oder war es mir doch eher nur um Sex gegangen? Egal. Betty war weg und ich war wieder allein, allein.

Halt! Doch nicht ganz. Jemand zupfte mich am Ärmel. Es war Clara.

»Sei nicht traurig, so hast du jetzt mehr Zeit für mich,

Nick. Wir können den ganzen Tag zusammen spielen«, sagte sie und strahlte über das ganze Gesicht.

Und Jessica lächelte dazu. Und die Tante auch. Aber die war mir nicht so wichtig.

Obwohl, wenn ich mir jetzt so meine Wohnung anschaute …

Veit Müller

ist in der Pfalz geboren und aufgewachsen. Er studierte in Tübingen Germanistik und Anglistik. Nach einem Zeitungsvolontariat machte er sich in Tübingen als Freier Journalist selbstständig. Im Jahr 2006 erschien sein erster Kriminalroman (»Zwischen den Zeilen lauert der Tod«). Es folgten vier weitere mit der Hauptfigur des unkonventionellen Journalisten Luka Blum. Danach war Veit Müller Herausgeber von fünf Anthologien mit Kurzkrimis. In einigen dieser Geschichten entwickelte er die neue Figur eines recht abgehalfterten Privatdetektivs. »Mordswinter« ist nun der erste Roman, in dem der Privatdetektiv Nick de Winter die Hauptrolle spielt. Veit Müller lebt in Tübingen, liebt Pfälzer Wein und irische und schottische Musik. Er ist Mitglied im Syndikat, der größten Vereinigung für deutschsprachige Kriminalliteratur. 2019 gehörte er der Jury zum Glauser-Preis des Syndikats an. Außerdem ist Veit Müller Autor von Freizeitführern.

Dieser Kriminalroman spielt an realen Schauplätzen.
Alle Personen und Handlungen sind frei erfunden.
Sollten sich dennoch Ähnlichkeiten mit lebenden oder verstorbenen Personen ergeben, so sind diese rein zufällig und nicht beabsichtigt.

Titelfoto: Manfred Grohe
Gestaltung: PMP Agentur für Kommunikation, Reutlingen
Lektorat: Elga Lehari-Reichling
Korrektorat: Sabine Tochtermann
Satz: Uhl + Massopust, Aalen
Druck und Bindung: CPI books GmbH, Leck
Printed in Germany
ISBN 978-3-96555-087-2